本书得到 2013 年度湖北省社科基金（编号 2013200）资助

林纾翻译研究

——基于费尔克拉夫话语分析框架的视角

杨丽华◎著

中国社会科学出版社

图书在版编目(CIP)数据

林纾翻译研究：基于费尔克拉夫话语分析框架的视角 / 杨丽华著.
—北京：中国社会科学出版社，2015.5
ISBN 978 - 7 - 5161 - 6063 - 3

Ⅰ.①林…　Ⅱ.①杨…　Ⅲ.①林纾（1852～1924）－文学翻译－研究　Ⅳ.①I206.5

中国版本图书馆 CIP 数据核字 (2015) 第 094953 号

出 版 人	赵剑英
责任编辑	任　明
特约编辑	李晓丽
责任校对	张依婧
责任印制	何　艳

出　　版	中国社会科学出版社
社　　址	北京鼓楼西大街甲 158 号
邮　　编	100720
网　　址	http://www.csspw.cn
发 行 部	010 - 84083685
门 市 部	010 - 84029450
经　　销	新华书店及其他书店

印刷装订	北京市兴怀印刷厂
版　　次	2015 年 5 月第 1 版
印　　次	2015 年 5 月第 1 次印刷

开　　本	710 × 1000　1/16
印　　张	11.25
插　　页	2
字　　数	190 千字
定　　价	55.00 元

前　言

　　林纾是我国近代著名的文学家和翻译家，他才华横溢，一生中创作了不少的散文、诗歌、小说，对文学理论也颇为精通，写了不少的文论作品，但他留在中国近代文学史上的业绩，主要还是他的小说翻译。林纾翻译作品蔚为大观，清末民初之时，风靡一时，阅者无数。康有为对他就有"译才并世数严林"之誉，胡适也赞他为"译介西洋近世文学第一人"。国人最早正是通过林纾的翻译才开始了解许多世界著名的作家和他们的作品，体会到西洋文学的灿烂新鲜不亚于我国文学。林纾作为近代文学翻译史上的先驱人物，开创了文学翻译的新局面，使外国文学的翻译成为自觉。因此林译在中国文学翻译史和近代文学史上都有着重要的学术研究价值，这是本书选择他作为研究课题的原因所在。

　　前人对林纾翻译的研究多为随意经验性点评、规范性视角下对译本对错好坏的价值裁决或基于政治意识形态的评价，缺乏对历史、文化因素的考虑，而且林译研究还常被附庸于近代文学研究之下。本书以接受语境和译者文化取向为导向，从英国语言学家费尔克拉夫所构建的话语分析框架的视角，即从文本、话语实践和社会实践三个向度，对林纾的翻译做全面系统的研究。继而又把这几个向度结合，从话语系统的整体角度，探寻林译所以能促进中国文学现代转型的因素或特质。具体说来，本书重点回答以下四个问题：林纾的翻译文体特征和生成原因是什么？林纾有着怎样的翻译生产过程？译者受到哪些翻译规范的制约？林译为何能对中国文学现代转型产生影响？这些问题的解决，有助于进一步深化对林译的认识。本书为翻译批评提供个案研究，并具有一定的翻译史、文学史研究的价值与现实意义。

　　全书分为七章。第一章介绍林纾生平和林译概貌，综述国内外林译研究现状，同时说明本书的理论基础、研究目的和问题、研究方法、研究意义和创新点。

　　第二章探讨林纾翻译的形成。该章重点分析林译中广泛而深刻的社会历史文化背景。晚清社会轰轰烈烈的小说界革命，是林纾所处的社会环境；近代经世致用文学思潮为林纾的翻译提供了文化动力，使林纾以实业目翻译，力求译以致用，实现其改良社会、激励人心之雅志。

　　第三章从文本向度分析林纾的翻译文体。本章从对翻译文体的探讨开始，结合研究的实际情况，从文体特征和文体生成两个方面建构了林纾翻译文体分析模式。研究表明林纾的翻译熔各种文体成分于一炉，形成了一种杂糅的文学语言，这种独特的文学语言，是一种延续中有创新的新型文体，它是译者、读者和以中化西、西为中用的翻译文化策略等因素综合作用的产物。

　　第四章从话语实践的向度探讨林纾翻译的生产过程。本章分为两个部分。第一部分围绕林纾的翻译方式，对合译的具体过程作了分析，纠正了对林纾合译方式上的认识误区，指出林纾的合译也是翻译，值得进行严肃的学术探讨，同时详细地论述了口译合作者的地位与作用。第二部分探讨了林纾的翻译选材，厘清了林译小说"标示"与小说"类型"的区别，指出林纾的翻译选材出于启蒙的政治目的，译者选择的各种小说类型是为了向国人传播西方的先进思想。

　　第五章从社会实践的向度将林译置于社会文化大背景下分析。通过分析译者所遵循的翻译规范，来探讨当时的社会文化对译者的影响。对林纾翻译规范的论述，本书选择了切斯特曼的规范分类法，即把翻译规范分为期待规范和专业规范。在期待规范方面，林译主要遵循了政治规范、伦理规范、宗教规范和文学规范这四条规范；在专业规范方面，林译体现了关系规范、责任规范和交际规范。林译遵从和体现的这些规范表明，林纾与合作者们在翻译过程中的删译、增译、改译，在很多情况下都是译者基于特殊原因的考虑。

　　第六章分析了林纾翻译的影响。本章强调在中国近代小说由古典走向现代的过程中，林译小说在小说类型、艺术形式、文学理论的革新上都扮演过重要角色，起到了承前启后的作用。本章还分别论述了林纾翻译对近代小说家创作的影响，以及对五四作家文学道路和文学倾向的影响。

　　第七章为结语，从话语系统角度指出了林纾的翻译成功的原因，揭示了林译作为个案对整个近代翻译批评的启示意义，指出关于近代翻译的批评应该关注该时期翻译的文化氛围以及译者的文化取向。

Abstract

Lin Shu was one of the most famous writers and translators in modern China. A man of remarkable talent, who produced in his life a large number of poems, essays, novels, and literary treatises, he made his contribution to modern Chinese literary history mainly by hisamazingly extensive translations of foreign novels, which were extremely popular during the late Qing dynasty and early Republic of China period. Kang Youwei, the famous scholar and reformist, praised Lin Shu as one of the "two talents of translation in China" (the other one being Yan Fu who translated western political and social sciences), while Hu Shi, another famous scholar, regarded him as "the first man who ever translated and introduced modern western literature into China". It was through Lin Shu's translations that modern Chinese came to know many world-renowned writers and their books and realized that western literature was as excellent as Chinese literature. As a pioneer in modern Chinese history of literary translation, he started literary translation in China and made the translation of foreign literature a conscious practice. Therefore, Lin Shu's translation is of great academic interest in the Chinese history of translation and modern Chinese literary history. This is the reason for choosing it as the object of the present study.

A review of existing studies on Lin Shu's translation at home and abroad shows that they are mostly casual comments, value judgements of correctness or adequacy of the translations using prescriptive norms, or political and ideological appraisals. They all fail to take into account the historical and cultural context in which Lin Shu's translation was in. Moreover, they are only given a marginal place in the general study of modern Chinese literature. To make up for these inadequacies, this thesis is reception context oriented and the translator's cultural attitude oriented. Using the British linguist Norman Fairclough's Discourse Analysis Framework, it explores Lin Shu's translation from three dimensions – text, discursive practice, and social practice, and then from the discourse system as a whole, discusses the factors or traits of Lin Shu's translation that help the modern transformation of Chinese literature. The study seeks to answer 4 questions: What are the characteristics and the causes of the formation of Lin Shu's translation style? How is Lin Shu's translation process like? What translation norms are they subjected to? Why can Lin Shu's translation impose influences on the modern transformation of Chinese literature? Intended to deepen our understanding of Lin Shu's translation and provide a case for translation criticism, the investigation is of significance in the study of translation history and literary history as well as of practical significance.

The thesis consists of seven chapters. Chapter 1 gives a brief summary of Lin Shu's life, his translations, and the existing studies on his translation at home and abroad. It also presents the theoretical foundation, purpose, focus, approach, significance, and originality of the research.

Chapter 2 focuses on the formation of Lin Shu's translation. The vigorous "novel revolution" in the late Qing dynasty was the social and cultural setting of the emergence of Lin Shu's translation; the modern literary trend emphasizing statecraft provided for him a cultural momentum so that he valued translation as his personal industry to achieve the practical purpose of reforming society and stimulating the people.

Chapter 3 examines Lin Shu from the text dimension by probing his translation style. Beginning with a discussion of translation style in general, the chapter attempts to build a two-part analysis pattern for Lin Shu's translation style by considering it from two aspects: stylistic features and stylistic formation. Research shows that blending different stylistic elements, Lin Shu's translation evolves a unique hybrid literary language which features old stylistic traditions but with some stylistic reforms. It is a new style which resulted from an interplay of factors including translator, target reader, and the cultural translation strategy of sinicizing western things and making them serve domestic needs.

Chapter 4 approaches Lin Shu from the dimesion of discursive practice by examining his translation process. The chapter consists of two parts. The first part centers on Lin Shu's translation mode by discussing his collaborative translation process, disapproving mistaken ideas about this translation mode and pointing out that it deserves serious academic treatment; this part also analyzes Lin Shu's collaborative interpreters' status and function. The second part studies Lin Shu's selection of source texts and clarifies the differences between *biaoshi* (标示 label) and *leixing* (类型 type) in Lin's translated novel; this part reveals that Lin Shu selected source texts out of his political motives of enlightening the Chinese, that is, bringing to them advanced western ideologies.

Chapter 5 analyzes Lin Shu's translation from the dimension of social practice by studying his translation against the general socio-cultural background. In discussing Lin Shu's translation norms, this study uses Andrew Chesterman's classification into expectancy norms and professional norms. It is shown that, in respect of expectancy norms, Lin Shu's translation follows political, ethical, religious and literary norms; and that in respect of professional norms, it complies with relational norms, accountability norms and communication norms. The norms in Lin's translations show that in many cases there are special reasons for Lin and his collaborators to make deletions, additions, and alterations in translation.

Chapter 6 studies the influences of Lin Shu's translation. The chapter emphasizes the role Lin Shu's translation played in developing novel types, artistic forms, and literary theories, and in bridging the classical and the modern in modern Chinese fiction. The chapter also exemplifies how Lin Shu's translations influenced the writing of modern novelists and the literary road and tendency of writers of the May Fourth period.

Chapter 7, as a conclusion, explores the reasons for the success of Lin Shu's translation from the angle of the discourse system, and demonstrates its edification for modern translation criticism, stressing that in modern translation criticism the cultural setting and translators' cultural orientation must be taken into account.

Key words：Lin Shu's translation，Fairclough's Discourse Analysis Framework，text，discursive practice，social practice，modern transformation of Chinese literature

目　　录

第一章

导　论

第一节　林纾生平及其译作概貌

林纾（1852—1924），福建闽县（今福州）人，幼名群玉、秉辉等，年长后正式取字琴南，自号畏庐，别署冷红生，晚年又称蠡翁、补柳翁、践卓叟。据说他在参加礼部试时始用林纾之名（邱菽园，1960：408）。

林纾出身贫寒，父亲林国栓常随盐官至建宁办理盐务，才得些积蓄，于玉尺山下典得一屋，全家始得安居。林纾5岁那年，其父赁船运盐时，不幸触礁，债台高筑。后只身赴台经商，又屡屡亏损。林家生活一落千丈，全靠母亲、姐姐做女工勉强度口。林纾后来在《七十自寿诗》中辛酸地回忆道："畏庐身世出寒微，颠顿居然到古稀。多病似无生趣望，奇穷竟与饿夫几。"（林纾，1988：385）

林纾幼而好学，因家贫无力购买新书，只能拣旧书或借书抄读。16岁时，已购读旧书三橱之多。他的祖母见他如此嗜书如命深感欣慰，但同时又告诫说："吾家累世农，汝能变业向仕宦，良佳。但城中某公，官卿贰矣，乃为人毁舆，捣其门宇。不务正而据高位，耻也。汝能谨愿，如若祖父，畏天而循分，足矣。"（林纾，1983：70）此言令林纾颇为震动，时刻牢记"祖训"。终其一生，唯知安分守己，具有很高的道德涵养。林纾自号"畏庐"，即源于此。

1870年，林纾屡遭不幸，祖母、父亲相继病逝。林纾悲伤过度，屡屡吐血，此后长达数年咯血不止。弟弟秉耀为补贴家用，于林纾赴京应试后，抵台经商，不料恰遇时疫流行，4个月后染病身亡。噩耗传来，林纾悲痛不已。尽管承受着屡丧亲人的痛苦和咯血病数年不愈的折磨，但林纾仍然刻苦学习，常在昏暗的灯光下苦读至深夜。20岁时，林纾已校阅古书不下2000卷（张俊才，1983：14），为以后的创作和翻译打下了坚实的基础。

1882 年，林纾与郑孝胥、陈衍同榜中举。同年，与同科举人高凤歧结交，并与其二弟高而谦、三弟高凤谦成为挚友，尤其高凤谦对林纾帮助很大。高凤谦，字梦旦，后供职于商务印书馆编译所。林纾的自创作品和翻译小说多半得力于高梦旦而于商务印书馆出版。

1884 年 8 月，法国军舰突袭停泊在福州马尾港的中国舰队，导致福建水师全军覆没。林纾闻讯，与好友林述庵在大街上相抱痛哭。清廷派钦差左宗棠赴闽督办军务，林纾与另一好友周仲辛于左宗棠马前遮道递状，控告船政大臣何如璋贻误战机、谎报军情之罪，两人立下誓言："不胜，则赴诏狱死耳！"（林纾，1910：12）尽管处理结果不得而知，但林纾这一气吞山河之举，充分体现了他的爱国赤诚。林纾痛感时局的腐败，写下讽刺诗百余首。

此后，林纾边读书边应试进士，希望中进士后，能实现自己的仕途理想，但屡屡败北，仕途之心渐冷。但他并未因此而悲观，反而攻书愈勤。至 40 岁时，林纾已广泛阅读了中国古代典籍，唐宋小说也几乎涉猎殆遍，这对他日后从事小说活动大有裨益。

1898 年，林纾再赴京参加礼部会试。经好友李宗言之侄李宜龚介绍，林纾得与"戊戌六君子"之一林旭会晤。在林旭的影响下，林纾拥护变法维新的信念更加坚定。此间，他曾与高凤歧等到御史台上书，抗议德国强占我胶州湾，然三次上书均被驳回，林纾十分愤慨。同年 6 月，林纾下第后，与高凤歧一起应同乡前辈林启之邀前往杭州执教。① 不久，北京传来"戊戌政变"的消息，当林纾得知变法失败、林旭等"六君子"被杀的噩耗时，悲痛欲绝，对中国的前途更加忧心忡忡。

1901 年，林纾举家迁居北京，担任金台书院讲习，兼任五城学堂总教习。在京期间，他与著名的桐城派古文大家吴汝纶会晤，二人过从甚密，畅谈诗文，吴汝纶赞赏林纾的文章为"遏抑掩蔽，能伏其光气者"。（林纾，1983a：78）此时，林纾也受到清朝的礼部侍郎郭留炘的赏识，郭想举荐他参加清政府开设的经济特科考试，被林纾婉言谢绝。

1903 年，吴汝纶去世后，林纾与桐城派嫡传马其昶、姚永概相互往

---

① 林启于 1896 年任杭州知府，即创办求是书院（浙江大学的前身）等新式学校，同时对杭州旧有的东城书院进行改造，并聘林纾在此执教。

来。受京师大学堂校长李家驹之聘，与姚共同执教于京师大学堂，历任该校预科和师范馆的经学教员。在教学中，他认真负责，谆谆教导学生要"治新学"，树立爱国思想。

1911 年，中国社会发生了空前的变化，伴随武昌起义的炮声，统治中国数百年的清王朝顷刻间土崩瓦解，彻底退出了历史舞台。此时，林纾60 岁高龄，已开始步入老年。他对辛亥革命起初不能理解，继之逐渐适应，但后来长期的军阀混战又使他失望，他对革命越来越反感，思想已经跟不上时代发展的节拍。林纾之所以如此，就其思想根源来分析，是由于他一直是变法维新思想的信奉者。他曾说："余老而弗慧，日益顽固，然每闻青年人论变法，未尝不低首称善。"（吴俊，1999：18—19）正因为他对资产阶级改良主义运动抱有幻想，认为改良运动是救国的唯一道路，才对辛亥革命不以为然。另外，此次革命又不彻底，中华民国建立后时局一直动荡不安。这种局面，使对革命抱有怀疑态度的林纾更加失去信心。但林纾只是个正直守旧的书生，非投机政客所能比。他对置人民于苦难中的军阀深恶痛绝，屡屡作诗予以谴责。

1912 年 11 月，《平报》在北京创刊，林纾被聘为编纂。从此时起，他在《平报》发表了大量的诗文和译作，通过各种文字形式表达了对中国时局的关注和忧虑。在他所撰的《论中国丝茶之业》一文中，林纾呼吁要发展生产，用国产与外货争衡。他还大力提倡科学养蚕，办白话蚕报宣传养蚕知识，设立女子养蚕学堂，培养养蚕人才。

1913 年，林纾因与京师大学堂的魏晋派势力不合，辞去教职。从此，林纾著文、译书、作画愈勤。在他生命的最后 10 年，林纾所撰学术著作和为报刊撰述的评论文章、自创小说、翻译作品等，数量非常之多。

19 世纪 20 世纪之交，正是中国历史新旧交替时期，作为受过封建传统教育洗礼的知识分子，林纾也和康、梁及辜鸿铭等人一样，思想中有新旧矛盾，有积极进步的成分，也有落后保守的部分。他的旧思想如果和当时已经出现的资产阶级民主主义革命思想对比，其落后于时代步伐的特征是很明显的；如果放在中华民族传统思想范畴中去考察，则仍然不失其光彩。那就是他继承了屈原、司马迁、杜甫、韩愈、范仲淹等中国古代优秀知识分子的思想传统，其思想基础是爱国主义，其人生态度是"先天下之忧而忧，后天下之乐而乐"，对待国家和人民的态度是"居庙堂之高则忧其民，处江湖之远则忧其君"。林纾正是这种思想的继承者，终其一生，他的思想和言行是一致的。

　　林纾一生在古文、诗歌、小说、戏曲和文学理论方面均有建树，但最让他声名远播的是他的翻译①。他本人不通外语，凭借与口译者的合作，在 20 余年间的翻译生涯中，翻译了百余种小说，且其中多数均为长篇或中篇。清末民初之时，林纾的翻译风靡一时，"自武夫、贵官、妇女以及学校之士皆爱诵其书"（朱羲胄，1949a：3），"先生译书之名，几于妇人皆知"。（同上：45）如此多的翻译作品接连问世，并受到广大读者的喜爱，林纾成为了近代译坛一颗耀眼的明星。

　　关于林纾翻译作品究竟有多少种，历来说法不一。郑振铎在《林琴南先生》（1924）一文中认为有 156 种（郑振铎，1981：9）；林纾的弟子朱羲胄在《春觉斋著述记》（1924）中统计出 182 种（朱羲胄，1949b：49）；寒光在《林琴南》（1935）一书中说有 171 种（寒光，1935：80）；旅美华人马泰来在《林纾翻译作品全目》（1981）中认为是 184 种（马泰来，1981：103）。马泰来仔细地考订了林纾所据原著作者书名，逐个翻检了原书或书影，他所得出的数目应该是比较可信的，但仍遗漏 5 种作品，其中 3 种已刊发，两种未发，分别是 1911 年 7 月 10 日《小说时报》的《冰洋鬼啸》（原作名称不详），1917 年《小说海》第 1 至 8 期的英国作家大威森的《拿云手》（原作名称不详），1919 年第 1 至 12 期《妇女杂志》的法国小仲马的《九原可作》（Le docteur servans），以及未刊的美国来式的《秋池莲》（原作名称不详）和惠尔东夫人的《美术姻缘》（原作名称不详）。因此，林译作品总数应为 189 种。其中《欧西通史》（原作名称不详）、《民种学》（Volkerkunde）、《土耳其战事始末》（原作名称不详）为非文学作品，《拿破仑本纪》（History of Napoleon Bonaparte）、《伊索寓言》（Aesop's Fables）、《泰西古剧》（Stories from the Opera）为非小说作品，所以林译小说总数应为 183 种。

　　这些翻译作品除少量佚名作品外，共涉及 11 个国家，109 位作者：英国作家 63 名，作品 106 种；法国作家 21 名，作品 29 种；美国作家 15 名，作品 28 种；俄国作家 3 名，作品 11 种；德国、瑞士、挪威、希腊、

---

　　① 林纾的翻译文类或体裁驳杂，有小说、戏剧、传记、史书等，但绝大多数的林译作品都是小说，产生重大影响的也是这些小说，林纾得名也来自此，所以如非特别需要，本书的"林纾翻译"一般即指林纾所翻译的小说。

比利时、西班牙、日本作家各 1 名、作品各 1 种。林纾向国人介绍的世界著名作家有英国的莎士比亚（William Shakespeare）、司各特（Walter Scott）、狄更斯（Charles Dickens）、斯威夫特（Jonathan Swift）、笛福（Daniel Defoe）、菲尔丁（Henry Fielding）、乔叟（Geoffrey Chaucer）、道尔（Conan Doyle），法国的小仲马（Alexandre Dumas fils）、大仲马（Alexandre Dumas père）、巴尔扎克（Honoré de Balzac）、雨果（Victor Hugo）、孟德斯鸠（Montesquieu），美国的斯托夫人（Harriet Stowe）、欧文（Washington Irving），欧·亨利（O. Henry），挪威的易卜生（Henrik Ibsen），西班牙的塞万提斯（Miguel de Cervantes），俄国的托尔斯泰（Leo Tolstoy），以及日本的德富健次郎等。林纾所译的世界名著中，最为读者所熟知的有《巴黎茶花女遗事》（*La Dame aux camélias*）、《黑奴吁天录》（*Uncle Tom's Cabin*）、《撒克逊劫后英雄略》（*Ivanhoe*）、《鲁滨孙漂流记》（*Robinson Crusoe*）、《海外轩渠录》（*Gulliver's Travels*）、《块肉余生述》（*David Copperfield*）、《拊掌录》（*The Sketch Book of Geoffrey Crayon, Gent*）等。

　　林纾的翻译时间跨度长，翻译数量多，这些翻译作品在风貌和质量上并非一成不变，而是在不同的阶段呈现出一些不同的特点。前人已经注意到了这种阶段性变化，对林译作品进行了阶段划分。最早对林纾的翻译分期的是钱钟书。他从自己的阅读经验出发，以 1919 年译完的《离恨天》为界，分为前后两期，认为前后两期翻译质量相差悬殊，前期"林译十之七八都很醒目"，后期"译笔逐渐退步，色彩枯暗，劲头松懈，使读者厌倦"（钱钟书，1981：34）。钱的划分抓住了林纾翻译质量的变化，具有一定合理性，为后人所接受认可，但同时也略有简单、粗糙之嫌[1]，似乎前期到后期的过渡顷刻发生。

　　林纾翻译泰西小说 20 余载，译有近 200 部作品。该翻译过程遵循其自身所固有的一个发生、发展和逐步演变的规律，不能简单地做一刀两断式切分。为了更细致地认清林纾翻译作品的总体情况，也为了方便下文研究的展开，本书结合林纾译作的数量和质量，兼顾译者自身因素以及外界

---

　　① 钱钟书的划分在一定程度上受到了商务印书馆编排的影响。在《林纾的翻译》中，他曾提到说自己家里有两箱商务印书馆的《林译小说丛书》，这是他童年最爱的读物。这两箱丛书每集 50 种，《离恨天》正好是第一集的最后一本。

因素，将林纾的翻译划分为四个时期。

第一个时期为发生阶段（1898—1904 年），该时期的译作数量不多，但是涌现了一些极为成功的译本，激发了林纾本人的翻译热情，为他在译界的长期发展奠定了牢固的基础。最为成功的首推《巴黎茶花女遗事》和《黑奴吁天录》两个译本，它们的出版发行在读者中造成了轰动效应，林纾也得以声名远播。不懂外语的他还因此俨然成为当时译界的领军人物：1901 年担任了《译林》杂志的主编；1902 年任职于严复主持的京师大学堂译书局。该时期的林译中还有《伊索寓言》也比较成功，该译本是林纾与商务印书馆的初次合作，铺就了林纾进入出版界核心区域之路。此外，林纾还译有《布匿第二次战纪》（*Second Punic War*）、《利俾瑟战血余腥记》（*The Conscript*）、《滑铁卢战血余腥记》（*Waterloo：A Sequel to the Conscript*）等少量作品，其中也杂有非小说译本。

第二个时期为鼎盛时期（1905—1909 年），该时期的林译作品数量多、质量高，好评如潮。共刊出 51 种小说，年均达到十余种，均由商务印书馆出版发行。篇幅较之上一时期也宏大许多，如《块肉余生述》分为前后两编，共计 30 余万字，又如《滑稽外史》（*Nicholas Nickleby*）更是多达"六册，为译本中成帙最巨者"。（俞明震，1989：249）通过与口译者的默契配合，林纾所译的名家名著在本时期最为丰富，译有《鲁滨孙漂流记》、《撒克逊劫后英雄略》、《拊掌录》、《不如归》、《十字军英雄记》（*The Talisman*）、《大食故宫余载》（*The Alhambra*）、《旅行述异》（*Tales of a Traveller*）、《孝女耐儿传》（*The Old Curiosity Shop*）等 20 余种。翻译质量也在林纾整个翻译生涯中最为上乘，无论是狄更斯、司各特、欧文、笛福、斯威夫特等作家的世界名著，还是哈葛德（Henry Rider Haggard）、道尔等作家的通俗小说，都被林纾翻译得或是催人泪下、感人至深，或是妙趣横生、令人捧腹，几乎每个译本在当时都受到广大读者的喜爱。

第三个时期为低谷时期（1910—1915 年）。在翻译数量方面，这几年林译的产出量非常之少，6 年只刊出 23 种，年均不到 4 种。与上个时期的年均 10 本相比，翻译速度明显下降。该时期为多事之秋，立宪运动、辛亥革命、清廷退位、袁氏篡国等在一定程度上造成了林译的减产。在翻译质量方面，也逊于上个时期，但较下一时期还是要胜出一筹。该时期林纾仍译出了一些世界名著，有《蟹莲郡主传》（*Une fille du régent*）、《哀

吹录》（原作名称不详）和《罗刹因果录》（原作名称不详）3 种，这些
作品仍旧有喜爱它们的读者群。在其他的译作中，《离恨天》（*Paul et Vir-
ginie*）、《三千年艳尸记》（*She*）、《黑楼情孽》（*The Man Who Was Dead*）、
《鱼海泪波》（*Pêcheur d'Islande*）这 4 种翻译得也还比较好。钱钟书就曾
提及他小时候喜爱《三千年艳尸记》，如同获得"看野兽片、逛动物园的
娱乐"。（钱钟书，1981：22—23）

　　第四个时期为退潮阶段（1916—1924 年），林译风光不再，此前的追
捧已杳无踪影。经历了上个时期的沉寂之后，林纾翻译的数量在该时期骤
然增加。不到 9 年的时间，刊出 77 种译品，年均近 9 种，与鼎盛期相差
无几。与数量激增同样令人印象深刻的，是译本质量的差强人意。此时的
林译无精打采，灵光不再，有似"一个困倦的老人机械地以疲乏的手指
驱使着退了锋的秃笔，要达到'一时千言'的指标"（钱钟书，1981：
35）。就连长期以来一直支持林纾的商务印书馆，也察觉到此，有所不
满。《张元济日记》中写道："琴南近来小说译稿多草率、又多错误，且
来稿太多。"（张元济，1981：233）

　　林纾后期的翻译虽然"粗制滥造"，但一个阶段的失误不能抵消、否
定其他的阶段，况且后期译本的低劣也是由于特殊历史原因造成的：垂暮
之年的林纾，目睹国家一连串的变故，意志日渐低迷，对翻译的热情也逐
渐冷却。从林纾的首部译作出版发行日算起，除去第四个阶段，林纾翻译
的影响时间长达 18 年之久，可以说有将近两代人都或多或少地受到林译
的影响。

　　总而言之，尽管林纾本人不通外语，尽管其翻译一直都有着这样或那
样的缺点，但对于"译才并世数严林"[①]、"译介西洋近世文学第一人"
（胡适，1998：340）的美誉，林纾受之无愧。郑振铎曾感慨："（林译）
其较为完美者已有四十余种。在中国，恐怕译了四十余种世界名著的人，
除了林先生外，到现在还不曾有过一个人呀。"（郑振铎，1981：14）林
纾的翻译为当时处在封闭文化环境中的中国读者打开了一个文学的新天
地，开拓了国人的视野，对文学翻译和近现代小说创作的发展，有着积极

[①] 《庸言》第 1 卷第 7 号载康有为的《琴南先生写万木草堂图，题诗见赠，赋谢》："译才
并世数严林，百部虞初救世心。喜剩灵光经历劫，谁伤正则日行吟。唐人玩艳多哀感，欧俗风流
所入深。多谢郑虔三绝笔，草堂风雨日披寻。"（转引自杨义，2009：174。）

作用和重要贡献。

第二节　前人研究综述

林纾的翻译自问世后，就为国人所瞩目，成为学界的研究对象。它的独特魅力还使它跨越国界，受到国外一些学者的关注。本节将对国内外的林译相关研究做一简要回顾，以更好地明确学界已取得的成就，汲取本书所需的学术营养，同时希冀在前人研究的基础上本书能有所突破和创新。结合林译研究资料的地域分布特点，为了梳理的方便，本书对国内外林译研究资料的区分，不依据作者的国籍，而是依据资料的出版发行地。①

一　国内研究历史回顾

国内对林纾翻译的探讨，迄今为止已有百余年的历史。这些研究根据时间的不同，呈现出一些带有阶段性的不同特点，可以大致划分为以下六个阶段。

（一）　自 1899 年至 1919 年

1899 年，林纾的第一部译作《巴黎茶花女遗事》出版发行后，不胫而走，风行海内。此后晚清民初的这段时间里，林纾所译的《黑奴吁天录》、《撒克逊劫后英雄传》等作品，都受到读者的喜爱，在当时的社会引起了强烈的反响。

时人纷纷表达了他们对林译的看法，主要抒发了对译笔的一致赏识，见于当时的杂评、叙言、题咏之中。杂评如徐念慈的《余之小说观》（1908），该文评论道："林琴南先生，今世小说界之泰斗也。问何以崇拜者众？则以遣词缀句，胎息史汉，其笔墨古朴玩艳，足占文学界一席而无愧色。"（徐念慈，1989：314）叙言如涛园居士为林纾所撰写的《埃司兰情侠传·叙》（1904），其中写道："余读其文（即译文，笔者注），似得力于马第伯《封禅仪记》及班书《赵皇后传》，故奥折简古至此。"（涛园居士，1960：282）题咏如当时著名的作家邱炜萲特地为林译作的《新小说品》（1907）一则："《巴黎茶花女遗事》，如初写《黄庭》，恰到好

---

① 据此，国内研究资料特指在中国境内，包括港澳台地区所公开发表或内部发行的文献资料；国外的部分指在中国境外所公开发表或内部发行的文献资料，包括海外华人的研究。

处。《吟边燕语》，如夏云奇峰，闲处作态。足本《迦茵小传》，如雁阵惊寒，声声断续。《洪罕女郎传》，如调谱清平……"（邱炜萲，1907：50）以上的论者都注意到林纾扩大了古文的应用范围及译笔具有的丰富表现力。

译作的思想意义也是时人点评的一个方面，但是不如林纾的译笔受关注，仍主要以杂评、叙言、题咏的形式出现。《小说林》1907 年第 7 期刊登的杂评《觚庵漫笔》认为林译小说有益于改良社会："近日又有《滑稽外史》之刊，共六册，为译本中成帙最巨者，穷形尽相，恶人、善人、伪人、贫人、富人——为之铸鼎象物，使魑魅魍魉，不复有遁形。欧西此等小说，风行一世，有裨于社会不少。"（俞明震，1989：249）林纾的友人陈熙绩最早涉及林译作品的反帝反封建意义，他的《歇洛克奇案开场·叙》点评了林译能够传播西方先进观念的一面："自《黑奴吁天录》出，人知贵贱等级之宜平。若《战血余腥》，则示人以军国之主义；若《爱国二童子》，则示人以实业之当兴。……总而言之，先生固无浪费之笔墨耳。"（陈熙绩，1983：134）醒狮的《题〈黑奴吁天录〉后》以吟诵的形式评述了林译《黑奴吁天录》的自由平等思想："专制心雄压万夫，自由平等理全无。依微黄种前途事，岂独伤心在黑奴？"

对于林纾的翻译，偶尔也能听到批评的声音。松岑曾撰文表达了他对林译爱情小说的逆反心理，担心自由平等的洪流会致使男子梗父命，而女子破贞操（详见松岑，1989：153—155）。但总体而言，这个时期对林译的评价多是极为肯定的。

（二）自 1919 年至 1924 年

五四新文化运动的前后对林纾的一生来说是一个巨大转折点，人们对他的译作的评价发生了急剧转变。这时期活跃在政治和文学领域的主要人物有陈独秀、李大钊、胡适、钱玄同、鲁迅和周作人等，他们反对旧文化提倡新文化，反对文言提倡白话，以《新青年》杂志为主要阵地，掀起文学革命的浪潮。

自《新青年》上打出"文学革命"的旗帜后，一开始仿佛没有人出来公然反对，处于"寂寞新文苑"的这些五四新人便首先对林译小说发难，屡次攻击。钱玄同在《新青年》1917 年第 1 号所发表的《寄陈独秀》一文中，专门批评了林纾采用文言译书："某氏与人对译欧西小说，专用《聊斋志异》文笔，一面又欲引韩柳以自重；此其价值，又在桐城派之下，然世故以'大文豪'目之矣。"（钱玄同，1979：32）刘半农在登载于《新青年》1917 年第 3 号的皇皇大作《我之文学改良观》中，指责了林纾翻译用字用词不考究。他认为林译的"其女珠，其母下之"中的"珠"和"下"用法有误，不能理解为"孕"和"堕胎"（刘半农，1979：33）。这个例子其实与林纾的原文并不符合，[①] 然而却以讹传讹，被很多人转引。[②]

1918 年 3 月 15 日《新青年》第 4 卷第 3 号同时发表的署名为王敬轩的《给〈新青年〉编者的一封信》和刘半农的《复王敬轩书》，拉开了新旧文学激烈辩论的大潮，论争的焦点之一就是对林纾和他的翻译的评价，林译小说由此遭到了猛烈的攻击。前封信中的王敬轩实为钱玄同所托用之名，他在信中模仿封建守旧文人的心理和口吻对林纾的翻译大加赞扬，而实际上却将他们种种反对新文学运动的观点归纳在一起。刘半农的复函则逐一反驳，予以痛斥，主要有三：原稿选择不精；谬误太多；采用文言（详见鲍晶，1985：149—150）。刘半农对林纾的翻译方法、翻译语言等问题的看法总体而言是正确的，但是对林译小说的实绩未免贬抑过头。

对于新文学阵营的种种批评，林纾奋髯抵几，破门而出。1919 年春，林纾在上海的《新申报》发表了《荆生》、《妖梦》两篇文言短篇小说予以反击。与此同时，还在《公言报》发表了一封长篇公开信《答大学堂校长蔡鹤卿太史书》，信一发表即引起轩然大波。时任北大校长的蔡元培当即发表了《答林君琴南函》，驳斥林纾，复函结尾处给了林纾致命一击："譬如公曾译有《茶花女》、《迦茵小传》、《红礁画桨录》等小说，而亦曾在各学校讲授古文及伦理学。使有人诋公为以此等小说体裁讲文学，以狎妓奸通争有夫之妇讲伦理者，宁值一笑欤？"（蔡元培，1983：144）

得到了蔡元培的支持，林纾被彻底地视为了反对新文学文化的代表。钱玄同、鲁迅、周作人等继续撰文批评林纾和他的翻译。一时间，在《每周评论》、《新青年》等刊物上，抨击林纾和他的翻译的文字如飙风怒涛，他们的诋毁不外都是对刘半农和蔡元培观点的重复。

---

① 钱钟书详细地论证了林纾的用法是完全正确的，指出："这个常被引错而传为笑谈的句子也正是'古文'里叙事简敛肃括之笔。"（参见钱钟书，1981：42—43。）

② 如胡适在《建设的文学革命论》中引述说："用古文译书，必失原文的好处。如林琴南的'其女珠，其母下之'，早成笑柄，且不必论。"（参见胡适，1998a：74。）

（三）自 1924 年至 1949 年

1924 年 10 月 9 日，林纾在北京的寓所里逝世，人们已不能再听见他那顽固的言论，他的逝世引发了人们对林纾和他的翻译的重新评价。

同年的 11 月 11 日，郑振铎在《小说月报》上发表了题为《林琴南先生》的长论，系统地总结了林纾其人、他的文学创作和文学翻译，表达了对林纾的缅怀之情，这是林纾谢世后人们所公认最早的、最有分量的一篇评述林纾的论文。在该文中，郑振铎重点对林纾的翻译进行了评论，因为"他的重要乃在他的翻译的工作而不在他的作品"（郑振铎，1981：9）。在郑振铎看来，林纾的翻译功绩有三（同上：15—17）：第一，林译具有沟通"中"与"西"的作用，向国人传播了关于世界的常识；第二，让国人了解不独中国有文学，"欧美亦有所谓文学"；第三，打破了中国以小说为"小道"的传统旧观念，开启了翻译外国文学作品的风气。同时，他也直言不讳地指出了林译小说犯有选材不精、混淆体裁、自行增删的坏毛病。

继郑振铎后，许多学人也开始陆续为林纾说上一句公道话了。当时出版的一些文学史著作，范烟桥的《中国小说史》（1927）、陈子展的《中国近代文学之变迁》（1928）等，很多都附带了对林纾翻译的正面评价。如陈子展在《中国近代文学之变迁》称赞林纾："他肯拿下古文家的尊严（从前一般古文家自视确实尊严），动手去译欧西小说；他有鉴赏各国文学的兴趣；他开始了翻译世界各国文学的风气，也不是顽固守旧的老先生能够做的事业。"（陈子展，2000：86）

1935 年 2 月，中华书局出版了寒光的《林琴南》，这是最早论述林纾的一部专著，标志着林纾研究向着纵深发展。很有特色的部分是第 3 章"文学界的评论"，寒光搜集整理了时人对林纾的许多评论，篇幅虽小，但弥足珍贵。其中不少都表达了对林纾翻译功绩的肯定，如：谭正璧誉林纾为"外国文学之传入与译界之王"（寒光，1935：28）；赵祖林高度评价林纾："林畏庐之介绍西洋文学……词既娓娓，意亦深奇，故极受当时社会所欢迎；而其影响与文学界也甚大。"（同上：49）第 4 章是针对林纾翻译的专论，再次为林纾和他的翻译平反。寒光认为林纾努力于翻译事业正是他的维新思想使然，而且认为译作的讹在很大程度上是由口译合作者的误译造成。可见，对于林纾的翻译，寒光比郑振铎持更为肯定的态度。

此前批判林纾的新文化人，也都纷纷重新评价了林纾和他的翻译。如胡适在《五十年来中国之文学》（1922）中这样写道："平心而论，林纾用古文作翻译小说的试验，总算是很有成绩的了。古文不曾做过长篇的小说，林纾居然用古文译了一百多种长篇小说，还使许多学他的人也用古文译了许多长篇小说，……"（胡适，1998：345）

（四）自 1949 年至 1979 年

这个阶段是林译研究比较沉寂的时期，有关研究只见于"文化大革命"前的一段时期。在各种文学史著作中，除了王瑶的《中国新文学史稿》（1953）、北京大学中文系编写的《中国文学史》（1959）、复旦大学中文系编写的《中国近代文学史》（1960）等少数几部著作对林纾和他的翻译持肯定态度，受当时意识形态的影响，绝大多数的著作都视林纾为复古守旧势力的代表，对他进行了猛烈批判，他的翻译也被贬得一文不值。

刘绶松在《中国新文学史初稿》（1957）第 1 章第 5 节中说："当时第一个跳出来，以卫道自任，反对新文学的是林纾。……封建复古主义者如何仇视新文学运动，从这里我们可以完全看到了。"（刘绶松，1979：31）刘绶松以五四时期林纾与白话文学之争为由，企图将林纾对新文学、新文化所作的贡献全部抹去，这在今天看来显然是有失公允的。

然而，这个时期仍出现了零星的、较为客观的林纾翻译研究。1961年，阿英在《世界文学》发表了《关于〈巴黎茶花女遗事〉》一文，对林译《茶花女》的出版时间、版本问题作出了周详的考证，解决了长期以来对该书出版时间方面的争辩。① 难能可贵的是，阿英还在其主编的《晚清文学丛钞·小说戏曲研究卷》（1960）中，做了大量地搜集整理工作，尽可能地将林纾为译作所写的序、跋、识语、短评、达旨、译余剩语等收录其中。这些译序跋共计 65 篇，对今人研究近代文学理论也具有极高的理论参考价值。

孔立的《林纾和林译小说》（1962），作为吴晗主编的《中国历史小丛书》之一发行出版，是一本较为全面而简洁地叙述林纾和他的翻译的通俗读物。全书篇幅不长，分为 6 章，内容并无甚新意，属泛泛而谈，但在当时的历史条件下，能有此评价也是很可贵的了。

---

① 阿英指出，原版本印行于 1899 年正月，"早于素隐书屋约三四个月"。（参见阿英，1981：56。）

　　1964 年，钱钟书发表了《林纾的翻译》一文，该文是 1949 年以来，最为重要的一篇有关林纾翻译的专论。其中对林纾翻译的精彩分析、对翻译本质的深刻见解，至今仍吸引着学人的阅读兴趣与研究目光。钱钟书首先指出翻译具有"媒"和"诱"的作用，并认为林纾的翻译就起到了这样的作用，林译让读者了解了外国作品，"引导他们去跟原作发生直接关系"（钱钟书，1981：22）。钱钟书对林译的"讹"也做了鞭辟入里的分析，认为林译本的一些"讹"很可能是"出于林纾的明知故犯"（同上：24—26）。历来人们都称林纾能用"古文"来译外国小说，钱钟书对此说法也首次予以了纠正。钱钟书的这篇文章原载于《文学研究集刊》第一册，囿于当时的意识形态，并未引起什么反响，直到 20 世纪 80 年代左右，该文收入《旧文四篇》（1979）和《七缀集》（1985）时，才备受学人追捧。

　　（五）自 1980 年至 1990 年

　　改革开放后，思想禁锢得到了解放，学术领域面貌焕然一新，林纾的翻译也重归人们的视野。商务印书馆选定了 10 部林译佳作，命名为《林译小说丛书》，率先重新出版。这 10 部小说是：《吟边燕语》、《撒克逊劫后英雄略》、《拊掌录》、《黑奴吁天录》、《巴黎茶花女遗事》、《块肉余生述》、《现身说法》、《迦茵小传》、《不如归》、《离恨天》。在丛书的《出版前言》中，商务印书馆从思想和艺术两方面，肯定了林译重新出版的价值。

　　与此同时，商务印书馆还特意选取了郑振铎《林琴南先生》、钱钟书《林纾的翻译》、阿英《关于〈巴黎茶花女遗事〉》这 3 篇比较重要的林译研究论文，与马泰来《林纾翻译作品全目》辑录为一集，命名为《林纾的翻译》，附于《林译小说丛书》之中同时出版。该丛书第一版的发行总数达到 569500 册，极大地推动了人们对林纾翻译的研究。

　　1983 年，薛绥之和张俊才主编的《林纾研究资料》由福建人民出版社出版，迎合了新时期人们对林纾和林译研究的需求。该书搜寻了各个历史时期有代表性的文章，分为 5 个部分辑录：林纾生平及文学活动；林纾理论、研究文章；林纾翻译作品考索；林纾著译系年；林纾研究资料目录索引。其中，不仅收集了大陆的林纾研究资料，还收集了香港、台湾，以及日本的林纾研究资料，极大地方便了人们的研究。

　　在学术期刊上，林译研究文章又开始逐渐出现。薛卓的《林纾前期译书思想管窥》（1980：68—74）是新时期第一篇正面评价林纾翻译思想的论文，通过考察林译小说的译序跋，指出林纾译书思想有着积极意义。王佐良（1981：1）讨论了严复和林纾两位翻译家，开篇就指出他们是"我国近代翻译界的两个先驱"，然后分述二人的翻译实践。张俊才（1983：164）指出，林纾的创作和翻译对新文化运动产生了重要影响，认为"如果没有包括林纾在内的所有近代进步作家的努力，'五四'作家们根本别想演出'五四'文学的话剧来"。此外，郁奇虹（1983）、曾宪辉（1984）、马寿（1988）等都从不同程度上再次对林纾的翻译做出了肯定。

这个时期出版的为数不多的几本文学史、翻译史著作，如王运熙的《中国文学批评史》（1985）、任访秋的《中国近代文学史》（1988）、陈玉刚的《中国翻译文学史稿》（1989）等在提及林译时，都对它在中国文学史、翻译史上的地位，重新给予了肯定。陈玉刚的《中国翻译文学史稿》（1989）是我国较早的一部翻译文学史著作，该书第 1 编的第 5 章概述了林纾的生平、翻译活动及其贡献，把林纾誉为"我国文学史上的奇才，是翻译史上的巨人，他用自己的创造性劳动在中国翻译文学史上树立了不朽的丰碑"。（陈玉刚，1989：75）

开放的文化姿态，使人们得以重审历史，正视林译曾经产生过的积极影响与进步作用。这个阶段虽然著述不多，且都未能突破前人的研究视野，大多是对郑振铎、寒光等前人观点的重复，但摆脱了上一阶段基于政治目的的随意歪曲评价，并为下一轮的林纾翻译研究热潮做了必要的准备。

（六）自 1990 年至今

近 20 年以来，林纾翻译研究出现了从未有过的一派繁荣景象：既有林纾译作的新出重出，又有资料汇编的全面修订；既有学术论文的横剖纵论，又有专著、学位论文的系统研究。可见，人们对林纾翻译的研究热情持续高涨。无论是就广度而言，还是就深度而言，这个阶段的研究是前几个阶段所无法比拟的。

自商务印书馆于 20 世纪 80 年代初推出了 10 种林译精品后，林纾的一些罕见、从未曾发表的译作得以于 90 年代与读者见面，为有志于林译研究的学人做了十分有益的工作。由施蛰存主编的《中国近代文学大系·翻译文学集》（1991）收录了一些较为罕见的林译小说，如《三千年艳尸记》、《潜艇魔影》、《海外轩渠录》、《大食故宫余载》等。李家骥等整理校点的《林纾翻译小说未刊九种》（1994）收辑了林纾从未发表过的手稿 9 种，共计 40 余万字，包括有《神窝》、《情桥恨水录》、《盈盈一水》、《闷葫芦》、《金缕衣》、《欧战军前琐语》、《交民巷社会述》、《雨血风毛录》、《风流孽冤》。这9种都是未刊的手迹，异常珍贵。最后2种是残稿，编者为保留原貌，也一并收入。

在资料汇编整理方面，吴俊校标的《林琴南书话》于1999年由浙江人民出版社出版，该书由"异域稗贩"和"中土文录"两部分组成，"异域稗贩"收录了林纾译作的序、跋、识语、小引、剩语等共计73篇，是迄今为止所能见到的对林译序跋收集得最为完整的版本。尤为值得一提的是2008年6月福建省文史研究馆出版的"福建文史丛书"《林纾研究资料选编》，该书收录了百年（1907—2007）林纾研究论文200余篇，总字数近200万字，是"目前最大规模的林纾研究资料集"（苏建新，2008：51—53），其中的第二部分专门收录了一些有代表性的林译研究论文。

在期刊论文方面，这个阶段所出现的林译研究论文的数量空前之多。在《中国知网·中国期刊全文数据库》主页上，笔者统计，1990—2011年的林译研究论文总数为292篇。这些论文有对林纾历史地位的评价，如郭延礼（1992）、韩洪举（2005）等一批学人继续为林纾翻案，正视他在历史上的积极影响。林纾的文学翻译思想也开始得到总结，如袁荻涌（1994）、王宁（2004）等对林纾的翻译目的、翻译标准，以及林纾本人对一些具体翻译问题的见解都有涉及，这是他们在反复研读林译的基础上所做出的总结。也有林纾与其他译者的比较研究，既有共性比较也有差异比较，既有与国内译者的比较也有与国外译者的比较，丘铸昌（1991）、祝朝伟（2002）、章国军（2008）等在这方面都作出了贡献。本阶段林译研究的最大亮点，是将林译置于文化视角下的考察，这也是研究的一个弱点。郑延国的《从林纾的翻译说开去——谈翻译界的两种文化现象》（1995）就已展露了文化研究的端倪。马晓冬的《〈茶花女〉汉译本的历史研究》（1999：55）认识到宏观文化对评价林纾译本所起的重要作用，通过对《茶花女》这部小说在不同时代的几个中译本的比较，"从历时的角度探讨了译入语的时代变迁对翻译策略以及译本的具体形态所产生的影响"。张佩瑶的《从话语的角度重读魏易与林纾合译的〈黑奴吁天录〉》（2003：15—20）是此阶段的一篇精彩之作，她从福柯对话语的定义出发，分析了译者魏易与林纾如何使译本《黑奴吁天录》发挥独特的话语功能。黄汉平的《文学翻译"删节"和"增补"原作现象的文化透视》（2003：25—28），也涉及了林纾翻译的文化问题，作者指出林译小说中增删"直接指向文化多元系统内的各种关系"。此外，朱伊革（2003）、童真（2008）、崔文东（2010）等人也在不同程度上从文化语境的视角分析了林纾的翻译。

　　近年来还出现了以林纾的翻译为研究主题的专著、硕博士论文。韩洪举《林译小说研究——兼论林纾自撰小说与传奇》（2005）是本阶段第一本林译研究专著，由作者2002年的博士论文修改而成，该书主要对林纾的"翻译思想与艺术"、"林译代表作"、"林译小说的缺陷"进行了分析。山东大学王萱的博士论文《林纾的翻译及小说创作研究》（2003）主要也是论述韩洪举在上述论文中所谈到的几个方面，但也作了扩充，如探讨了林纾翻译特色。2003年的另外一篇博士论文系北京师范大学郝岚所著《林译小说研究：文学与文化史意义》，后稍作修改以《林译小说论稿》为名在天津社会科学院出版社出版。该文视角与韩、王不同，从林译的文学文化意义切入，探讨了林译小说的文学意义及其所体现的翻译思想，以及林译对域外小说的接受及所折射的文化问题，但各章之间有跳脱之感，联系似乎不太紧密。台湾大学潘少瑜的博士论文《清末民初翻译言情小说研究——以林纾与周瘦鹃为中心》（2008）则探讨了以林纾和周瘦鹃为代表的清末民初翻译言情小说的社会意义，"这种意义主要在于以爱情为最高的生活价值、肃清爱情和婚姻的关系、结合爱情与爱国论述等方面"（潘少瑜，2008：vi）。毫无疑问，这些著论深化了人们对林译的认识。而美中不足的是，作者局限于中国古代或近现代文学专业背景，他们在研究林纾的翻译时，更多的是把林译视为创作进行分析，而对林译本质上是"翻译"的这一事实关注不够，未能很好地从翻译的角度进行论述。

　　由以上几个阶段的分析可以看出，人们对林纾翻译的评价几经变易，从最初的狂热崇拜，到后来的蓄意诋毁，20世纪80年代后才逐渐趋于客观、理性，近年来人们对林纾翻译研究的热情极为高涨，这是林译研究上的进步。

　　但在研究性质上，对林译的研究总体而言还局限在以下三类：一是随感式经验点评。此类点评主要是对林译的语言或思想意义的评价，比较典型地体现在国内第一阶段和第三阶段的林译研究。这类点评基于评论者的印象或直觉等，带有很强的主观性，缺乏理论性、系统性。

　　二是基于政治意识形态的评价。国内第二阶段和第四阶段的林译研究属于此类。五四时期和"文化大革命"时期，受当时国内"左"的政治意识形态的影响，林纾曾两度被视为封建守旧势力的代表，他的翻译也两度遭到贬低。这些基于政治意识形态对林译的评价，完全否认林译的贡献，显然有失客观公允。

三是传统语言学翻译观下的译本对错裁决。传统语言学翻译观把语言当工具，把翻译看作科学，追求译文和原文的对等。用此视角来研究复杂的林译现象，这显然是不充分的。然而，此类研究却为数不少，早期有刘半农（1918），后来有邱铸昌（1991）、赵光育（1999）等。

二 国外研究历史回顾

国外对林译作品译介得比较少，加之林纾用文言翻译，这在一定程度上阻碍了林译在国门外的传播、接受与研究。但是，仍有极少数学者把研究目光投向林纾，他们意识到研究中国现代文学不能够忽略林纾。

韦利（Arthur Waley）是英国著名的汉学家，古文功底非常好，能够读懂林纾的译作，是迄今为止所发现的最早触及林纾翻译研究的西方学者。早在1958年，他就曾撰文表达自己对林译作品的欣赏（见Waley，1958：107）。韦利对林纾所使用的翻译语言尤为推崇，他认为"译者应该用自身所最为精通的语言来进行翻译，林纾就是遵守这一原则的典范"，"林纾不把查尔斯·狄更斯的作品译成现代白话文，就是因为古文是他最为精通的语言"（Waley，1975：29）。韦利还把林纾的译作和狄更斯的原作进行了对比，认为译作比原作更为精练，胜过原作。

康普顿（R. W. Compton）是西方最早选择林纾的翻译进行系统研究的美国学者。1971年，他以林纾的翻译为研究对象写出了自己的博士论文《林纾（1852—1924）翻译研究》（*A Study of the Translations of Lin Shu 1852—1924*）。在文中，他介绍了林纾的生平，分析了译作的数量和质量。康普顿的研究不是建立在他本人对林纾译作的切身考察分析的基础上，而是来自中国学者的转述，很大程度上是在重复五四新文化运动倡导者的口舌。他认为林纾的翻译目的不是为了引进新思想，而是为了同化西方思想，以此来强化中国传统文化，以及在西方小说中发现中国道德训诫，从而得出林纾的翻译是"无足轻重"的结论（Compton，1971：190）。康普顿的这些观点，在今天看来未免过于贬低了林纾的翻译功绩。

1997年，美国密芝根大学贝珂（Margaret Baker）的博士论文同时选择了林纾和赛珍珠（Pearl Buck）的翻译作品为研究对象。在论述林译时，贝珂重点选择了林纾早期所翻译的《巴黎茶花女遗事》、《黑奴吁天录》两个译本，分析了林纾对外国人物形象的处理。她认为林纾在翻译时"同化"了外国人物形象，并用这些人物来表达自己的观点（Baker，1997：309—317）。可见，她的研究初步受到了翻译研究"文化转向"的影响，不再局限于对译本的纯语言学分析。

美国青年学者韩嵩文（Michael Hill）是近年来西方对林纾翻译最为关注的学者。他的《启蒙读本：商务印书馆的〈伊索寓言〉译本与晚清出版业》一文以林译《伊索寓言》为研究对象，讨论了晚清知识分子与近代上海出版业的关系（韩嵩文，2007：123—142）。他于2008年所递交的博士论文①仍以林纾为研究对象，揭示了以商务印书馆为代表的出版界，如何使林纾成为当时的有名译家与古文教材编写的权威，以及这一形象又如何在"五四"人的攻击中黯淡消靡。韩嵩文的研究立意新颖，但也存在考据不足，论证不力，结论过于轻率的缺陷。

东方的汉学家中，主要有内田道夫和樽本照雄两位日本学者对林纾给予了关注。1960年，内田道夫撰写了《林琴南的文学评论》②，该文虽然主要以林纾的文学评论为中心，但穿插了对林纾翻译的评价。与当时国内对林纾的批评与指责相比，内田道夫（1983：255）对林纾给予了高度肯定，认为林纾的"翻译方法虽然特殊，选译的原著也不见得是第一流的作品，但是，作为最初级的，为世人所能接受的西洋小说的介绍，在中国输入西欧文化的历史上，却具有重大意义。"

大阪经济大学的樽本照雄教授，在中国近代文学研究上颇有造诣，近年来研究兴趣主要在林纾。2008年3月，他出版了《林纾冤罪事件簿》，作者将史家的意识和细腻的洞察注入行文，以有力的考据澄清了一个个林纾和林译小说所受的冤屈。在林纾的翻译方面，他认为林译过去所受到的最大误会，就是把戏曲翻译成小说这件事。通过把莎士比亚和易卜生的原作分别与林译本比照阅读，他发现林译莎士比亚《亨利第四纪》、《雷差德纪》等的原本，依据的是库奇（Quiller Couch）改编的历史故事，而林译易卜生《群鬼》的原本，依据的是德尔（Draycot M. Dell）改编的小

---

① 参见 Hill, Michael, *Lin Shu, Inc.*：*Translation*, *Print Culture*, *and the Making of an Icon in Modern China*, Columbia University, 2008。

② 原载于日本东北大学中国文史哲研究会出版的《集刊东洋学》1960年第4期。

说。2009 年 5 月，樽本先生又以系列论文结集的形式出版了《林纾研究论集》，继续以《凯彻遗事》、《瀚外奇谭》、《吟边燕语》、《双雄义死录》等林译小说为例证来洗雪林纾所蒙受的冤屈。

旅居海外的华人对林译也作了评价，虽然笔墨不多，专论尤为少见，但也构成林译在国外研究的一个有机部分。较早对林译进行研究的当数李欧梵（Leo Ou-fan Lee）。20 世纪 60 年代初，国内充满着对林纾的负面评价。当时还在哈佛大学从事中国现代文学研究的李欧梵，就此撰写了《林纾及其翻译：中国视角下的西方小说》（*Lin Shu and His Translations: Western Fiction in Chinese Perspective*）一文，详细地论述了林纾的思想、人格和他的译作，发表在哈佛大学的《中国研究》（*Papers on China*）刊物上。在论文的开端，李欧梵对林纾作为翻译家的一面给予了高度评价："林纾是中国第一位西方小说翻译家。正如译介西方思想的严复，林纾为国人引进了大量的西方文学作品，取得了非凡的成就。"（Lee，1965：159）李欧梵研究了林纾翻译作品中的三大主题，即情感、伦理和冒险，指出这是当时中国社会的意识形态、精神和文化所需。他认为林纾的翻译具有影响力不仅在于林纾的译笔，更在于林纾让中国读者看到了一个异域的西方社会。李欧梵的分析已经初步涉及翻译在目的文化中的功能问题，可惜未能进一步展开论述。

1991 年，美国南伊利诺伊大学张毓①（Zhang Yu）的博士论文，首次对林纾的翻译有所涉及。张毓以 *David Copperfield* 的几个汉译本为研究对象，做了一个比较研究。他认为与董秋斯、许天虹、林汉达、张谷若的译本相比较，林纾的译本非常不忠实，为了迁就中国读者，林译本处处可见译者的删减、增译，读起来就如同在读中国小说（1991：211—214）。张毓对林译本的批评虽然有理有据，但是局限于语言的视角，这对于分析作为独特历史文化现象的林译显然是不够的。

1993 年，美国普林斯顿大学胡英（Hu Ying）的博士论文，专门辟有第 2 章论述林纾和他的翻译。她以追溯《巴黎茶花女遗事》在当时的受欢迎程度开始，后又回顾了林纾作为翻译家和古文家的生涯，认为林纾虽然用古文翻译，译文也有讹误，但译文取得了很好的效果（1993：50—94）。1995 年，胡英又撰写了专论，将林纾翻译与晚清写作逻辑相结合，

---

① "张毓"以及后文的"胡英"、"吕力"均系笔者音译。

批驳前人对林译不忠实的责难，明确指出"林译的意义恰好就在于译本对原本的变形，而不在于对原文的忠实与否"（1995：70）。胡英的论述较之前人取得了一定的进步，认识到评价林译不能脱离当时的文化环境，但在与文化相结合进行论述时，又似乎浅尝辄止，未能对林译的不忠究竟如何受到文化的影响进行分析。

2007 年，美国马萨诸塞大学吕力（Lü Li）的博士论文，对严复、林纾和梁启超三位近代译家做了一个比较研究，比较了三者之间的翻译目的与翻译技巧。结论部分评价道，三者尽管在目的和方法上有着这样那样的不同，但都在翻译领域作出了他们各自的贡献（2007：129—144）。吕力的研究为描写性研究，较之前人是有进步的，但是忽略了对三者的共性的讨论，比较点似乎还可以进一步拓宽，论述似乎也可以更深入。

与国内的研究情况相比较，林纾的翻译在国外的研究时间比较短，著论数量并不可观，所得到的认识也颇为有限。但是，国外学者们的研究也有着一些新鲜的、可取的成分，为本书进一步深化林纾翻译研究提供了有益的借鉴。

三　存在的不足和问题

综观上述前人的研究，多是经验点评、基于政治意识形态的评价或传统语言学视角下的译本对错判断，大多缺乏对历史、文化等因素的考虑。前人的林译研究多是在平面上展开的去历史化的活动，在相关的论文里，很少看到论者对此类问题的探讨，如："林纾的翻译是在怎样的社会文化语境下产生的？""林纾的特殊翻译方式是如何形成的？""中国近代社会、文化、文学对林纾的翻译有什么影响？""林纾的翻译又对中国近代文学、文化产生什么影响？"等等。林纾的翻译是发生在特定历史时期的文化交流事件，对它的探讨自然需要考虑当时的社会历史文化因素。若忽略林译的这个重要本质特征，那么这种研究或许能从翻译技术层面给读者以方法论上的启示，或许能在译品的艺术欣赏方面给读者某些引导，但也只能局限于此，很难得出更深层次的意义。对于这一缺陷，近年来也有少数学者注意到了，并在这方面做出了积极的努力，取得了一批初步的成果，如马晓冬（1999）、张佩瑶（2003）、崔文东（2010）等。尤其是张佩瑶（2003）对林纾与魏易合作的《黑奴吁天录》的精彩探讨，给了所有想从社会文化的视角研究林译的跃跃欲试的学者们以重要启迪。但就整体而言，这种社会文化视角下的分析还处于起步阶段，研究数量稀少，系统研究缺乏，研究深度不够。

林纾翻译研究常常被附庸于中国近代文学的研究。首先，林译研究者大多不是来自翻译领域，而是来自文学领域。这一问题现在也未改观：近年来国内外以林纾翻译为研究主题的专著、博士论文作者，大多是来自中国文学研究领域。而没有外语界、翻译界研究者的参与，没有他们的外语能力和文本材料分析能力，林译为研究者提供的材料和证据势难得到准确、全面、客观的分析。其次，由于研究者所属专业背景的局限，他们大多学习古代或近现代文学，这干扰了他们观察、研究林译的视角，导致林译首先是翻译的第一位的本质被忽视。研究者们经常把林纾的翻译视为创作，着重于译本的思想内容、艺术价值方面的品评与欣赏，而较少对原本和译本进行仔细比读，从中发现译本和原本的不同，并对种种的不同作出合理的解释。

在研究成果的形式上，缺乏从翻译的角度对林译的系统研究。现有研究成果主要有两种形式：其一，单篇论文，绝大多数的林译研究都是以这种形式出现；其二，以单章或单节形式出现在其他专著中，如任访秋的《中国近代文学史》、陈玉刚的《中国翻译文学史稿》等近代文学或翻译史稿，都以单章或单节的形式讨论了林译。近年来出现了少数以林译为研究对象的专著或博士论文①，也以鉴赏、介绍或概括性的述评为主。

林纾的翻译在晚清风靡一时，阅者无数，对国人产生了深远影响。伴随林译而来的林译小说研究，迄今为止也有百余年历史，其中不乏真知灼见。然而，无论是在国内，还是在西方，少有翻译领域的研究者从宽阔的文化视域对林纾的翻译做系统独立的研究。这些不足与问题，给本书的研究留下了较大的研究空间。

第三节　研究理论基础

本书对林纾翻译的分析架构，借鉴了话语分析理论的相关成果，因此有必要先明确本书中的"话语"的内涵。"话语"一词，译自英文的

---

① 如王萱的《林纾的翻译及小说创作研究》（2003），郝岚的《林译小说研究：文学与文化史意义》（2003），韩洪举的《林译小说研究——兼论林纾自撰小说与传奇》（2005）等。

"discourse"，该词是从拉丁语的"discursus"和古法语的"discours"逐渐演变而来，现已成为人文社会科学领域备受重视的中心概念。① 由于话语运用广泛，各领域有着不同的定义，同一领域的不同学者也持有不同的见解，这使得"话语或许是拥有最广泛意义的术语"，同时又是"最需要界定的术语"（Sara，1997：1）。虽然不同的学者，不同的学派，不同的领域对话语有着不同的定义，但从总体上而言，对"话语"的定义，主要来自语言学和社会理论两个领域。

　　"话语"较早得到广泛运用是在语言学领域中。因语言学家对话语的着眼点不同，所给出的定义也见仁见智。英美及其国内一些权威语言学辞书，都给"话语"下过定义。较有代表性的，如 1997 年的《牛津简明语言学词典》（*Oxford Concise Dictionary of Linguistics*）的定义：话语是口语或书面语的任一连贯序列，和 2000 年的国内《现代语言学词典》的定义：语言学用此术语指一段大于句子的连续语言（特别是口语）。从中可以看出，话语一般被认为是大于句子的语言交流单位，作为语言运用的实例，既可以指口语的，也可以指书面语的。在语言学范围内，"话语"和"文本"两个概念的含义基本是一致的，可以互换使用，都表现为以具体的词汇、语法结构编码而存在的语言运用实例，都涉及语言交际行为与某个社会功能的行使。但有时侧重点有所不同，如威多森（Henry Widdowson）认为"文本分析主要涉及句子间的语法衔接问题（text cohesion），而话语分析主要涉及语段间的意义连贯问题（discourse coherence）"。（转引自李悦娥等，2002：3—6）

　　"话语"这个概念也广泛地运用在社会理论领域，以法国哲学家福柯（Michel Foucault）理论视域中的话语概念最有影响。福柯从语言学中借用"话语"一词，肯定了话语具有传达信息的功能与作用，同时又把自己对信息传达的模式与所受到的制约，以及对语言等的观点，注入"话语"概念之中。在福柯的思想体系中，话语还涉及用来建构知识领域和社会实践领域的不同方式。他反对把语言看作传达或表述知识的透明工具

---

　　① 国内学者在"话语"一词的翻译上，似乎还未达成一致。正如陈永国所指出的，"国内语言学界通常把 text 译成'语篇'或'篇章'，把 discourse 译成'话语'，然而也有与此相反者"。（参见陈永国，2002：30。）在翻译研究领域，与此相反者，最突出的可能为罗选民，其立论的基础为德·伯格兰特（De Beaugrande）与德莱瑟（Dressler）合著的 *Introduction to Text Linguistics*（1981）。本书将"text"译为"文本"，"discourse"译为"话语"。

的观点，认为语言是话语运作的原材料，是意识形态①的载体。因而，"话语"是"或明或暗地流露着意识形态的语言或文本"（张佩瑶，2004：7）。福柯的"话语"概念，含义丰富，除了上述特点外，还有这样的特点：其产生会受到某些规则和传统做法的限制；要获得一些社会机构的支持才能传播开去。②

　　本书把上述两个领域对话语的定义进行整合，认为话语是对某一主题或目标的论述内容和方式，可以为口语形式，也可以为书面语形式；它体现了人们的文化习俗、思维方式、生活方式和意识形态，同时也影响着人们的文化习俗、思维方式、生活方式和意识形态；它既是一种表现方式，也是一种行为方式。

　　翻译是基于语言的活动，因此具备上面所提到的话语特征，自然可以纳入"话语"的范畴。但翻译又有自身的独特之处：翻译涉及的不是一种语言，而是两种或多种语言；不是一种语言的信息传达，而是两种或多种语言的信息传达；不是一种语言的认知模式，而是两种或多种语言的认知模式；不是一个社会的文化习俗、生活方式和意识形态，而是两个或多个社会的文化习俗、生活方式和意识形态。

　　翻译不是从译出语到译入语的简单的语言解码编码过程，而是两种文化通过译者这一媒介交流、对话的结果。把翻译视为话语便于强调译本与文化之间的相互联系与作用。同时，译本既然为话语，那么译本分析自然要注重译本的意义、生产和功能，而不仅仅是从对错或者好坏的角度批评译本，这样就跳出了挑错式的传统批评方式，有利于以客观的描述性的态度去分析译本。

　　当代英国语言学家费尔克拉夫的话语分析框架（a framework for discourse analysis）为本书的研究提供了理论视角。费氏"将以语言学为方向的话语分析和与话语及语言相关的社会政治思想结合起来"，提出了一

---

　　①　大家可能并未意识到的但都认可、接受的价值观、信条、假设等，而这些都会影响我们的思想、生活和行为。福柯证明了意识形态的运作方式可以是潜藏的，也可为昭然的，具体参见福柯建构话语的两部力作《知识的考掘》（*The Archeology of Knowledge*，Paris：Éditions Gallimard，1972）和《规训与惩罚》（*Discipline and Punish：the Birth of the prison*，Paris：Éditions Gallimard，1975）。

　　②　福柯在《知识的考掘》（英译本）的附录"The Discourse on Language"中，总结了话语在哲学和理论层面的要点。（参见 Foucault，1972：215—237）．

个话语分析的三维分析框架（Fairclough，1992：62）。他从"话语"这一术语的讨论开始①，在三个向度的框架——文本、话语实践（discursive practice）和社会实践（discourse as social practice）——范围内分析话语，用以表明他所研究话语的方法，是在其与社会的、文化的变化的关系之中进行研究。对费氏来说，文本、话语实践和社会实践构成了话语的三维概念（three-dimensional conception of discourse），是从三种不同角度理解话语的意义。文本向度是对话语形式的分析，主要涉及"词汇"、"语法"、"连贯性"和"文本结构"（Fairclough，1992：73—78）等方面。话语实践向度是连接文本向度和社会实践向度的桥梁，注重"文本生产、分配和消费的过程，这些过程的性质根据社会因素在不同的话语类型之间发生着变化"（同上：78）。社会实践向度关注社会分析，"将在与意识形态和权力的关系中讨论话语，将话语置于一种作为霸权的权力观中，置于一种作为霸权斗争的权力关系演化观中"（同上：86）。涉及文本分析的那部分过程可以被称作"描述"（description），那些涉及话语实践的分析、涉及社会实践——话语为其一部分——的分析的部分可以被称作解释（interpretation）（同上：73）。

费氏所构设的这三个向度不是彼此孤立的，在实际的操作过程中往往相互重合。② 他明确地指出"没有固定的程序规定分析应从哪一个向度开

---

① 在这部分论述中，费尔克拉夫详细地阐述了他在使用"话语"一词时，意图是把语言使用当作社会实践的一种形式。他认为在话语和社会结构之间存在着这样一种辩证的关系，更一般地说，在社会实践和社会结构之间存在着这样的关系：后者既是前者的一个条件，又是前者的一个结果。一方面，在最广泛的意义和所有的层次上，话语是被社会结构所构成的，并受到社会结构的限制。另一方面，话语在社会意义上是建构的。这是福柯关于话语的见解。福柯在早期考古研究中，曾论述了话语具有建构性，包括建构知识客体、社会主体和自我形式，建构社会关系和概念框架。话语不仅是表现世界的实践，而且在意义方面说明世界、组成世界、建构世界。

② 人们实际上从未在不对文本生产和（或）本文解释有所涉及的条件下谈论文本特性。由于这种重叠关系，文本分析和话语实践分析之间的分析论题的区分，以及关于描述的分析行为和关于解释的分析行为之间的区分，就并非是一个泾渭分明的区分了。在文本特性最为突出之处，论题也就囊括在此了；在生产性的和解释性的过程最为突出之处，论题也就涉及话语实践下的分析。费尔克拉夫还明确了"话语实践"与"社会实践"的关系，指出两者并非形成对比的关系，前者是后者的一个特定形式。在某些情况下，社会实践可以完全由话语实践所构成，而在其他情况下，它可能涉及话语实践和非话语实践的混合。对于作为一个话语实践的特殊话语分析侧重于文本生产、分配和消费的过程，所有这些过程都是社会性的，都需要关联到话语从中得以产生的特殊的经济、政治等的背景。（参见 Fairclough，1992：70—73.）

始，一切视分析者的需要和目的而定"，正如他本人所言："要给出的是一个开放的分析框架或模式。"（同上：225）同样，他也并未对研究者在具体过程中采用何种研究途径（approach）做出规定，因而，研究者可以采用任何一种合适的研究视角或途径。

本书对林纾翻译的研究也是从文本、话语实践和社会实践三个向度出发：文本向度，从语言学角度探讨林纾翻译的话语结构；话语实践向度，从林纾的翻译方式和拟译文本选择的角度分析林纾的翻译生产过程；社会实践向度，分析主流意识形态对翻译行为的渗透和林纾个人主体意识形态对源语文本的介入。

第四节　研究目的、问题和意义

本书旨在从费尔克拉夫话语分析框架的视角，对林译小说做一个以接受语境和译者文化取向为导向的研究。研究从费氏所构建的三个向度，即文本向度、话语实践向度和社会实践向度，描述林纾翻译的独特文体形态，解析林纾与合作者翻译过程中的是是非非，厘清译入语社会文化对译者的种种制约，展示林译对译入语社会的贡献，以此来获得对林译话语各层面的认识。同时，由于林纾翻译的时代是传统文学现代转型的时期，林纾的翻译有力地推动了这种转型。本书又将从话语系统的角度，探寻林译所具有的能促进这种转型的因素或特质，以此为近代翻译家研究及翻译批评提供借鉴。

具体说来，本书主要提出并解决这些问题：（1）林纾的翻译文体特征和生成原因是什么？（2）林纾有着怎样的翻译生产过程？（3）译者受到哪些翻译规范的制约？（4）林译为何能对中国文学现代转型产生影响？

林纾是近代中国"介绍西洋近世文学的第一人"，处身于中国近现代动荡不安的社会转型期，他的翻译活动从一个侧面，反映了近代一批先进的中国人学习西方国家、追求自由与民主的心路历程。本书的意义在于：

首先，这是对林纾翻译研究的拓展和深化。林译研究迄今已百余年，前人的研究中不乏对林纾和林译的真知灼见。本书通过系统分析与考察，得出了一些新的认识，如：对历来所认为的林纾从事翻译事出偶然提出质疑，认为林纾选择翻译作为毕生事业有其特定的社会历史文化因素；对林纾的翻译方式进行分析，指出林纾的翻译属于真正意义上的翻译。

其次，本书为翻译批评提供了个案分析。翻译批评是联系翻译理论与翻译实践的桥梁。在翻译批评中，批评者应该考察译者和译作所在的社会背景与产生的社会影响，译者的翻译特点与创作特点有无联系，如何评价译作的得失等问题。传统翻译批评大多使用规定性研究方法，局限于原本与译本语言层面的比较。本书采用描写研究方法，关注译本在目的文化中的影响及作用。研究的过程中，坚持辩证的、历史的观点，对林纾翻译进行全方位、多视角的分析，以期提供个案，促进以接受语境和译者的文化倾向为导向的翻译批评的发展。

最后，本书具有翻译史、文学史研究的意义和一定的现实意义。林纾所处的时代是传统文学发生转型的时代，林纾的翻译顺应潮流而生，迎合了转型期人们对新文学的需求，促进了文学的现代转型。本书分析了林译在哪些方面推动了文学的现代化进程，中国文学文化对林纾的翻译有着怎样的制约，林纾的翻译能够促进文学转型的特质又是什么。这些问题对中国近代翻译史、文学史研究有重要意义。当前，我国社会正处于一个新的转型期，翻译活动在不同的转型期会呈现出不同的特点，但不同转型期的翻译活动也存在着一些共性和规律性的东西，在这一点上林纾的翻译会给我们一些思考和启示，这为本书又增添了现实意义。

第五节　研究方法与创新

本书对林纾翻译的分析以描写研究方法为主，同时采取理论阐述、文本分析和比较研究的方法，各方法之间互相支持，相辅相成。通过对翻译事实的描写和分析发现问题的本质，对林纾的翻译作出基于客观描述的、以译者的文化背景和接受语境为取向的结论。

一　具体研究方法

描写研究：本书对林译的各个层面进行客观描述，重点关注它所处的社会历史文化语境。之所以做这样的选择，主要与研究对象和要解决的问题有关。本书以林纾的翻译为研究对象，主要涉及林译的文本形态、翻译过程及翻译规范等方面的问题，这些问题只有采用描写研究方法才能得到解决。其次，描写研究方法倾向于将翻译语境化，也就是在研究过程中"把翻译放在时代之中去研究"（Tymoczko，1999：25）。而要认识林译的形成原因、文体生成、拟译文本选择、翻译方式、翻译制约因素、翻译的影响等，就需要采取这种语境化的方法，将林译放回到那个时代的译入语社会中，结合译入语社会的历史、文化因素进行分析。

理论阐述：理论阐述不同于理论思辨，是一种"基于客观实例或现象的理论分析方法"（姜秋霞，2009：33）。具体方法是：在获得大量文献资料和经验事实的基础之上，运用一种或者几种理论原理，采取分析与综合的方法来加工和整理这些感性材料，从而形成概念，进行推理与判断，逐步获得对现象和规律的理性认识。本书运用了文学文体学、翻译目的论、翻译规范论等理论综合论述林纾的翻译。在进行理论阐述的过程中，分析与综合两种逻辑分析方法相互渗透，对林纾翻译的文本选择、翻译目的、翻译规范等各个方面都进行具体分析，以期揭示内部的细节，又通过综合和归纳，从整体上把握林译各个层面的本质和规律。

文本分析：对林译进行文本分析，也是本书所采取的研究方法之一。文本分析和文化分析并不矛盾，文本的形式、内容本身就是文化，而文化也只有借助文本得以体现。本书在文本分析材料的选择上，以商务印书馆于1981年出版的10种林译小说为主。它们中的大部分译自名著，是林纾翻译的精华，具有较高的研究价值。有时也涉及这10种林译外的其他林译。

比较研究：比较研究方法依据一定的标准，对有一定关联的客观存在的翻译现象、翻译活动、翻译行为等研究对象加以对照，寻求对象之间或内部的共性与个性特征，进而把握事物。"既可以涉及宏观结构的对比分析，也可以用于个体文本的对比研究；既有同类比较，也有异类比较。"（姜秋霞，2009：31）本书的比较研究，包括林译内部的比较，林译与其他译者译本的比较，林译与林纾自身创作的比较，还有林译与其他作家创作的比较。其中的前两类属同类比较，后两类属异类比较。

二　研究的新发现

本书对林译的研究从费氏构建的文本、话语实践、社会实践三个向度出发，论文的新发现也主要是在这几个层面上。

首先，在文本向度上，本书在钱钟书研究的基础上，对林纾的翻译文体进行了更为全面、更为深入的考察。详细阐明了林纾的翻译文体在本质上为新旧杂糅的文体，它是传统文体延续与创新的产物，并对这种文体的生成从译者、译文读者和翻译文化策略三方面进行了分析。本书对林译文体所建构的分析模式，也可以为今后的近代译者文体研究提供某些方法上的参考。

其次，在话语实践向度上，厘清了长期以来在林纾翻译过程上的一些错误认识。通过对口译者的地位与作用的分析，指出口译者应受到重视，并分享林译的荣誉。林译小说"类型"与"标示"一直被混为一谈，本书特别强调了林纾翻译小说类型和标示的区别，指出在研究中应该具体译本具体分析。对于诸如此类问题的探讨，有利于人们客观地认识林纾独特合译过程中的是是非非。

最后，在社会实践向度上，阐明了林纾所处时代的社会文化对译者的种种制约。通过以译者所遵循的翻译规范为切入点的考察，本书论证了林纾与合译者对原本的增译和删改并不完全是随心所欲的行为，很多情况下正是译者在各种翻译规范制约下的特殊选择，从而否定了林译为"胡译"、"乱译"之说。

第二章

林纾翻译的社会历史背景和文化准备

对于林译小说的成因，学界普遍认为：林纾因妻去世而牢愁寡欢，为了排遣丧偶之痛，于是接受了好友王寿昌约其翻译法国小说《巴黎茶花女遗事》的邀请，后来该译本获得了巨大的成功，林纾也就自然而然地走上了翻译的道路，翻译了许多作品。

上述观点把林纾翻译事件视为纯粹的个人偶然行为，忽视了它是特殊历史时代的产物，这种认识显然是不充分、不全面的。在中国文学史上，小说素来不登大雅之堂。"小说家者流，概出于稗官。街谈巷语，道听途说者之所造也。"（班固《汉书·艺文志》）林纾是一位毕生致力于古文创作与研究、以古文家自居的传统文人，这样的知识分子对待小说的态度理应是不屑一顾的。或许他还读过刘禹锡的诗句："勿谓翻译徒，不为文雅雄"，也应该知道社会上对翻译地位的轻视。林纾在初刻《巴黎茶花女遗事》时，不肯用真名，只署"冷红生"，还与友人言此为"游戏笔墨"（林纾，1992：121），便是这种心态的反应。试想如果没有其他的驱使因素，林纾尔后何以能将小说翻译视为自己的"实业"，持之以恒地翻译20余载呢？因此，要研究林译的形成，不仅要看到译者的因素，还应该了解其产生的客观社会历史背景和文化动力。

第一节　小说界革命

林纾译书最直接的动力，来自于当时社会的"小说界革命"。这是以启蒙国民从而挽救民族为目的的一场文学变革运动。小说界革命的口号虽然是在1902年由梁启超正式提出，但是对新小说的呼唤、对小说社会价值的强调，以及对域外小说的译介①在戊戌变法前后就已经开始了。

　　只是在戊戌变法失败之后，维新派对自上而下的改革已经彻底绝望，认识到不能依靠保守的官吏和腐败的政府来完成改革大业，只有从国民做起，即唤起国民议论，振作国民精神，使改革之事成为国民共同的事业，方能成功。国民的素质关乎救国强种之大要，民弱则国弱，民强则国强。梁启超慨言："故吾所思所梦所祷祀者，不在轰轰独秀之英雄，而在芸芸平等之英雄。"（梁启超，2006a：533）严复在译介斯宾塞（Herbert Spenser）的学说后，也认识到了"民"之重要性，在《原强》中这样写道："盖生民之大要三，而强弱存亡莫不视此：一曰血气体力之强，二曰聪明智虑之强，三曰德行仁义之强。是以西洋观化言治之家，莫不以民力、民智、民德三者断民种之高下。"（严复，2006：15）

　　政治改革既然行不通，新民则成为维新派的主要工作，并视此为"中国之第一急务"（梁启超，2006：589）。而要提高普通民众的素质，最方便、最有效的途径莫过于小说。出于启蒙的需要，小说的作用获得了重新认识。在小说界革命正式提出之前，维新派人士已对小说的启蒙、教诲功能有所认识和阐述。1897 年天津《国闻报》计划附印小说"附纸分送"，就发表了一篇名为《本馆附印说部缘起》的介绍性文章，执笔者为严复和夏曾佑。严、夏二人在这篇长文中，从小说取材、叙述语言等五方面论述了小说比二十四史更易流传的原因，因此认为小说在改变"人心风俗"方面具有重要作用："夫说部之兴，其入人之深，行世之远，几几出于经史之上，而天下之人心风俗，遂不免为说部之所持。"（严复、夏曾佑，1990：112）最后，他们借助欧美小说对开启民智的功效来提高小说的地位：

　　　　本馆同志，知其若此，且闻欧、美、东瀛，其开化之时，往往得小说之助。是以不惮辛勤，广为采辑，附纸分送。或译诸大瀛之外，或扶其孤本之微。文章事实，万有不同，不能预拟。而本原之地，宗旨所存，则在乎使民开化。……

　　　　有人身作之史，有人心所构之史，而今日人心之营构，即为他日

---

①　如《时务报》从 1896 年 8 月 1 日到 1897 年 5 月 21 日分别发表了 4 篇福尔摩斯侦探故事。又如林纾的《巴黎茶花女遗事》（1898）。

人身之所作。则小说者又为正史之根矣。（同上：112）

康有为是维新变法"精神领袖"之一，他在知识话语场中积累了相当的资本。他从政治功利出发，要求提升小说的地位。他将"鄙俗"的小说与"书"、"经"和八股比较，以寻求其中可能的"微言大义"。在《日本书目志·识语》（1897）中，借上海点石者之口，说"书"、"经"不如八股，八股不如小说，这是因为：

仅识字之人，有不读经，无有不读小说者。故《六经》不能教，当以小说教之；正史不能入，当以小说入之；语录不能喻，当以小说喻之；律例不能治，当以小说治之。天下通人少而愚人多，深于文学之人少，而粗识之、无之人多。《六经》虽美，不通其义，不识其字，则如明珠夜投，按剑而怒矣。（康有为，1989：13—14）

梁启超真正认识小说的功能，是在百日维新变法之后。当时他亡命日本，并在轮船上开始阅读、翻译政治小说《佳人奇遇》。这年冬旬刊《清议报》创刊，梁启超任主编。1898 年 12 月 23 日，梁启超在《清议报》第一册发表《译印政治小说序》，认为：

在昔欧洲各国变革之始，其魁儒硕学，仁人志士，往往以其身之所经历，及胸中所怀，政治之议论，一寄之于小说。于是彼中辍学之子，黉塾之暇，手之口之，下而兵丁、而市侩、而农氓、而工匠、而车夫马卒、而妇女、而童孺，靡不手之口之。往往每一书出，而全国之议论为之一变。彼美、英、德、法、奥、意、日本各国政界之日进，则政治小说，为功最高焉。英名士某君曰："小说为国民之魂。"岂不然哉！岂不然哉！今特采外国名儒所撰述，而有关切于今日中国时局者，次第译之。爱国之士或庶览焉。（梁启超，1989：21—22）

在这里，梁启超出于政治意识形态的需要，可谓建构了一个有关西方小说的"神话"，从而为其翻译政治小说的主张提供合法性的依据，并从中国"时局"与"爱国"的角度提出翻译外国小说的必要性。

梁启超在其创办的《新小说》（1902）创刊号上，发表了《论小说与群治之关系》一文，它集此前晚清小说理论种种变革观念之大成，明确提出"小说界革命"的口号。在该文中，梁启超登高一呼，誉"小说为文学之最上乘"，把小说的地位提高到无以复加的地步。论文开篇就揭示了小说界革命的目的和使命：

> 欲新一国之民，不可不先新一国之小说。故欲新道德，必新小说；欲新宗教，必新小说；欲新政治，必新小说；欲新风俗，必新小说；欲新学艺，必新小说；乃至欲新人心，欲新人格，必新小说。何以故？小说有不可思议之力支配人道故。（梁启超，2006：316）

梁启超从读者审美接受心理的角度，详细地阐述了"小说有不可思议之力支配人道"的内在机理。这是因为小说有四种力：一曰熏（熏陶）；二曰浸（浸染）；三曰刺（刺激）；四曰提（提升）。"有此四力而用之于善，则可以造福亿兆人……而此四力所最易寄者推小说。可爱哉小说！可爱哉小说！"（梁启超，2006：317—319）

在文中，梁启超武断地指出，中国群治腐败之总根源来自旧小说。因为旧小说中的诲淫诲盗思想千百年来侵蚀污染国民，从而阻碍了社会进步和改革的进行。因为国民迷信风水、阻止开矿，争夺坟墓而阖族械斗，迎神赛会而岁耗百万金钱，国民不图进取等诸多思想的罪魁祸首都是旧小说。

既然小说"有不可思议之力支配人道"，而中国旧小说又不能胜任，那么一个合乎逻辑的推断也就出来了：唯有借助于域外小说。这也正如多元系统论所论述，当"一种文学中出现转折点、危机或文学真空时"（Even-Zohar，2000：193），翻译文学就要占据多元系统的中心位置。因此，小说界革命的第一步，实为翻译输入域外小说，再现小说在欧西的神奇佐治功能。

梁启超把洋务运动的船坚炮利与维新变法的诏书圣旨，都无法解决的各种社会问题及民族命运问题，全部寄托在了小说上。在救亡图存目的上的高度一致性，及梁启超在舆论界具有的重要影响力，这一救国学说在晚清社会成功地吸引了一大批的追随者。但那个时代毕竟价值混乱，旧的价值体系已受到人们的怀疑，而新的价值体系又尚待建立。知识分子们在救国问题上的一次次尝试与碰壁，使他们无计可施，完全陷入穷途末路。基于此情况，梁启超推行的救国方案，给知识分子开创了一条新的救国途径，而救国心切的他们完全无暇考虑这一说法的可行性，便全身心地投入了这一新的救亡运动中。

　　林纾在晚年的岁月里，受各种因素的影响，其思想中落后保守的成分占据了上风，但青壮年时期的林纾还是可视为一位开通进步人士。他站在了时代的前列，是维新变法的坚定拥护者。林纾所认识的同辈老乡中，有不少都是维新派人士，其中有世交严复，有"戊戌六君子"之一的林旭等人。林纾与当时的维新派领袖人物梁启超也是挚友，他对梁的评价非常之高："老友梁任公，英雄人也。"（吴俊，1999：106）在时局、友人等各方的影响下，林纾把维新变法视为了改变国家与民族命运的最佳途径。他的《闽中新乐府》（1897）是对维新救国热情的强烈呼应，诗集呼吁反帝救国、变法维新。林纾时刻关注着维新派的最新动向，当维新派人士认识到新学的重要性而大力倡导新学时，林纾也非常认同，并予以了积极的支持，他还曾誉梁启超"为中国倡率新学之导师"。（同上）

　　林纾与诸多维新派人士有着如此密切的交往，对他们的许多观点也非常肯定。那么，林纾也完全有可能在小说界革命正式到来前，就已经在某种程度上接受了严、康、梁等对（翻译）小说所持的观点，认可了（翻译）小说具有一定的价值，从而进入了严、梁等所营造的小说话语理论体系中。以林纾的首译为例。首译所以选择了《巴黎茶花女遗事》的原作，或许有着个人情感经历因素的影响，或许也还因了其中的人文精神所致。林纾在笔述之前已大致了解了故事内容，当时就十分同情茶花女，认同她对爱情的执着追求。但认同归认同，认同并不表明林纾就必须去翻译。因为小说长期以来都是士大夫们所轻视的文类，翻译后可能会遭到其他人文士大夫的鄙视。这时若不是因为林纾早已受到维新派有关小说话语的影响，在某种程度上认同了（翻译）小说的价值，以古文家自居自重的他不大可能会在小说的翻译上迈出任何实质性的步伐。所以首译的出现也并非完全出于偶然，仍然存在它发生的前提条件，即译者对（翻译）小说某种程度的认可。此时的林纾既有意于翻译，又恐遭到其他文人士大夫的非议，则只好在译作上隐去真名。

　　《巴黎茶花女遗事》一出版，便取得预料之外的巨大轰动，加之愈演愈烈的小说界革命，林纾也越来越认可（翻译）小说的功用。他在为《译林》创刊（1901年3月）所写的序言表明，此时他对小说翻译的见解与维新派如出一辙，体现了在小说翻译认识上的进步："吾谓欲开民智，必立学堂，不如立会演说；演说又不易举，终之惟有译书。"（林纾，1989：26）这里的"译书"即为译小说，林纾所译作品绝大多数都为小说。1901 年，林译第二部翻译小说《黑奴吁天录》出版发行，译作署出了译者的真实姓名。可见，思想上的进步促成了行动上的改变，译者已不忌讳他的翻译实践和译者身份。

1902 年，小说界革命的序幕正式拉开后，林纾在翻译领域也更为活跃了。当年便供职于赫赫有名的京师大学堂译书局，还与严复之子严璩和族侄严培南译出了《伊索寓言》。此后，每年都有译作出版，1904 年推出了 5 部译作，1905 年推出的译作多达 10 部，其中有诸如《英国诗人吟边燕语》、《迦茵小传》等不少影响近代中国社会的重要译作。1902 年前林译小说作只有两部①，1902 年后译作数量迅速增多，这显然表明林译和小说界革命存在着紧密的联系。有了小说界革命提倡小说的大环境，在当时实为对外国翻译小说提倡的大环境，才可能有蔚为大观的林译小说的出现。

第二节　译以致用

从小说界革命发起的原因、发起人的背景到它的宣言，都决定了以林纾为代表的晚清翻译实践的工具主义本质的必然性。这种翻译致用的思想本原，当然不是晚清的始创。

在我国翻译史上，明末清初开始的科技翻译，这一我国历史上的第二次翻译高潮，就是译以致用的最佳先例。正如王徵在翻译《远西奇器图说》序中所说："学问不问精粗，总期有济于世；人亦不问中西，总期不违于天；兹所录者，虽属技艺末务，而实有益于民生日用，国家兴作甚急也。"（转引自杜石然，2003：953）

林纾的翻译实践与明末清初的科技翻译虽然都脱不开功利主义的性质，但是它们有着明显的差别，如翻译主体、所涉读者等都不同。而两者最主要的差别乃在于：林纾翻译的不是声光化电、律法史地等书籍，而是有着"有不可思议之力支配人道"的小说。在传统儒家哲学和思想体系

---

① 此处特指林纾和合作者所推出的单行本翻译小说。

里，明末清初的科技翻译为用、为器、为末，而林纾翻译小说为体、为道、为本。这也是为什么林纾在首译之作中不署以真名，而当梁启超等人把小说纳入"文以载道"的正统文学大旗下，给小说披上文学救国的正统外衣后，林纾不再隐去真名，积极地标榜小说有益世道人心，坚持不懈地翻译小说，并亲自创作小说的原因。

林纾的小说翻译活动，不仅是林纾个人文学活动的一部分，更是他作为晚清文人所从事的一项经世济民的实业活动，希望自己的译作能够获得激劝人心、改良社会的实际功效。这种从事小说翻译以致用的实业思想，作为林纾的一种自我价值定位，同近代由龚自珍、魏源等发扬光大的经世致用文学思潮是紧密联系的[1]。经世致用古已有之，并不是 19 世纪的发明，只是在 19 世纪发挥到了极致，成为对文学最重要的价值要求，超过了历史上的任何一个时代，到晚清形成了"文学救国论"。

大致说来，"经世"是治理世事，"致用"是发挥作用。"经世致用"往往是与治理国家连在一起。对文学来说，经世致用是对文学功能的要求，也是衡量文学的标准。虽然古人已有云："文者，道之用也"（孙复，2001：296），"人中至正之极，文必能致其用，约必能感其通"（张载，1998：98），但古人更多是在教化意义上强调文学的经世致用，与龚、魏等人所强调的文学为社会现实服务不同。

近代把经世致用作为对士大夫的要求，视为士大夫的职责所在，开经世致用风气者，首推龚自珍。张维屏当时就对龚做了积极的肯定："近数十年来，士大夫诵史鉴，考掌故，慷慨论天下事，其风气实定公开之。"（转引自孙文光等，1984：174）龚自珍主张："自周而上，一代之治，即一代之学也"，"是道也，是学也，是治也，则一而已。"（龚自珍，1959：4）力主把"道"、"学"、"治"合为一体，而其中实际上是以"治"为中心。魏源对经世致用文学做了进一步的阐述，他认为"道"、"治"、"学"、"教"应当合而为一，而它们都可由"文"来进行合一，"文"自然必须为"道"、"治"、"学"、"教"服务，以"道"、"治"、"学"、"教"为内容、为功能，这也即为"文"的价值之所在。否则，作者便是

---

① 对于嘉道间的经世致用思潮，近人介绍和评论颇多，可以参见如钱穆《中国近三百年学术史》，中华书局 1986 年版；龚书铎《中国近代文化探索》，北京师范大学出版社 1988 年版；杨向奎《大一统与儒家思想》，中国友谊出版社 1989 年版；李侃《近代传统与思想文化》，文化艺术出版社 1990 年版。

"文章之士"，无法担当治理国家的重任。

　　林纾与桐城文派有着密切的关系，是公认的桐城嫡派、殿军，但他的这层身份并未影响他对经世致用文学思想的接受①。相反，桐城派文人其实一直都是很推崇经世致用的，如刘大櫆早已提出："至专以理为主，则主尽其妙。盖人不穷理读书，则词鄙倍空疏；人无经济，则言虽累牍，不适于用。故义理、书卷、经济者，行文之实。"（刘大櫆等，1962：3）"经济"就是"经世致用"的意思。姚鼐的高足之一姚莹，更是被经世致用派引为同道。他修改了姚鼐主张的"义理、考据、辞章"合一的主张，提出读书作文"要端有四，曰义理也，经济也，文章也，多闻也"（姚莹，2008：31）。他把"经济"作为读书作文的四大要素之一，这一提法后来还得到曾国藩的认同。

　　就中西文化的交流而言，经世致用思潮究竟起了什么作用呢？丁伟志和陈崧（1995：14—16）总结为三点：第一，启动了思想解放的风气。经世学派突破训诂名物、典章制度的考据学风的拘束，找到今文经学这个武器，借微言大义之旨，壮通经世致用之气，证明做学问就理应以国计民生为目标，而不应规避现实，只沉湎于寻章摘句、雕琢虫鱼的琐事。第二，振兴了注重经世的实学。经世致用文学思潮注重的是致用，是学问能够真正解决现实社会的实际问题，尤其是其中的重大问题，以期真正起到实用的济世功效。这个实学，是以解决有关国计民生重大时务为治学宗旨的实学。第三，倡导了改图更法的精神。经世学派于中国近代文化所起的最重要的启蒙作用，在于他们一开始就以无畏精神尖锐抨击时政，大力鼓吹变法改图的主张。

　　可以想见，龚自珍所代表的经世致用学派的变革思想，对于鸦片战争后一切希望挽救国家危亡、实现民族复兴的知识分子来说，尤其是对于戊戌时期拥护维新变法的士大夫来说，是起了极其重要的启蒙作用的。有了经世致用思潮所造就的思想解放的氛围、面向现实的学风和革新变化的精神，才能够涌现一批开明之士，使他们在国家民族面临危亡时，勇敢地向前迈进一步，放眼世界，汲取新文化。

　　作为一位爱国知识分子，林纾也无可置疑地受到经世致用思潮的影

① 近代以来，桐城派由于死守"义理"，拘泥于"文以载道"，逐渐走入空洞无物、不合实用的死胡同，龚自珍、魏源等经世学派大都与桐城派划清界限。

响。面对内忧外患、危机四伏的国内社会，他在做学问时没有规避各种现实问题，反而对此非常关注。《闽中新乐府》是林纾步入文坛的标志，该诗集是一部与现实密切相结合的力作，如：《谋生难》揭露了工人失业、农民破产的社会现实，批评了停滞不前的民族工商业；《破蓝衫》围绕八股取士和程朱理学而作，指出它们是中国发展的严重阻碍；《小脚妇》告诉世人缠足之害，此陋习是夫权对女性身体和心灵的摧残。诸如此类揭露现实问题的诗歌，在诗集中不胜枚举。诗集以白话作成，朗朗上口，通俗易懂，在当时流传颇广。

值得注意的是，林纾自幼学习古文，初出道时没有发表他引以为豪的古文作品，却用白话作起诗歌，以揭露各种社会问题，这其中深刻而重要的原因就在于经世致用思潮的影响。在林纾看来，当国家与民族身陷厄运时，白话诗歌较之深奥古文有着更大的济世作用。

同样，也正是因为经世致用思潮的巨大潜在影响，林纾能够接受小说界的舆论，认同（翻译）小说对改变社会的作用。在《闽中新乐府》（1897）发表两年后，《巴黎茶花女遗事》正式出版发行了，该译作是林纾一生中第二部公开发行的作品。凑巧的是，它仍不是林纾所得心应手的古文作品。这或许是个巧合，或许更多的乃是林纾的思考与抉择。因为对于文人而言，所发表的每部作品应该都是经过个人深思熟虑的。这种深思熟虑也让林纾在发表这部译作时隐去了真名以防不测。当然，译作取得了预料之外的极大成功后，也自然打消了林纾的许多顾虑。

当林纾进一步感受到西洋小说的魅力时，感受到有益于改变国内社会现实时，从事小说的译介活动实质上已成为译者参与社会、改造文化、经世济民的实业活动。林纾每译一书，都不厌其烦地为译作撰写译序、跋尾，点拨其中的微言大义，以表明翻译该书的原因，体现了林纾希望勋阀子弟学习西学、救国保种的良苦用心。如他在《雾中人·叙》中说："此即吾所谓学盗之所学，不为盗而但备盗，而盗力穷矣。敬告诸读吾书之青年挚爱学生，当知畏庐居士之翻译此书，非羡黎恩那之得超瑛尼，正欲吾中国严防行劫及灭种之盗也。"（吴俊，1999：46）在《爱国二童子传·达旨》中说："国可亡，而实业之附身者不可亡。"（同上：67）呼吁学生们学习实业，改变国家贫弱的现状。正如友人陈熙绩（1983：134）所总结的，林纾译介泰西小说，是为了寓其改良社会、激劝人心之雅志。

第三节　小结

　　林纾翻译的形成不是纯粹出于偶然的事件，有其广泛而深刻的社会历史文化因素。晚清社会轰轰烈烈的小说界革命，是林纾所处的客观社会环境。在强大的舆论下，在对小说的切身体会下，林纾转变了对小说的观念，认识到翻译小说的重要性。近代经世致用文学思潮也为林纾的翻译提供了文化动力，使林纾以实业目翻译，力求译以致用，实现其改良社会、激劝人心之雅志。

　　当然，林纾翻译形成的原因复杂多样，它的出现也得益于其他的一些因素。其中有来自译者启蒙救亡的翻译动机、超群出众的古文修养等主体因素。它们也发挥着重要的作用，关乎林纾从事译业的可能性与持久性。这些因素在后几章都有涉及，此不赘述。也有晚清时期出版业的发展繁荣、稿酬制度的建立①等客观因素的配合。印刷技术的进步，加快了小说的传播速度，扩大了译作影响的范围，客观上促进了译者的翻译事业。伴随出版业发展而确立的稿酬制度，供稿者可获得一定的经济保障，也有助于提高译者的翻译兴趣。

　　要特别指出的是，晚清社会还出现了一个大的进步，便是科举制度的废除。千百年来的科举制度，造成了应试者思想禁锢、迂腐不堪。科举制度关闭了一些读书人的仕途大门，同时也为一些读书人转投译业创造了机会。但就林纾本人而言，科举制度的废除并未对他进入翻译领域起到任何作用，因为早在科举制度废止前，林纾就已深刻地体会到科举制度的弊端，在1898年参加最后一次礼部会试后，从此便放弃了科举进仕途的道路，而不是因科举制度的废止入仕无门被迫放弃。

　　总而言之，小说界革命和经世致用思潮是林译形成的必要社会历史背景和文化准备，在此二因素所创造的大环境下，兼得其他主客观因素的助力，各方力量汇成一股强大的合力，最终将林译推上了历史舞台，造就了近代文学翻译史上的绚丽一幕。

---

　　①　有论者认为林纾从事翻译主要受经济因素的驱使，这种观点是不妥当的，经济因素只是其中的一个原因，但绝不是主因：因为林纾在翻译中，尤其是前期，对政治因素的考虑远远压倒经济因素；再者，林纾的画作在当时也颇负盛名，价格不菲，若为图钱，作画足矣，何苦还要找上一人数月不断地翻译？

第三章

"雅洁"的背后——林纾翻译的文体论

费尔克拉夫话语分析框架的第一个向度为文本向度，本章将从此向度探讨林纾的翻译文体。翻译文体是译文的外在形式，是研究者分析译文文本首先认识的部分。前人对林纾的翻译文体的研究，主要是一些点评或评价，其中虽也不乏经验认识，但经验之谈往往流于肤浅，缺乏系统性和深入性。本章对林纾翻译文体的分析，首先从翻译文体的探讨开始，构建适合林纾翻译的文体分析模式，然后对林纾翻译的文体特征和文体生成分别进行探讨。

第一节　翻译文体

翻译文体与创作文体有着密切的关系，理解翻译文体应该从其对应的文体（即创作文体）说起。"文体"一词负载着许多的含义，不同学者对它的理解和阐释也见仁见智，但大致是从狭义和广义两个层面理解。狭义上的文体"指文学文体，包括文学语言的艺术性特征（即有别于普通或实用语言的特征）、作品的语言特色或表现风格、作者的语言习惯，以及特定创作流派或文学发展阶段的语言风格等"（申丹，2001：73）。广义上的文体指"一定的话语秩序所形成的文本体式，它折射出作家独特的精神结构、体验方式、思维方式和其他社会历史、文化精神"（童炳庆，1994：1）。这两种理解中，前者注重语体和风格，是从语言学角度理解文体，后者则由表及里，推至"人"、"社会"、"文化"，拓展了对文体的认识。也有论者从动态的角度考察文体，认为文体"不限于作品的既定形式，它还包括作品的生产方式，是一具涵盖着创作准备到创作结果的整体过程中的许多艺术问题的动态研究系统"。（白烨，1987：384）

"翻译文体"这个概念由梁启超首次提出，而有关"翻译文体"的讨论源远流长，由来已久，最早可追溯到佛经翻译时期。在今存最早带有佛经翻译理论性质的文章《法句经序》中，众僧引用老子所说的"美言不信，信言不美"来反驳支谦的辞旨应该文雅的观点时，就已涉及"翻译文体"方面了。古代佛经译家主要从译文的风格角度来讨论"文"与"质"两个概念。到了近代，对翻译文体有了进一步的认识。严复继承并发展了古代译论思想，提出"信达雅"理论。其中，就涉及翻译的语体和风格。梁启超在《翻译文学与佛典》中专门以"翻译文体之讨论"为题探讨了翻译文体的有关问题。他以直译和意译为线索，勾勒了中国古代翻译文体的流变（详见梁启超，2005：140）。鲁迅也是一位有着翻译文体意识的实践者和批评家，他在《题"未定草"（二）》中，使用"归化"和"洋化"的概念对翻译文体作了论述。（详见鲁迅，1981：352）

汲取创作文体和译界前贤的论述，将有助于本文的翻译文体分析模式的架构。目前，国内已有学者李寄（2008）在这方面做出了努力。在前人研究的基础上，同时结合本研究的实际情况，本书从文体特征和文体生成两个方面建构分析模式。文体特征主要为语体和风格分析，属于语言学层面的静态分析。其中，语体指"句子、语词的组织方式和构造规则，也包括更为宏观的文本的篇章段落的组织方式和构造规则"（李寄，2008：10）。翻译是一项跨语言的符号转换活动，翻译的整个过程，从拟译文本的选择到翻译质量评价，最终都要落实到词、句、段、章的语体上。语言是人类思想的载体。采用何种翻译语体，在一定程度上体现了译者的精神结构和思维方式。风格与作家的创作个性相关，是作为成熟的创作个性在作品内容和形式相统一中留下的印记。有责任感的译者应该把原文的风格传达到目的语，让译文读者能够体会到原文风格。在传达的时候，译者"对变通手段的选择，词语的处理，句子的重构，修辞色彩的再现等，都无不打上译者的个性，因此客观地形成了译者的风格"。（许钧，1993：4）

翻译文体不仅有着静态的一面，同时，它还有着一个动态的生成过程。翻译文体的语体选择和风格形成，与主要包括译者、译文读者、翻译文化策略等在内的生成因素息息相关。译者是翻译过程的主体，也是影响翻译文体生成的核心因素。译者所具有的文学修养，会直接作用于译者对词汇、句法等的语言选择上，翻译文体从而可能呈现出不同的面貌。译文读者是翻译过程的客体，是翻译文体生成的又一因素。由于译文读者具有固有的思维模式和阅读习惯,他们对译文文体的心理期待是客观存在的。译文读者本身并不能直接影响翻译文体,而是通过译者对译文读者的定位施加影响。翻译文化策略属于深层因素,从根本上决定翻译文体的面貌,采用什么样的翻译文化策略便会有什么样的翻译文体面貌。

以上就是本书为林纾翻译文体所架构的研究模式:文体特征主要包括语体和风格;文体生成主要与译者、译文读者及翻译文化策略有关。翻译文体是原文文体在新的文化环境中经过再创造后的产物,因此该模式在对表层文体特征的生成进行分析时,充分地考虑了文化因素:译者负责原文文体的再创造,翻译文体的形成与译者的文学文化背景密切相关;翻译文体的形成也与译文读者有关,译文只有被接受,才能完成文化的交流;翻译文化策略直接影响翻译文体面貌,它的采纳并非译者随心所欲,而往往取决于特定的历史文化环境。林纾的翻译作为晚清翻译的重要组成部分,对它的文体观照可梳理出一些带共性的文体特征,从而有助于认识整个晚清翻译在文体上的过渡特质。

第二节 林纾翻译的文体特征

一 林纾翻译语体

对于林纾究竟使用何种语体进行翻译,林纾同时代小说翻译家徐念慈(1989:314)认为:"遣词缀句,胎息史汉。"后来的学者也都作了这样的评论,如胡适(1998a:345)说:"林纾居然用古文译了一百多种长篇小说,还使许多学他的人也用古文译了许多长篇小说。"又如毕树棠(1935:15)评论林纾:"用古文作翻译是他的主要成绩。"似乎林纾用"古文"翻译小说已成定论。

对此,钱钟书在《林纾的翻译》一文中予以了纠正。他从古文的定义出发,结合实例,得出了"林纾译书的文体不是'古文'"的结论,并且明确指出"林纾译书所用文体是他心目中认为较通俗、较随便,富于弹性的文言。它虽然保留若干'古文'成分,但比'古文'自由得多"(钱钟书,1981:39)。该界定高度概括了林纾翻译的语体特点:它既具有古文的一面,又具有非古文的一面。

众所周知,林纾多年来致力于先秦两汉以及唐宋文章的研究,古文造诣深厚。他曾对青年学生谈及自己的读书经验时说:"八年读《汉书》,

八年读《史记》，近年则专读《左氏传》及《庄子》，至于韩、柳、欧三氏之文，楮页汗渍近四十年矣。"（林纾，1990：83）由林纾亲自创作、编选以及评论的古文，为不少人所推崇。畏庐初集一出，"一时购读者六千人"（钱基博，1983：182）。作为古文大家的林纾，具有优秀的驾驭古文的能力。那惯做"古文"的手笔，运用在小说翻译时，使他的译文也展现了言必"左、马、班、韩"的古文素养。在语体方面，主要表现在对先秦词法和句法的模仿。

第一，对先秦词法以"单音词为主"（王力，2004：398）特征的模仿。虽然先秦汉语并非纯粹的单音节词语言，因为已存在少量的双音节词，如："君子"、"严威"、"国家"，等等，但是单音节词占据绝对的优势。有学者曾对《老子》、《庄子》、《墨子》、《尚书》等 16 部先秦典籍作过统计，发现这 16 部书中，出现次数超过 800 次的实词共计 212 个。在这 212 个最常用实词中，单音节词有 206 个，双音节词仅有 6 个，它们是"天下"、"寡人"、"公子"、"大夫"、"君子"、"天子"（李佑丰，2003：257）。下面以《吟边燕语》第一篇《肉券》（*The Merchant of Venice*）为例，分析林译小说的单音节词的使用情况：

　　歇洛克者，犹太硕腹贾也，恒用母金取子，以居积得橐金无数。然如期要索，未尝假借，人多恨之。仇家曰安东尼，罗马人也，与歇同客于微桒司。其人忼侠好友，有通缓急者，必释子金勿问，歇洛克者以为相形以败其业，憎之次骨。安东尼见辄肆詈，歇洛克静默弗较，至引以为恨。安东尼居微桒司，微桒司匪不尊安东尼为长者，而巴散奴者昵之，尤款款有情愫。巴固微桒司贵胄，家不中资，竟以挥霍馨其蓄，时与安东尼通缓急者数矣。一日，巴散奴走诉安东尼，言："城中巨家有弱息一，国色也。其父新丧，悉产赐其女，女嫁则挟产与俱。顾其父生时，余亦时造其门，女昵我，将订婚嫁，顾吾家式微矣。今更伸前约者，必得三千圜，或足具礼，君其能为我将伯耶？"安东尼曰："海贾未归，仓猝不可得资，君必需此者，吾当称贷之犹太人，即以吾海舶质之。"于是同造歇洛克许，告贷三千圜，子金听所划，海贾归，即并子母归君。歇洛克自念，彼罗马人视吾犹太遗黎直狗耳，今幸见贷，非重窘之不足泄吾愤。方夷犹间，安东尼觉状，即曰："歇洛克，尔肯假吾金耶？"歇洛克曰："先生向在广众

中唾吾衣，蹴吾身，以为犹太者狗耳，吾狗又安从出此三千圜者？"（林纾、魏易，1981：3）

本段共计有340词，单音节词为301词，约占88.5%，双音节及多音节词为39词，约占11.5%。所出现的双音节及多音节词，主要为诸如"歇洛克"、"微臬司"类的外来人名地名共26个，外加"母金"、"子金"、"居积"、"情愫"、"弱息"等共13个。虽然统计规模偏小，但根据统计结果，我们还是可以得出一些粗略的结论。

第二，对先秦词法词类活用的模仿。词类活用是先秦词法的另一显著特征。虽然秦朝以降的历代古汉语都可见词类活用的情况，但是值得注意的是，年代越早，词类的界限就越不分明，活用程度就越高。形容词与副词、名词与动词、介词与连词之间词类活用的情况相当多。如形容词用作副词，"就上古汉语和中古汉语来说，大约占状语的半数以上"（王力，2004：383），"形容词、名词也可以临时具有及物动词的性质，后面可以带宾语，除了表示'使宾语怎么样'的意思，还可以表示'认为宾语怎么样'的意思"（王力，1989：102），此即为名词和形容词的"使动"和"致动"用法。通读林译本，可以发现词类活用的现象比比皆是。现仅就名词和形容词活用为动词的用法，撷采数例：

1. 与歇同客于微臬司。（《吟边燕语·肉券》）
2. 闻加西林悍声，然以其美而多资也，涎之。（《吟边燕语·驯悍》）
3. 彼毛登妇，……甚欲偶我。（《迦茵小传》）
4. 自起至鑪边，温其足。（同上）
5. 酒之累我至矣！（《拊掌录·李迫大梦》）
6. 河本无桥，横木以泊人。（《拊掌录·睡谷》）

句1中的"客"，句2中的"涎"，句3中的"偶"，本来皆为名词，但在例句中临时担当了动词的职务。句4中的"温"，句5中的"累"，句6中的"横"，本来皆为形容词，但在例句中活用为动词。

第三，运用了一些古奥的、先秦时期却很盛行的词。林译主要用这些词来表示事物、动作或状态，所以它们的词性大多为名词、动词和形容词。这样的字眼在林译中俯拾皆是，如：

1. 劳劳执爨，如中馈人。（《块肉余生述》）
2. 麦德斯东亦似肆赦母眚。（同上）
3. 不意竟有人欲攫取以去，鬻之南省。（《黑奴吁天录》）
4. 其人绝愿悫，属以事，匪不如志。（同上）

　　句1中的"爨"和句2中的"眚"均为名词，前者表示烧火做饭，后者表示过失，句3中的"鬻"为动词，表示出售某物，句4中的"悫"为形容词，表示诚实。这样的字眼在先秦典籍中较为常见，如："许子以釜甑爨，以铁耕乎?"（《孟子·滕文公上》）、"且吾不以一眚掩大德"（《左传·僖公三十三年》）、"鲋也鬻狱，邢侯专杀，其罪一也"（《左传·昭公十四年》）、"若是，则可谓悫士矣"（《荀子·不苟》）。

　　第四，遵循先秦语气词用法。先秦时期，语气词得到广泛应用。有学者考证，在原始时代，汉语可能没有语气词，直到西周，语气词逐渐产生和发展，并形成了相当固定的语气词系统。表陈述主要用"也"、"矣"，表疑问主要用"乎"、"耶"、"欤"、"哉"（王力，2004：518）。通读林译，可以发现译者在语气词的使用上符合这一特征。如：

善信以礼款我，即所以礼天主也。（《撒克逊劫后英雄略》）
不待辨，知为此奴之母矣。（《黑奴吁天录》）
为吾忏悔地可乎?（《吟边燕语·铸情》）
余曰："主人得毋从学堂归耶?"（《块肉余生述》）
余曰："马克为是独行欤?"（《巴黎茶花女遗事》）
校长曰："何哉? 讵尚有冤枉之言?"（《块肉余生述》）

　　值得注意的是，林译中还出现了"耳"、"焉"、"兮"三个语气词。"耳"与"焉"在林译中也用作表示陈述，是"也"、"矣"的补充，如："咸得不死，或见拯耳"（《吟边燕语·李误》）、"老树凋残，尚有一二根在焉"（《撒克逊劫后英雄略》），但这并未越出先秦语气词的范围。"耳"与"焉"在先秦文章中已有运用，只不过不如"也"、"矣"频繁。如："直不百步耳"（《孟子·梁惠王上》）、"寡人虽死，亦无悔焉"（《左传·

隐公三年》)。"兮"也是先秦的语气词,相当于现代的"啊"、"呀"等,有抒发感情的作用。多用在先秦的诗词中,如:"父兮生我,母兮鞠我"(《诗·小雅·蓼莪》)、"民离散而相失兮,方仲春而东迁"(《楚辞·九章·哀郢》)。只有在翻译外国诗歌时,林纾才使用"兮",以模仿《诗经》和《楚辞》的笔调。如《红礁划桨录》(Beatrice)中的一段诗歌:"君讵飞仙耶?胡遗蜕而裹予?君为世贤耶?乃引长裾而揽予。欢兮欢兮!我言汝如兮,我心汝如,我愿遂兮,委身君手,与君而同居。思佳期而匪遥兮,吾且埋愁于荒墟;得君爱我兮,我乃飞梦而成此蓬蓬。"(转引自马祖毅,1999:766—767)林纾用骚体译出的这首诗歌,颇有屈原的《湘君》、《湘夫人》的韵致。

第五,模仿先秦疑问句和否定句的句序。主—动—宾的句序,是先秦汉语和现代汉语的基本句序。但是,在先秦汉语里,疑问代词宾语和否定句中代词宾语,均需放在动词之前,构成倒装结构,如:"无父何怙?无母何恃?"(《诗·小雅·蓼莪》)"吾谁使正之?"(《庄子·徐无鬼》)、"居则曰:'不吾知也。'"(《论语·先进》)。自汉代始,上述两种宾语的后置句式开始出现,南北朝以后,宾语后置句式完全取代了前置句式。"凡是在书面语里运用先秦时代那种代词宾语前置的结构的(如古文作家),那只是仿古,而并不反映口语。"(王力,1989:198)林纾在翻译时,大都遵守这一先秦句法规则,如:

> 非托君之子,更将谁托?(《迦茵小传》)
>
> 马利亚曰:"君又欲何言?"(《黑奴吁天录》)
>
> 余曰:"此间应何需?"(《块肉余生述》)
>
> 穷极幽辟,足迹咸苴,竟不之见。(《吟边燕语·李误》)
>
> 主人犹不我直。(《黑奴吁天录》)
>
> 真伪且不之辨。(《迦茵小传》)

第六,模仿先秦判断句式。先秦汉语的判断句式没有系词①,名词或

---

① 系词在语法界没有一个统一的定义。本书采纳王力的观点,认为系词是在判断句中把名词性谓语联系于主语的词。并且,根据他的观点,汉语中真正的系词只有一个"是"字。(参见王力,1989:350。)

名词性短语不需要系词的帮助就可以构成判断,如:"弓矢者,器也"(《易·系辞下》)、"百里奚,虞人也"(《孟子·万章上》)。这两个例句代表了先秦汉语判断句的基本句式:一是主语后加"者",表语后加"也"。二是主语后不加"者",表语后加"也"。其中,"者"表停顿,有舒缓语气的作用,"也"用来结句,对主语加以肯定的判断或解说。林纾的翻译模仿了先秦汉语的这两种判断句式,如:

> 歇洛克者,犹太硕腹贾也。(《吟边燕语·肉券》)
> 爱密柳者,贵家女也。(《黑奴吁天录》)
> 其人名钵特,盖贵族议院中大绅士也。(《黑奴吁天录》)
> 鲍梯霞有戚畹曰贝拉略,精于刑律者也。(《吟边燕语·肉券》)

林纾译本也出现了"是"字,如:"是策也,亚古若不梗其中者,策诚良也"(《吟边燕语·黑瞀》),但它并不用作判断句中的系词,而是相当于代词"此",这里是指代译文中亚古所谋划的策略。实际上,先秦汉语的判断句发展到后期,"是"字已参与了进来。它很像系词,但其实并不是。"是"字的功能和"此"或"这"相同,是一个指示代词。如:"即不能令,又不受命,是绝物也"(《孟子·离娄上》),"是"字指代的是逗号前作主语的那个语句。

第七,模仿先秦的被动句用法。林纾的翻译中被动句比较少见,这是因为他模仿的是先秦句法,而"真正的被动式在先秦是比较少见的"(王力,2004:485)。先秦文言中较为少见的被动句主要分为两种类型:"见"字句和"为"字句,[①] 如:"吾长见笑于大方之家"(《庄子·秋水》)、"不为酒困"(《论语·子罕》)林纾译本中为数不多的被动句大多采用了"见"字句结构,如:"时大安的及母见拯于渔者"(《吟边燕语·孪误》)、"亨利素不见爱于其兄"(《迦茵小传》)。也有"为……所"结构,如"为寒威所逼"(《块肉余生述》),这大概是译者受到《史记》笔法的影响,因为"为……所"结构在汉代经常使用。

林纾在翻译时对先秦散文的词法句法多有沿袭与模仿,古文家的功底

---

① 王力在 1980 年版的《汉语史稿》中,把"于"字句归为被动句,但后来进行了修正。(参见王力,1989:273。)

的确为他的译笔平添了许多的古文风韵。然而，林纾没有完全被他的古文家身份所束缚，译文突破了古文的一些禁忌，从而写人写事能够惟妙惟肖。

古文家历来讲究语言的纯正，至桐城派始祖方苞出现，对古文语言的要求就更为严格和苛刻了。他说："古文中不可入语录中语、魏晋六朝人藻丽俳语、汉赋中板重字法、诗歌中隽语、南北史佻巧语。"（转引自谢谦，1999：385）林纾在这方面有着同样严格的要求，他认为古文中不能"窜猎艳词"，不能有"鄙俗语"、"轻儇语"、"狎嬻语"（刘大櫆等，1962：99—103）。他曾经从明代公安派首领袁中郎的文集中摘引出"徘徊色动"、"魂消心死"等词语，并对此斥责道："文体之狎嬻，至于无可复加"，"'破律坏度'，此四字足以定其罪矣"。（同上：101）但在翻译中，林纾有时却掺入了这些禁忌成分。如《撒克逊劫后英雄略》中对犹太女子吕贝珈（Rebecca）外观描写的一段译文：

> 身段既佳，又衣东方之衣饰，鬓上束以鹅黄之帕，愈衬其面容之柔嫩；双瞳剪水，修眉入鬓；准直颐丰，居中适称；齿如编贝，柔发作圆瓣，披之肩际；缟颈酥胸，灿然如玉；衣波斯之锦，花朵如生，合众美为一。观者无不动色，眼光一瞥，即注其身。（林纾、魏易，1981：39）

又如《吟边燕语·铸情》中叙述罗密欧和朱丽叶初见的一段译文：

> 座间，罗密欧忽睹一天人，似人间无此艳冶者，失声以为佳丽。……跳舞既竟，罗密欧私至丽人侧，与执手为礼曰："此柔荑之手，吾尊之如神道之坛坫，自审涸浊之躯，来谒上真，不敢抗礼。请得以口亲之，为吾忏悔地可乎？"（同上：39）

这两段文字对古文来说，足称"轻儇"与"狎嬻"。"双瞳剪水"、"缟颈酥胸"、"柔荑之手"、"以口亲之"等词汇的使用，明显地让林纾的译本"破律坏度"了，但对于小说的确生动形象。凡小说，总要写到人的七情六欲、悲欢离合，总要写到人世间的三教九流、种种行为。虽然林纾的译文有所增添，对吕贝珈的柔美妩媚渲染得有些流俗，罗密欧的款款深情也有一些轻浮，但林译对原文的精神传达是等效的。若要译者坚持用文戒森严的古文，显然难以很好地传达原文。

林纾的译作还掺杂了一些白话口语词，这对古文来说同样属于禁忌成分。在《春觉斋论文》中，林纾曾从袁中郎《记孤山》中引出这样一句话："孤山处士梅妻鹤子，是世间第一种便宜人"，然后指责说："'便宜人'三字亦可入文耶?"（刘大櫆等，1962：101）然而，林译的《滑稽外史》第29章，分明也有句例文用了"便宜"二字："乃令彼人占其便宜，至于极地。"（钱钟书，1981：38）由此可见，林纾译书并不完全排斥口语。诸多林译本中，尤其以专叙家常之事的《块肉余生述》为最多。如：

> 余哭声尤烈，……即斥之曰："畜生!"
>
> 妪与母亲吻，有类母鸡之啄物。
>
> 当往购炙鸭二、牛肉及煮白菜一巨盘，佐食猪腰一碟，冻糕一器。
>
> 余少时见彼二颊红绛，余谓为苹果，……今则皱纹无数矣。

小说本身就是一种刻画市井百态的艺术，属于"俗"文学的范畴，其语言多涉及日常生活。上面所出现的如"畜生"、"母鸡"、"牛肉"、"煮白菜"等，译者无法找到相应的古文与之对译。所以，林译本中的这些俗词白话，是译者翻译时根本无法避免的。否则，译文也就难成其为小说了。

而且，对于刻画人物来说，白话口语词的使用也是必不可少的，现仍以《块肉余生述》的一段译文为例："铜匠曰：'汝敢抵赖，脑且立碎!'右手已作势欲下，然仍未下，则引目视余，言曰：'尔身中有沽酒钱乎?有则趣出，勿待老子饱汝以拳。'"（林纾，1981b：110）这是大卫小时候独自逃离伦敦，前往度佛尔（Dover）投奔姨母时，路遇铜匠索财的一段遭遇。"老子"一词，原文为"I"。相较于"吾"、"余"等文言字词，译者只有如此译出，铜匠那种粗俗、野蛮、凶狠之态才能得到准确的再现。林译中的白话口语词，使译本形象通俗、富于表现力，也更加带有小说的本质特征。

林纾明确地反对在古文中掺入外来语，他在为自己选编的《〈古文辞类纂〉选本》写的序言中曾明确指出："所苦英俊之士为报馆文字所误，而时时复掺入东人新名词。……惟刺目之字一见之字里行间，便觉不韵。"（吴俊，1999：147）但他的翻译却掺入了"东人新名词"，如：

> 彼夫妇在蜜月期间，两情忻合无间。（《黑奴吁天录》）
> 一在脱厄自由，一唯致死。（同上）
> 今日相逢，乃至幸福。（《块肉余生述》）
> （余）自祝此老至俱乐部晚，会中人当重罚之。（同上）
> 人生地球之上，地之沐阳光者亦仅有其半。（《离恨天》）

"东人新名词"就是从日本输入的外来语，其中大部分是经由欧美转译，用日语汉字书写的词汇，反映了近代西方资本主义社会文化的新名物、新概念、新表述。这些新名词虽然读来不顺，但它们在翻译中确实很实用，所以林纾虽然不喜欢这些新名词而又免不了和它们打交道。

除了这些东人新名词，还有许多的欧化音译词，如"咖啡"（coffee）、"布丁"（pudding）、"列底"（lady）、"麦特拉"（murderer）等普通名词，"汉姆"（Ham）、"意里塞"（Eliza）等人名，"伦敦"（London）、"鸦墨斯"（Yarmouth）等地名，这些名词都不可能以古文译出。但是，有的音译词实为译者有意为之，这是译者受到了当时译音习气的影响，特地在译本中介绍一些名词的外来读音，以使译本带有些许"洋气"。对待外来名词方面，林纾大体使用了两种方法：若为译文读者较为熟悉的外来读音，就径直音译，如："咖啡"、"布丁"、"密斯"等；若为译文读者陌生的，则音译加注，如："价十佛郎。（每佛郎，约合华银二钱八分，余仿此）"（《巴黎茶花女遗事》）"列底（尊闺门之称也），安可以闺秀之名保此人，此人听老夫保之"（《撒克逊劫后英雄记》）。偶尔也有外文单词直接被夹带进译文，如："但书马丹 ME 可也。"（《块肉余生述》）

外来的句法在林译本中也偶有出现，它们"简直不像不懂外文的古文家的'笔达'，却像懂外文而不甚通中文人的硬译"（钱钟书，1981：40）。究竟此为译者"笔误"之故，还是保留些许"洋气"而有意为之，今人已不得而知。林译的欧化句法可归为三种（同上：40—42）：第一种是称词与姓氏死扣住原文次序；第二种是"笨伯式"地忠实于原文的词意，结果译文成了外国式的中文；第三种是长句的各分句完全按照原文次序译出，而不重新安排组织，译出的句子松散有余而团结不够。

综上所述，先秦的主要词法句法在林纾的翻译中都有体现。林纾译本在单音词的使用、词类转用、语气词、判断句、被动句等方面都具有先秦词法句法特征，使得译本呈现"古文"的气象。林纾所译文类为小说，若要写生逼肖，不得不突破古文的一些戒律，所以译者掺入了诸如轻儇语、白话口语词、东人新名词等古文所不容许的成分。二者相较，前者占据上风。无怪乎林译能够迷惑众人的眼睛，让不少学者认为林纾"以译为文，有如己出"（转引自陈敬之，1983：347），赞美林纾"生平所译西洋小说，往往运化古文之笔以出之，有无微不达之妙！"（转引自寒光，1935：52）

二　林纾翻译风格

对于同一位创作者来说，他的不同文类的创作①风格之间，在某种程度上都会存有这样或那样的联系。林纾翻译小说使用的语言，被许多同时代人及后人误认为"古文"，林纾自己也常把小说类比为古文（吴俊，1999：30—31）。那么论及林译小说的风格，应该把他的古文创作纳入视线，而这又绕不开当时的桐城文派。因为一个人的文学素养既有个人资质的因素，同时也离不开时代文风的熏陶。

桐城文派是清代最大的一个散文流派，执清代文坛牛耳凡二百余年而屹然自立。桐城派是时代文学的主旋律，是士大夫们必须呼吸的空气和置身其间的大环境，对林纾的影响并非一定得借助师徒相承的关系。林纾数十年沉潜于"左、马、班、韩"，他的文论思想的取源与桐城派在客观上是一致的，他还曾公开表示对归有光、方苞文章的欣赏。自定居北京后，林纾与桐城派关系异常亲密。林纾与吴汝纶初次见面时，吴汝纶称赞林纾的文章"是抑遏掩蔽，能伏光气者"（林纾，1983a：78），他对林纾的赏识说明他们在志趣上不乏共通之处。据说林纾还曾向吴"执贽请业，愿居门下，而公谢不敢当"（郭立志，1972：37）。吴去世后，林纾与其弟子马其昶、姚永概结为"道义之友"。马其昶对林纾推崇备至，甚至认为

---

① 翻译也是一种创造，只不过是一种再创造，或称为二次创造的观点，现已经得到学界的普遍认可。（参见许钧《忠实·叛逆·创造》，《译林》1990 年第 2 期；孙致礼《译者的克己意识与创造意识》，《中国翻译》2000 年第 1 期，等等。）

林纾的古文有过于吴。桐城派在吴汝纶之后的马、姚，社会影响并不大，他们的号召力和文学实绩都不足以振兴其门面。林纾既有不逊于马、姚的古文功底，又有"译界泰斗"带来的声名，在各类论争中为桐城护法，充当了桐城古文殿军的角色。虽然林纾曾再三表达了自己的立场："吾非桐城弟子"（林纾，1988：145），但是无论林纾承认与否，应该说林纾古文的风格和桐城古文的风格在基本倾向上是一致的，而且林纾的古文批评理论也和桐城派的古文批评理论有着异常亲密的关系（详见王济民，2007：105—111）。因此，在此意义上可以将林纾视为桐城派的重要成员。

那么，林纾与桐城派风格上有什么相似呢？此即为"雅洁"的风格。"雅洁"是桐城派的独特风格，亦是其精髓所在。"雅洁"说是由桐城派初祖方苞提出，"雅洁"说的提出开创了严净雅洁、静重博厚的古文创作文风，成为桐城后人在文学审美上矢志追求的最高艺术标准。在桐城派中，类似"雅洁"的说法很多，如"雅训"、"雅正"、"古雅"、"醇雅有体"、"清和典雅"，等等。大致所来，"雅"就是纯正不杂，与俚俗相对。刘大櫆曾说："好文字与俗下文字相反。"（刘大櫆等，1962：10）而"洁"则为简省文字，与繁杂相对。姚鼐有言："大抵作文，须见古人简质惜墨如金。"（姚鼐，1980：538）"雅洁"的风格要求，一方面使桐城古文文从字顺，语言纯洁；另一方面使其文辞"洗练朴素、自然光辉"。（王运熙等，1985：74）

"雅"、"洁"的说法，在林纾的文论中可以直接见到。他在《用字四法·拼字法》中说："古文之拼字，与填字之拼字，法同而字异。词眼纤丽，古文则雅炼而庄严耳。"（刘大櫆等，1962：131）此处的"雅炼"、"庄严"就大致类同桐城派所标榜的"雅"、"洁"。林纾对"雅"有着深入的思考，他所作的文论多有涉及语言的规范性方面，如"若立志为文，非积理积学，循习于法度，精纯于语言，不可轻着一笔"（同上：102）。林纾对于"洁"的看法在《春觉斋论文·论文十六忌》中也可略见，如"忌庸絮"篇中，他认为作文不应"庸絮"，"絮者，拖沓之谓"，絮絮不休会"招人厌倦"（同上：90—92）。此处的"絮"与桐城的"洁"是对立的。

在实际的创作层面，"雅洁"风格为林纾所倾力追求。毋庸置疑，桐城派内部，不同的作家，创作风格也存在着差别。林纾的古文也有着自己鲜明的创作个性，如林薇曾说林纾"以血性为文章"、"于阴柔一道，下过苦功"（林薇，1990：289），但笼罩在时代文风下，"雅洁"风格可说是林纾古文最基本、最显著的风格，如：

> 栏楯楼轩，一一如旧。斜阳满窗，帘幔四垂，鸟雀下集，庭樨阒无人声。余微步廊庑，犹谓太宜人昼寝于轩中也。轩后严密之处，双扉阖焉，残针一，已绣矣，和线犹注扉上，则亡妻之所遗也。（林纾，2002：192—193）

这段文字摘自林纾的《苍霞精舍后轩记》，描写林纾故地重游时，对母亲和妻子的追忆，对岁月流逝、世事沧桑的感慨。其笔墨雅洁，无一缀语，俨然桐城家数。这种雅洁之风也是林译小说的基本风格特征，如《迦茵小传》的开头部分对故事发生地的描绘：

> 凡前此城中雉堞连云，林墅纵横，游人如织，今则徒遗一坏寺之基而已。坏寺基于高埠之上，后临荒圃，纤草如毡，而草中缕缕有行人微径。（林纾、魏易，1981c：1）

又如《块肉余生述》中，自继父来后，叙述大卫生活的一段译文：

> 余至窗下外望，见花树数株，为寒威所逼，而而俯其枝条。余蹑足出赴楼上，见余卧处亦易，地在僻远之角，余下观楼底位置，则一一易其故观。（林纾、魏易，1981b：23）

以上二例，一为写景，一为叙事，文字大体说来清真古雅，洗练质朴，秉承了一股"雅洁"之风。此类例子不胜枚举。综观林译小说，译笔大都比较清正雅洁。

为了实现译文的"雅"，林纾所用的手段即为模仿先秦的词法句法，这也与桐城文派们的一贯做法是相吻合的。桐城文派们注重在"传统思想文献中寻根"（田望生，2003：4），他们视从战国到两汉的文章为范本而言必秦汉，他们崇尚"不学《诗》，无以言"（《论语·季氏》），动辄"子曰"、"诗云"。模仿先秦词法句法与秉承桐城之风相得益彰，并不矛盾，前者是后者题中应有之义。在翻译小说中，林纾具体运用了具有先秦特征的实词、语气词、判断句、被动句、倒装句等，具体实例上节已经探讨，此处从略。这些方法使译文语言趋于规范化、纯洁化，具有古朴典雅的气质。

在"洁"方面，译者原本只有选词炼句的操纵空间。然而，在林译中，当原文不简洁、不精练，有碍译文的"洁"时，译者有时自作主张，擅自删改。如《汤姆叔叔的小屋》一书对人贩海留（Haley）出场的描写，原文与译文节录如下：

> One of the parties, however, when critically examined, did not seem, strictly speaking, to come under the species. He was a short, thick-set man, with coarse, commonplace features, and that swaggering air of pretension which marks a low man who is trying to elbow his way upward in the world. He was much over-dressed, in a gaudy vest of many colors, a blue neckerchief, bedropped gayly with yellow spots, and arranged with a flaunting tie, quite in keeping with the general air of the man. His hands, large and coarse, were plentifully bedecked with rings; and he wore a heavy gold watch-chain, with a bundle of seals of portentous size, and a great variety of colors, attached to it, -which, in the ardor of conversation, he was in the habit of flourishing and jingling with evident satisfaction. His conversation was in free and easy defiance of Murray's Grammar, and was garnished at convenient intervals with various profane expressions, which not even the desire to be graphic in our account shall induce us to transcribe. (Stowe, 1853: 1)

林译：其一人狞丑，名曰海留，衣服华好，御金戒指一，镶以精钻，又佩一金表。状似素封，而谈吐鄙秽，近于伧荒。（林纾、魏易，1981d：3）

原文对海留的描写极尽细致，用了175词，而林译只有短短的40字，不及原文的1/4。此处的译文是译者在对原文所刻画的人贩那种俗气委琐的形象有了整体把握之后，以寥寥数笔总括而出。虽然遗漏很多细节，但整体精神与原文是相符的。译文句式短小精悍，读起来朗朗上口，字里行间流露出一种古文所追求的简洁利落的清新之气。

　　林纾的翻译不仅体现了译者受时代文风熏陶以及自身文化素养所特有的"雅洁"风格，同时也传达了原文本的风格。林纾是一个对文学艺术有着极高鉴赏力的人，长期的翻译实践使他能够辨认出外国文学家的风格。诚如他自己所言："今我同志数君子，偶举西士之文字示余，余虽不审西文，然日闻其口译，亦能区别其文章之流派，如辨家人之足音。其间有高厉者，清虚者，绵婉者，雄伟者，悲梗者，淫冶者。"（吴俊，1999：77）

　　凭借与口译者的默契配合，扎实的语言运用能力，林纾对这些风格都能很好地加以传达。《黑奴吁天录》中汤姆的悲惨处境、奴隶主的残暴，《撒克逊劫后英雄略》中骑士美人的浪漫、绿林侠客的神秘，《块肉余生述》中的各类人物，善良的、狡猾的、怯懦的、迂腐的，等等，林纾对这些揣摩得非常透彻，表达得非常到位。沈雁冰就曾认为林纾翻译的《撒克逊劫后英雄略》除了几处小错外，颇能保持原文的情调（郑振铎，1981：14）。郑振铎也感慨地说："我们虽然不能把他的译文和原文一个字一个字地对读而觉得一字不差，然而，如果一口气读了原文，再去读译文，则作者情调却可觉得丝毫未易。"（同上：15）

　　对于这些风格，在此无法分别举例分析，现主要选择以幽默①风格为例。"幽默"，音译自"humor"一词，最初有怪癖的意思，后引申为滑稽，现已成为一个专门的美学范畴。幽默作为一种极具感染力的艺术风格，在欧洲尤其是西欧的文学长河中，已经流淌了两千多年。古文里很少有滑稽的风味，而林纾"对于原书的诙谐风趣，往往有一种深刻的领会，故他对于这种地方往往更用力气，更见精彩"（胡适，1998a：215），这也正是本书选择幽默略加评论的原因之所在。

　　林纾所翻译的诸多小说中，狄更斯的小说尤以幽默见长。狄更斯是英国19世纪最为卓越的小说作家之一，他善于从日常生活中发现笑料，并从这些滑稽现象的背后发掘出深刻的思想内涵，这种幽默的艺术风格被人们广为称颂。《简明剑桥英国文学史》总结了狄更斯盛名长久不衰的三个原因，其中之一便是他的幽默："世界上伟大的幽默作家屈指可数，而狄

---

　　① 对于幽默，学界还没有达成一致的解释。但大体说来，幽默都是和笑紧密联系的。如《英国百科全书》对幽默的定义："幽默，在现代意义上意味着喜剧或可笑的事物。"在《辞海》中被解释为"通过影射、讽喻、双关等修辞手法，在善意的微笑中，揭露生活中乖讹和不通情理之处"。

更斯便属于这一卓越的行列。"（桑普森，1987：199）

林纾的译序跋表明他认识到了狄更斯小说的这一特点。他在《孝女耐儿传·序》中，赞扬狄更斯能够"使观者或笑或怒，一时颠倒，至于不能自已"（吴俊，1999：77—78）。他还曾在《滑稽外史·短评》中作了比较分析，认为："左、马、班、韩能写庄容，不能描蠢状，迭更斯盖于此四子外，别开生面矣"（同上：72）。对于狄更斯小说的这种幽默风韵，林纾生动传神地传达给了读者。现以狄更斯的 *David Copperfield* 第7章中的一个片段为例，原文如下：

> Here I sit at the desk again, on a drowsy summer afternoon. A buzz and hum go up around me, as if the boys were so many bluebottles. A cloggy sensation of the lukewarm fat of meat is upon me (we dined an hour or two ago), and my head is as heavy as so much lead. I would give the world to go to sleep. I sit with my eye on Mr. Creakle, blinking at him like a young owl; when sleep overpowers me for a minute, he still looms through my slumber, ruling those ciphering-books, until he softly comes behind me and wakes me to plainer perception of him, with a red ridge across my back. (Dickens, 1981：83 – 84)

原文叙述了夏日午后的课堂上，小大卫刚眯缝了一下眼，后背立刻吃了校长狠狠的一记鞭子的惨痛生活小片段。狄更斯是以一个天真孩童的视角来叙述的，他单纯无辜而又心惊胆战，笔调看似轻松幽默，而实则"笑中含泪"，给人的印象极其深刻。

以下摘录的分别是林纾和董秋斯（1950）的译文：

> 林译：尤有一日，似夏午后，众声嘤嘤如虫鸣，余脑重如铅，嗜睡至酷，即以全世界易此片晌之寐，余亦甘之。时尚撑其二睫视先生，似小鸭初试其目光者。已而睫交，忽尔如梦一高大之校长，矗立余前，然状甚狞狰，但觉其可畏，已而背上受笞，红痕涌起，斗视之，果先生也。（林纾、魏易，1981b：51）
>
> 董译：现时仿佛我又坐在书桌旁了，那是一个令人昏睡的夏天的下午。我四周起了一片营营声和嗡嗡声，仿佛学生们是那么多的青

蝇。我身上有一种微温的肥肉的油腻感觉（我们在一两个钟头前吃过饭），我的头像那么大块铅一样重。我愿牺牲一切来睡，我坐在那里，眼盯着克里古尔先生那里，像一头小猫头鹰一般对他眨着眼；当睡魔一下子征服了我时，他依旧隐隐地从我的昏睡中出现，他指正着那写算术簿，轻轻地走到我后面，用横过我背上的一道红岭子唤醒我，使我把他看得更清楚一点。（董秋斯，2009：69）

　　比较林译和董译可以发现，在内容的传达上，董译译出了全部细节，而林译存在漏译，有几处内容未译出。可是就表达效果来说，董译似乎在机械地重复故事，流露出一种成人所特有的成熟冷静的口吻，小大卫的那种纯真可爱的特点损失殆尽，而林译虽然有着语言的隔膜和文言形式的阻碍，却能从整体上很好地传达狄更斯那种风趣幽默、笑中带泪的韵味。如原文的"I would give the world to go to sleep"，董译为"我愿牺牲一切来睡"，情感色彩平淡，相比之下，林译为"即以全世界易此片晌之寐，余亦甘之"，充分地表达了孩童难以抑制困倦的感觉。又如原文的"I sit with my eye on Mr. Creakle, blinking at him like a young owl"，董译为"我坐在那里，眼盯着克里古尔先生那里，像一头小猫头鹰一般对他眨着眼"，可谓非常忠实地传达了字面意思，但字里行间小大卫困倦得忍无可忍的状态却又消失了，而林译为"时尚撑其二睫视先生，似小鸮初试其目光者"，小大卫想睡不能睡的痛苦、想睡不敢睡的畏惧被轻松地表现了出来，但却蕴含着一种深深打动人心的力量，令读者顿生对小大卫同情怜悯的心情。再如原文的"until he softly comes behind me and wakes me to plainer perception of him, with a red ridge across my back"，董译为"轻轻地走到我后面，用横过我背上的一道红岭子唤醒我，使我把他看得更清楚一点"，译文毫无情感色彩可言，似乎译者对书中主人公的惨痛经历态度漠然。林译为"已而背上受答，红痕涌起，斗视之，果先生也"，把大卫"梦中挨鞭，蓦然惊醒"的过程刻画得活灵活现，滑稽搞笑的背后使读者意识到校长的蛮横残忍、大卫的可怜无助。

　　为了"更好地"传达原作的艺术风格，林纾还偶尔对原作的细节加以想象，添加一些原文所无的细节，使得译本中的人物和情景更为幽默风趣。如《块肉余生述》第 11 章描写饮食的劣质："It was a stout pale pudding, heavy and flabby, and with great flat raisins in it, stuck in whole at wide distances apart"（Dickens，1981：148）。林译为："彼家为布丁，坚实无伦，葡萄之脯，但疏疏如晨星，钳诸其上。"（林纾、魏易，1981b：96）译文中的"如晨星"、"钳"为原文所无，纯属林纾的添油加醋。这种添加在今日虽不可取，但较之原文，所造之笔确实令译文更为活泼有趣。当然，如果译者的想象不当、添加至多，译文则会显得过于油滑累赘。

林纾传达原文幽默风格的例子不胜枚举。无怪乎郑振铎说"有时连最难表达于译文的'幽默'，在林先生的译文中也能表达出"（郑振铎，1981：15）。当代学者杨联芬称赞"他用古文，竟然能够惟妙惟肖地传达西方原著的幽默，这已为众多现代作家所折服"。（杨联芬，2003：100）

以上分别论述了林译如何传达译者风格及原文风格，前者分析了林译如何传达"雅洁"风格，后者则以幽默风格为例作了评述。"雅洁"是晚清社会的时代文风，也是林纾创作古文的最显著风格，当林纾进行翻译时，这种创作风格被带入译文，使译文文字呈现古朴典雅、洗练质朴的风貌。这种风貌是译者刻意模仿先秦词法句法，凝练词句，甚至偶尔删改的结果。翻译不是创作，有责任感的译者应该把原文风格传达给译文读者。林纾在此方面做得较好，译文虽不能和原文作字句比读，但原文的整体艺术风貌还是很好地传达给了译文读者。对原文的幽默风格的传达是林译的强项，着实折服了很多的读者，其中既有近代的也有当代的。就其他艺术风格而言，细品译文不难发现林纾传达得也比较到位。

而译者要传达幽默的、狡猾的、怯懦的、残暴的、迂腐的等各种风格，自然会将一些"不雅"、"不洁"的成分带入译本，从而在某种程度上削弱了"雅洁"的风格。但就译本整体而言，译本中的"雅洁"成分维持在一个较高的比例，译本仍以"雅洁"的风格为主。否则，邵祖恭等人所认为的"林译小说的辞藻妍丽，文笔雅洁"（转引自陈敬之，1983：347）便很难理解了。

第三节　林纾翻译的文体生成

林译的原作大多是用现代英语写成的，在现代英语体系中，书面语与口语差别不大。而林译是用仿古文的语言写成，古文为社会精英阶层所专有，与人们日常使用的语言分属两种体系，彼此不通，形成了长期言文分离的局面。因此，林纾翻译小说时所采用的文言语体及其所体现的雅洁风格，通常与原作的文体特征相去甚远，实际上是对原文的"不忠"。译文所表现出的这些文体特征，与译者自身、译文读者和翻译文化策略三因素息息相关。

一　译者

译者作为翻译过程的主体，对翻译文体的生成起主导作用。林译虽由合作者口述加林纾笔述，但翻译文体的掌控全在林纾之手，译文的文体面貌很大程度上就取决于林纾的文学修养。林纾一生与古文有着不解之缘。梳理林纾与古文的关系，有助于理解林译文体为何会呈现出拟古风貌。

首先，是学习古文。林纾自小习读古文，在 11 至 12 岁时，跟随蒙师薛则柯先生学习。薛则柯对课蒙有开明的见解和主张，他教林纾时，不讲读书应试的八股文，却讲授欧阳修的古文。林纾后来厌恶八股时文，而特别热爱传统的古文，显然从薛则柯这里受到过重要影响。林纾早年虽家境贫寒只能借书抄读或拣购旧书，但长年累月地积攒下来，也有了几橱藏书，在他 20 岁时，便已校阅古书 2000 余卷。31 岁中举后，认识了同科举人高凤歧、郑孝胥、陈衍、陈宝琛、李宗言等人。其中，李宗言家藏书丰富，林纾借读李家藏书不下三四万卷，为后来的文学活动奠定了坚实的基础。40 岁之后，林纾渐入精读，随身所携之书不过"《春秋》《左氏传》《史记》《汉书》而已"，"谓古今文章归宿者止此"（张僖，1983：136），精读使林纾对古文有了更深入的感悟。

其次，是创作古文。林纾在学习古文的同时，也在不断地进行古文创作。1910 年商务印书馆结集出版了他的第一本古文集《畏庐文集》（共109 篇），1916 年与 1924 年商务印书馆又分别出版了《畏庐续集》（共83篇）和《畏庐三集》（共 92 篇）。在新旧并存的近代文学创作中，虽然林纾的古文无疑属于旧文学的范畴，但就总体艺术水准而言，林纾的古文在晚清社会还是很高的。清代桐城古文大家吴汝纶看过林纾的古文后，不禁称赞道："抑遏掩蔽，能伏其光气。"所谓"抑遏掩蔽，能伏其光气"，即行文既要求雄健有力，又要求深沉含蓄。对此赞誉，林纾受之无愧。他的古文文字简约晓畅，寓意深厚含蓄，既有敛气蓄势之美，又有龙腾虎跃之妙。

再次，是编选评论。林纾研习了一辈子古文，编选和评论古文也是他在古文领域的独特贡献，代表作品有《中学国文读本》（1908）、《左孟庄骚精华录》（1913）、《春觉斋论文》（1913）、《〈古文辞类纂〉选本》（1918）、《庄子浅说》（1923）、《林氏选评名家文集》（1924）等。其中，《春觉斋论文》在整个古文文论中都占有重要地位。辛亥以前林纾在《中学国文读本》中选评的历代古文计309篇，而辛亥以后在上述各种选评本中选评的历代古文多达1090篇。林纾的这些作品为不少人所推崇，高梦旦为林纾的《畏庐三集》作的序（1924）中曾说"畏庐之文，每一集出，行销以万计"。当时的士大夫言文章者，必以林纾为师法。

最后，是讲授古文。林纾一生从未进入仕途，终身以教师为职业，从事古文的教学工作。自21岁在故乡的私塾教学开始，直至73岁谢世，从未离开过讲坛。严复曾作诗称赞他："孤山处士声琅琅，皂袍演说常登堂"（严复，2004：204），生动地描绘了这位教书先生不羡仕途、专心执教的形象。林纾备课极其认真，他的许多文论作品都脱胎于课堂讲义，如《春觉斋论文》就是他在京师大学堂讲授古文时的讲义。为力挺古文，他还通过其他途径，招生授徒，扩大门庭。1914年，他应北京孔教会邀请，到会讲述古文源流及研制门径。1916年，上海中华编译社设立国文函授部，发行《文学常识》、《文学讲义》月刊，林纾应邀担任《文学讲义》编辑主任，并在该刊发表《史记讲义》等函授教材。林纾还曾亲自组织古文讲习会，如在1917年的北京讲习会上，讲解《左传》、《庄子》等汉魏著名古文。

林纾一生与古文相伴，古文是他最为得心应手的文学语言，是他毕生学习与研究的兴趣所在，延续古文血脉也成为他安身立命的事业。而用"古文"来翻译域外小说，既可以彰显自己的古文功力，又可以扩大古文的应用领域，延续古文的生命，可谓一举多得，何乐而不为？事实也证明，林纾的确获得了一定的成功：在他的努力下，用"古文"译小说成了当时的风潮，为衰落的古文又延长了十余年寿命。

二　译文读者

译文读者作为翻译过程的客体，是影响译文文体生成的又一因素，译者翻译时必须加以考虑。那么，对于林纾的翻译而言，它的读者群究竟是哪些人呢？他们有些什么文体偏好呢？

梁启超等人从维新变法的失败中意识到，要实现维新变法的成功只有新民，他所说的"民"为下层民众。受维新派的影响，林纾早期也把译文读者定位在普通民众，如他在《译林序》中说："吾谓欲开民智，……多以小说启发民智。"（林纾，1989：26）然而，梁启超等人在翻译小说上的迅速失败，也给林纾提供了教训与启发，让他明白域外小说的读者只能是有文化之人，而并非如梁所说的"兵丁"、"市侩"、"农氓"、"工匠"、"车夫马卒"、"妇女"、"童孺"，这令林纾更坚信预设读者应为文人、士大夫们。①

　　近代启蒙思想家们都认为，文人、士大夫阶层无须阅读域外小说，他们可以通过阅读当时大量输入中国的西学著作直接获取新思想。言外之意：小说专为下层人民而备。但实际上，阅读翻译小说的群体正是这些文人士大夫们。至于晚清社会的现实读者构成，徐念慈在《余之小说观》中有一个大致的估计，并分析了"文言小说与白话小说"二者在晚清的境遇：

　　　　就今日实际上观之，则文言小说之销行，较之白话小说为优。果国民国文程度高乎？吾知其言之不确也。……若以臆说断之，似白话小说，当超过文言小说之流行。其言语则晓畅，无艰涩之联字；其意义则明白，无幽奥之隐语，宜乎不胫而走矣。而社会之现象，转出于意料外者，何哉？余约计今之购小说者，其百分之九十，出于旧学界而输入新学说者，其百分九，出于普通之人物。其真受学校教育，而有思想，有才力，欢迎新小说者，未知满百分之一否也？（徐念慈，1989：314—315）

　　可以看出，当时阅读翻译小说的读者绝大多数为传统知识分子，阅读的目的是为了知晓新学。预设读者与现实读者的错位，导致了读者对域外小说的冷淡、批评甚至排斥。他们对译者尽力使译文去文言化、通俗化的

---

　　①　有论者认为林纾并无期待读者，选择文言译书完全是他的古文修养。本书不接受这种观点，这充其量只能说《巴黎茶花女遗事》等几种初期的译本如此，但不能解释此后的译本。一个否定的原因就在于，深受维新派"新民"思想影响的林纾，在翻译小说时可以完全选择白话，因为他本人也是一位白话的好手，他的许多作品都是用白话写就。所以本书认为林纾应该有着明确的期待读者，而这部分期待读者正是文人士大夫们，这部分读者的文学、美学要求在一定程度上影响了译文文体的生成。

努力并不买账,反而加以批评:

> 以吾近时译界之现状观之,……译一书而能兼信、达、雅三者之
> 长,吾见亦罕。今之所谓译书者,大抵皆率尔操觚,惯事直译而已。
> 其不然者,则剿袭剽窃,敷衍满纸。译自和文者,则惟新名词是尚;
> 译自西文者,则不免佶屈聱牙,而令人难解则一也。 (周桂笙,
> 1906:25)

这也是为什么梁启超的翻译小说有如昙花一现,并未在读者中产生深远影响的原因之一。而林纾以传统文人、士大夫们为读者对象,产生了预设读者与现实读者的重合,译本满足了译文读者对文体的期待,获得了读者的好评。

文人、士大夫们为长期浸淫四书五经者,虽然"变而为购阅新小说"(老棣,1907:15),但已经形成的较为固定的思维模式、阅读习惯和语言表达方式并未能随着改变。他们长期处于一个封闭稳固的文学圈中,对异质文化近乎本能地极为抵触。传统文学观念准则在他们的头脑中根深蒂固,尤其是在语言方面。历来的正统文学都以文言为特征,文言占据文学殿堂的中心。对于这种文学准则,文人、士大夫们在短时间内很难改变。比如,对于严复译本中的"伤洁",吴汝纶曾告诫说:"若名之为文,而俚俗鄙浅,荐绅所不道,此则昔之知言者不悬为戒律。"(吴汝纶,2002:235)吴汝纶还算是属于比较开明的士大夫,他的观点具有一定的代表性。

中国历代文人、士大夫们对小说的评论都非常注重文笔,追求语言的典雅纯正,讲求"搜抉典坟,符证秘隐,辞藻灿然"(顾春,1996:60)。清代的但明伦在为《聊斋志异》作序时,曾忆及少年时在回答其父对他"童子智未定,即好鬼狐怪诞之说"的责难时,就十分巧妙地迎合了他父亲的心理:"不知其他,惟喜某篇某处典奥若《尚书》,……叙次渊古若《左传》《国语》《国策》。"(但明伦,1985:391)其父闻后,破怒为霁。这里不免有夸其父开明通达之意,但也非常有代表性地道明了士大夫们阅读文言小说的真实心理。又如清代另一位《聊斋志异》的爱好者何彤文,他对这部专叙花妖狐魅之书的喜爱,也是爱其文笔的典雅高贵,而对那些只爱好故事情节者表示出不屑与轻蔑:"近之读《聊斋》者,无非囫囵吞

枣，涉猎数遍，以资谈柄，其于章法、句法、字法、规模何代之文，出于何书，见于何典，则茫然夫未知之也，即读焉如未读也。"（何彤文，2004：331）可以说，当时文人、士大夫们喜爱这部作品，都在于其"笔意高古，句字典雅"（舒其锳，2004：331）。不仅《聊斋志异》的评论者如此，其他文言小说的评论者也如此。"金、毛二子批小说，乃论文耳，非论小说也。"（解弢，1919：91）总的来说，中国小说批评家论小说如论文章，似乎好的小说"不作文章看，而作故事看，便是呆汉"（冯镇峦，1985：586）。

文人、士大夫们的文化知识背景、语言习惯及对小说的评论视角，使得晚清社会采用文言译书，尤其是像林译小说这样的拟古的笔调，是一个极佳的选择①。在对西方文学文化普遍缺乏认知的情形下，用中国传统文学形式包装西方文学的手段，提供了一个必要的缓冲，给晚清读者似曾相识之感，从而有利于域外文学在目的语社会的接纳和吸收。

三　翻译文化策略

翻译文化策略是影响翻译文体生成的另一重要因素，属于深层层面，直接塑造出翻译文体的基本面貌。林纾使用的翻译文化策略可概括为"以中化西"的归化策略。

"归化"（domestication）与"异化"（foreignization）是对两种翻译策略的称谓。在翻译研究领域，首先将这两个词语作为术语使用的是美国翻译学者韦努蒂（Laurence Venuti）。翻译的归化与异化虽然由韦努蒂提出，但这一对术语又直接来源于德国语言学家、翻译理论家施莱尔马赫（Schleiermacher）于 1813 年宣读的一篇论文。②

归化与异化可以大致理解为译者针对两种语言及其文化的差异，面对

---

① 林纾就自己译书的语言，曾公开表白："纾虽译小说至六十余种，皆不明为文。"（参见林纾《与国学扶轮社诸君书》，吴俊编《林琴南书话》，浙江人民出版社 1999 年版，第 177 页。）这种说辞，虽然一方面说明了在林纾看来译小说和做古文是两回事，古文要比翻译重要得多，也严肃、严格得多，但另一方面恰好反映出林纾潜意识中是以一种为"文"的态度对待翻译，因为他知道"译小说"毕竟不等同于"做古文"，译作语言不可避免地会夹有各种非古文的杂质，而自己的译本读者又为传统文人士夫，他们不能忍受杂糅的语言，这样的声明就能够降低读者对译文文体的预期心理，免去读者们一些挑剔的口舌。

② 施莱尔马赫提出两种翻译的途径：一种是尽可能让作者安居不动，而引导读者去接近作者；另一种是尽可能让读者安居不动，而引导作者去接近读者。（参见 Lefevere，1992：149.）

文本类型、翻译目的、作者意图与译入语读者等方面的不同而采取的两种不同的翻译策略,其目的是指导具体翻译方法和技巧的选择与运用。归化采用的是目的语文化所认可的语言和文化规范,使译文流畅、通顺,以更适合目的语读者。异化为了使目的语读者能够领略到"原汁原味"而不惜采用不符合目的语的语言和文化规范。

从中外翻译史来看,归化一直占据主流地位。从古罗马到近现代的英法美俄等国家的主流翻译策略都是归化。我国自佛经翻译起,就采用了归化。到晚清仍未改变,虽然周氏兄弟的《域外小说集》(1907)的出版,标志着异化的萌芽,但就晚清的总体格局而言,仍然以归化为主。

归化和异化是一组动态概念,对它们的探讨需要回到当时的历史文化环境。在近代译界,归化"大行其道",这与当时的社会、文化、政治等因素有关。虽然林纾采用文言语体,雅洁风格,在原作的传达上大打折扣,造成对原作的不忠,但却有助于译文在目的语的顺利传播与接受。

翻译的根本目的,在于不同文化间的交流与沟通。因此,"翻译无疑是一个不可避免的归化过程,其间,异域文本被打上使本土特定群体易于理解的语言和文化价值的印记。这一打上印记的过程,贯彻了翻译的生产、流通及接受的每一个环节。……它最有力地体现在以本土方言和话语方式改写异域文本这一翻译策略的制定中。"(许宝强等,2001:359)

林纾在翻译文体上的归化做法,在晚清的译者中多有采用。梁启超的几种"豪杰译"作品,都使用了半文半白的语体,流丽与雅致风格兼具,还常用中国的诗词歌赋改写原文歌谣与诗歌。鲁迅早期的翻译对文体的归化处理有过之而无不及,《斯巴达之魂》、《造人术》、《哀尘》都采用的文言语体,甚至有时径直引用或化用先秦语词,"鼓铸全军,诸君诸君,男儿死耳!"(《斯巴达之魂》)。其中,"鼓铸",即鼓风扇火,冶炼金属、铸造钱币或器物,语出《史记·货殖列传》:"铁山鼓铸,运筹策,倾滇蜀之民,富至僮千人。"

从当时实际的翻译情形来看,若译者对文体的处理不跟随归化的潮流,译作就注定无法获得成功。鲁迅在留日后期与周作人翻译出版的《域外小说集》,就是一个典型的例子。在当时该书的销路非常不理想,鲁迅后来谈及它的销售情况时说:"听说不过卖出了二十册上下,以后再没有人买了。"(鲁迅,1997:202)

谈小兰把晚清时期的译者分为两代,以林纾、梁启超为代表的译者为第一代，以胡适、鲁迅为代表的为第二代（见谈小兰，2004：197）。这两代译者对文体的处理明显有区别，前者"以中化西"，即以本土文学文体同化域外小说，后者"吐故纳新"，即倾向接受域外小说文体形式。这种差异与特定时期国人的文化心态有密切关系。林纾等第一代译者受中体西用的牵制，恪守的文化立场带有中华文化中心色彩，也就更趋向于对域外小说的文体进行归化处理。而此后，国人对异域文化有着更为开放的心态，译者对域外小说的文体形式也就更容易接受。

第四节　小结

与今人翻译采用白话不同的是，处于新旧文学语言更替时代的林纾，其翻译模仿了先秦书面语言主要的词法句法，承继了桐城古文的"雅洁"风格，同时译文也有着白话口语词、音译词等通俗的现代因子。各种文体成分熔于一炉，形成了一种杂糅的文学语言。这种独特的文学语言，是一种延续中有创新的新型文体，它展示了"古文"最后的辉煌，又预示了现代文学语言的出现。

林译呈现的文言语体和雅洁风格特征，通常与原作的文体特征相去甚远，其实是对原作的"不忠"。就其动态生成过程来看，与译者、译文读者和翻译文化策略三因素密切相关。具体来说，林纾的深厚古文修养，传统文人士大夫读者群的文体偏好，以及译者所采用的以中化西的翻译文化策略，共同促成了林译文体的生成。

林纾用这种独特的文体翻译小说，可说是一项前无古人的伟大创举。译文以拟古为主的气质，犹如一件"古朴雅致"的外衣，至少从表层吸引了一大批读者，使他们感到西洋文学经典和我们的一样优秀，引起他们对外国文学的阅读兴趣。要知道在林纾之前，西方文学根本不被看中，国人普遍认为英国等西方国家的"文章礼乐，不逮中华甚远"（郭嵩焘，1984：119）。林译还引起了一些读者的翻译兴趣，之后有很多人加入到翻译小说的大军之中，但他们的译作都不如林译受欢迎。这其中不能不说没有林纾超群的古文造诣的助力，其译文的古文韵味浓厚，远胜于其他译者。与此同时，在西学译介领域，译者人数众多，却只有严复的翻译能一直风行，个中原因很大程度上也是在于译者以古文之笔入译书，在古文与译书之间架起了桥梁。

　　林译中的现代通俗因子，虽比例很小，位居于次，却也意义非凡，它对中国文学语言通俗化演变有着积极意义。历史上并不乏旧白话、半文半白语言做的小说，但它们都是一些不入流的小道之作。林译小说的可贵之处就在于：林纾身为古文大家，运用古文的笔法翻译西洋小说，却又能突破古文的限制，这本身就构成对古文的极大颠覆，推动了文学语言的现代演变。

　　当然，在文学语言的现代演变过程中，诸如林译这样的拟古文体只能充当历史中间物的角色。当传统文人士大夫读者阶层消失后，当科学的翻译标准建立后，当译文读者不再满足于"广中土之见闻"（蠡勺居士，1989：542）的目的后，这种文体便失去了它的存在价值与应用空间，但它在晚清民初时发挥的过渡性作用是值得肯定的。

第四章

合译的是与非——林纾翻译的过程论

费尔克拉夫话语分析框架的第二个向度为话语实践，本章将从此向度探讨林纾翻译的生产过程。结合林译的具体特征，对林译生产过程的分析，将主要涉及翻译方式（translation mode）和翻译选材（source text selection）两个部分。此处的翻译方式，不同于方法（translation methods）、技巧（techniques）或策略（strategies），是指译文由独立个人翻译，两人或多人合译，抑或组织译场集体翻译；翻译方法、技巧或策略在译界至今缺乏统一定义，在许多学者的著述中，它们被等同视之，可以互换使用，主要指增译、删除和改译这样的具体操作，林译在这方面的具体例示参见第五章。翻译选材不是译者随心所欲的行为，通常有着一定的目的性，明白译者的翻译目的，有助于更好地理解译者的原本选择。以下就这两方面分别论述。

第一节　林纾的翻译方式

林纾不懂外语，他通过与口译者合作来进行翻译。他们的合译成果有目共睹，但就这种翻译方式本身而言，各类林译著述中充满着对它的尖锐批评。这些批评多是只言片语的、主观印象式的点评，少有学者撰文对林纾的合译现象进行全面的、客观的研究。

一　林纾的合译

林纾独特的翻译方式，长期受到研究者的不屑、质疑与批判。要判断林纾的翻译是否为真正意义上的翻译，让林纾翻译现象受到应有的正视和重视，应该对什么是翻译以及翻译的过程作一考察。

古今中外，不少翻译理论家和翻译家都曾对"翻译"进行过界定。

我国唐朝贾公彦在《义疏》中对翻译做的界定为："译即易，谓换易语言使相解也。"（转引自洪诚，1982：94）何匡指出，"翻译的任务就是把原语言形式中表现出来的内容重新表现在译文的语言形式中"。（何匡，1984：613）在国外，当数奈达（Eugene Nida）与纽马克（Peter Newmark）对翻译的界定最为有名。奈达认为，"所谓翻译，是指在译语中用最贴近而又最自然的对等语，再现原语的信息，首先是语义层面，其次文体层面"。（Nida & Taber，1969：12）而纽马克则认为，"翻译是把一种语言中某一语言单位和片段，即文本和文本的一部分的意义用另一种语言表达出来的行为"。（Newmark，1991：27）虽然以上各种翻译定义的表述不同，但从中可知构成翻译的要素有三，分别是：原语，即翻译的起始语；译语，即翻译的目的语；译者，即翻译的行为者。如图 4-1 所示。

图 4-1

　　按照图 4-1 所示的三个要素，林纾的翻译也具备这三个要素。不过，林纾翻译过程中的译者由两部分成员共同担任，各事其责：一为精通外文的口译者，如王寿昌、魏易等人，由他们负责理解原作；二为具有较强文言功力的笔述者，即林纾本人，由他负责翻译中的表达过程。林纾的合译过程如图 4-2 所示。可见，林纾翻译中的译者，由精通外文的口译者和精通文言的笔述者两部分人员构成。按照上述有关翻译的传统定义，林纾的翻译也是严格意义上的翻译，只不过他的翻译中出现了特殊的媒介，即林纾的合作人员所译出的口译文本。

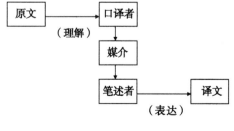

图 4-2

　　这种口译笔述的翻译模式并非始自晚清，早在东汉佛经翻译进入我国之时，就可以见到这种翻译模式。"翻译之事，莫先于内典"（梁启超，

1984：131），口译笔述的合作翻译之法即发端于此。安世高是东汉时期最早进行佛经汉译的译者之一，据说他是安息国的太子，来华后不久便通晓了汉语，译有不少的佛经。其中，既有完全由他本人翻译的，也有由他本人口译别人笔述形式翻译的。在《沙弥十慧章句序》中，有严佛调对安世高翻译情况的记载，"凡其所出，数百万言，或以口解，或以文传"（马祖毅，1998：23）。后世的著名佛经译家支谦、玄奘等，都是通过口译笔述形式组织佛经翻译。梁启超曾将从汉至唐600多年的佛经译事分成三期：外人主译期；中外人合译期；中人主译期。

　　　"……初则梵客华僧，听言揣意。方圆共凿，金石难和，盌配世间，摆名三昧。咫尺千里，亲面难通……"此为第一期之情状……译师来自西域，汉语既不甚了解。笔受之人，语学与教理，两皆未娴。伪谬浅薄，在所不免。又云："次则彼晓汉谈，我知梵说，十得八九，时有差违……"此为第二期之情状……口宣者已能习汉言，笔述者且深通佛理。故瀍典妙文，次第布现，然业有待于合作，义每隔于一尘。又云："后则猛显亲往，奘空两通。器请师子之膏，鹅得水中之乳。……印印皆同，声声不别。"此为第三期之情状……我邦硕学，久留彼都。学既邃精，辩复无碍。操觚振铎，无复间然。斯译学进化之极轨矣。（梁启超，1984：131）

　　由上可见，在佛经翻译时期，口译笔述是一种极其重要的翻译模式。当时通晓梵汉双语的人才难以寻觅，通过与西域僧人进行合译，是比较切实可行的翻译策略。后来随着中外文化交流的不断发展，越来越多的僧人赴西域留学，他们的梵语与佛学造诣均达到较高的水准，但合译形式仍未消失，而是以更大规模的译场形式出现，包括"译主、证文、证语、度语、笔受、缀文、参译、刊定、润文、梵呗、监护大使等"（马祖毅，1998：148）多种职司加入其中，共同完成译经任务。

　　继佛经翻译之后，晚明和晚清时，不断有西方的耶稣会传教士来华传教，为赢得官方与知识阶层的好感，以最终达到在中国立足传教的目的，他们采取了"学术传教"的方针，翻译了西方许多有关科学技术的书籍，引领了翻译的浪潮。因为中西地缘疏远，语言差异甚大，又缺乏其他语言可为中介，传教士深感翻译之艰难，"才既菲薄，且东西文理，又自绝

殊，字义相求，仍多阙略，了然于口，尚可勉图，肆笔为文，便成艰涩矣"。（利玛窦，1984：91）

为了翻译的顺利进行，他们不得不与当时的士大夫们合作翻译，如意大利的利玛窦与徐光启合译了《几何原本》、《测量法义》，熊三拔与徐光启合译了《泰西水法》，葡萄牙的傅汎际与李之藻合译了《圜有诠》、《明理探》。这种翻译模式，具体可称为"西译中述"，即"西人口译（口述），中国人笔记（亦称笔译、润色）"（郭延礼，2001：6）。至于具体的译法，英国的傅兰雅总结了他所在的江南制造总局编译馆的经验：

> 必将所欲译者，西人先熟览胸中而书理已明，则与华士同译，乃以西书之义，逐句读成华语，华士以笔述之；若有难言处，则与华士斟酌何法可明；若华士有不明处，则讲明之。译后，华士将初稿改正润色，令合于中国文法。有数要书，临刊时华士与西人核对；而平常书多不必对，皆赖华士改正。（陈福康，2000：86）

这样的翻译做法，看似简单，实则极其不易。清代著名的西学翻译家华蘅芳在记录他与玛高温合作翻译时，不无感慨地说："惟余于西国文字未能通晓，玛君于中土之学又不甚周知，而书中名目之繁、头绪之多，其所记之事迹每离奇恍惚，迥出于寻常意计之外，而文理辞句又颠倒重复而不易明，往往观其面色、视其手势，而欲以笔墨达之，岂不难哉！"（华蘅芳，2006：146）由此可见，由于外国传教士与中国助手之间存在着巨大沟通障碍，当时的翻译过程其实非常艰难。

就方法上来说，林纾的合译与佛经翻译、科技翻译的合译之术存在着很大的共性，他们不脱对译的范畴，都体现为口译笔述的合译方式，但是林纾的合译方式已经发生了一定的变化。佛经翻译、科技翻译的合译方式大多为外国人口译，中国人笔述，可总结为"外译中述"的模式，而林纾的合作者都是中国人，"外译中述"变成了"中译中述"①。关于林纾

---

① 林纾翻译时，"由通西文而中文修养不是很好的中国译员口译，他担任笔述，结果，口译的那些人，都不大为人所知，尽管译作上也有他们的大名。这种情况和西译中述一样，是从闭塞走向开放的中国输入西学的特殊形式。这种翻译方式，是西译中述的翻版，只不过口译者由传教士变为中国译员罢了，其口述、笔述角色由二人分别担任的实质没有变。"（参见熊月之，1995：680。）

与人合作的具体过程，林纾晚年的入室弟子朱羲胄曾说：

> 顾先生不审西文，侍人口述而笔之书，口译未尽，属文辄终，篇成脱手，无复点窜。……吾尝见先生译书之室，仅容二席，净寂绝匹，翰褚之外，无他物也。先生运笔之速，直如霆转风落，而属文乃皆有节度，宜乎时贤之咋为并世莫逮。（朱羲胄，1949c：1）

林纾的友人林彦京也曾言及林纾的合译过程，他说：

> 每译书，与精于西国文字者相向坐，彼持卷，先生持笔，口说而耳听，意会而笔随。食许，可成数百言，视原书之意，不爽寸黍，而文采夐绝，他译者莫能及。先生译书之名，几于妇孺皆知。（朱羲胄，1949：35）

朱、林二人上述所说大致相同。在译本质量评价方面，都认为林纾的译文忠实原文、富于文采，合于"信"、"雅"的翻译标准。此外，他们都提及了林纾翻译的速度，如"口译未尽，属文辄终"、"先生运笔之速，直如霆转风落"、"食许，可成数百言"，可见林纾译书速度之快。

林纾自己也说在翻译时耳受笔追，"日区四小时，得文字六千言"（吴俊，1999：77）。曾朴也谈到林纾在一小时之内，可以很迅速地挥笔译出二三千言，平均每天译书四五千言乃为常事（张若谷，1929：20）。根据这些数字，即便作最保守的估计，也可认为林纾每小时的译速为1500余字，日均译量为5000余字。这种译速和译量，现代译家们望尘莫及，胡适每小时不过"四百多字"（寒光，1935：66），傅雷日均也不过"一千二百到一千五百"。（傅雷，1985：74）

正是凭借这种惊人的译速，《黑奴吁天录》才能"六十有六日毕"（吴俊，1999：4），而《西利亚郡主别传》"日六千言，不数日成书"（同上：98），促成了林纾翻译的多产。就翻译效率来说，这种"中译中述"翻译西方小说的模式简直是最佳组合。译者无须高深的佛经义理或专门的科技知识，口译者与笔述者之间的沟通也比较通畅，他们发挥各自优势、各负其责，翻译从而能够进展迅速。在这种意义上来说，林纾不通外文反而是件好事，正是因为他不识"蟹行文字"，才成就了数量庞大的、题材丰富的林译小说。假设林纾学习外语，他也最多只能精熟一两门外语，也就根本不可能翻译出 10 多个国家的作品。假设他精通外文，在翻译时可能会如严复一样，下笔之时字斟句酌，"一名之立，旬月踌蹰"，痛苦地挣扎于直译与意译之间，也许就不可能译出近 200 种翻译作品，而"在那个外国文学作品极端缺乏的环境里，数量显然比质量更为重要"。（蒋英豪，1997：71）

译者一味求快，译文难免出现闪失。其中有些失误难于判别究竟该归咎于口译者还是笔述者，如《撒克逊劫后英雄略》第 4 章中小丑汪巴（Wamba）的话："I remember three of them in my day, each of which was to endure for the course of fifty years"（Scott，1964：59）。原文的大意为：我这辈子记得已休过三回战了，每回都得休上个五十年。林纾却译为："奴自有生以来，已闻土耳基中三停战矣。一停必十五年。"（林纾、魏易，1981a：23）很显然，原文的"fifty years"（五十年）在译文中被错误地译成了"十五年"。这也许是口译者对原文的口述有误，也许是林纾笔述有误，具体原因已不得而知。

但译本中的有些失误，林纾有着不可推卸的责任，如字迹的潦草。《洪罕女郎传》的男主角名为"Quaritch"，他的名字在译本中出现了几百次，林纾都写成"爪立支"。根据"Quaritch"的发音，"爪"字实际上应该为"瓜"字，这显然是由于草书形近导致的错误。对于林译的潦草，《小说月报》的主编恽铁樵①，以及商务印书馆的编辑如张元济②等都曾领教过。倘若出版方要求修订谬误，就需要译者重新誊写，诸事缠身的林纾只有请人代劳。郑朝宗写道：

> 我父亲因无功名，只得当个职员。他为人勤劳谨慎，林纾很快就看上了他，常请他帮助抄写译稿，给予厚酬，以资养家。父亲因此常得出入林府，眼见林老"耳受手追，声已笔止"的译书情况。他非常佩服林纾思想敏捷，文字雅畅，往往口译者声尚未止，而笔述者笔

---

① 恽铁樵致钱基博的一封信中有数言涉及林纾："近此公有《哀吹录》四篇，售与敝报。弟以其名足以震俗，漫为登录。就中杜撰字不少：'翻筋斗'曰'翻滚斗'，'炊烟'曰'丝烟'。弟不自量，妄为窜易。以我见侯官文字，此为劣类！"（转引自钱钟书，1981：30。）

② 张元济阅读林译《玫瑰花》，竟然"字多不识"，"不得不亲自校注"，复寄予林纾看。（参见张元济，1981：233、265。）

已放下，没有这样的捷才是无法达到每小时译千字的速度的。正因为译得快，所以字迹异常潦草，且常出现误字，这就需要像我父亲那样心细的人为他一一校正誊清，然后送交出版社。（转引自张俊才，2007：10）

"篇成脱手，无复点窜"也是林纾翻译方法上的一个缺点。林纾译介泰西小说是希望能有助于改良中国的政治、社会、风俗，他还颇为欣赏外国文学的某些艺术思想，也希望能为中国小说提供借鉴，对于译文本来应仔细检查、反复修改后，再交付出版方印行。然而，林纾的翻译却是一步定型，一稿完成之后，不会再做任何修改。即便是合作者发现有不妥之处，与他力争，林纾倔脾气一发，往往也置之不理，因此还留下了些小笑话。也许在林纾看来，一气呵成的译文，与涉句始成一篇的古文一样，正是他那文学天才的有力展现。加之林纾声名远播，生性自负，为了维护自己的尊严，也就不容晚辈们在文字上的指摘，闹出笑话也不惜。但"篇成脱手，无复点窜"的方式，是以其在翻译过程中的小心谨慎为前提条件，秦瘦鸥有言为证：

> 曾与林氏合作译过几部书的吴县毛文钟（观庆）先生有一次和我谈起，林氏自己虽然不懂外文，他的所谓译实际上是采用小学生做作文那样的"听写"方式来写作，但他的态度是相当认真的，稍有怀疑，就要叫口译者从头再讲，有时候甚至要讲上好几遍，他才认为满意。（秦瘦鸥，2004：125）

再观照林译文本，虽然译本在形式方面与原文出入较大，但就表达原文意义方面，林纾几乎对原文的每句话都做了传达，且表述总体来说还是比较忠实，此方面的例证可参见本书第五章第三节。在翻译文学刚刚起步的那个时代，能够出现像林译这样的译本已属难得。

林译小说是林纾与助手们合作的结晶，凝聚了双方的智慧。那么口译者地位、作用等又如何呢？下面将另起一节对此问题进行专门讨论。

二　林纾的口译者

现有的研究资料表明，林纾的口译合作者前后共计 20 人，其中参与小说翻译的共计 17 人，他们分别是王寿昌、魏易、陈家麟、曾宗巩、王庆骥、王庆通、李世中、毛文钟、严璩、林骕、叶于沅、力树萱、陈器、林凯、胡朝梁、廖琇昆、魏翰。

倘若把合作翻译视为一场接力赛，这些口译者正是领跑第一棒的人。没有了口译者，林纾的翻译就根本不可能实现。人们在谈论林纾与他的翻译时，虽然也知道林纾不通外语，但大多没有意识到与其合作的口译者的存在。之所以出现这种现象，有论者指出这大概是由于缺少资料，向来研究林纾的专家们均将其注意力集中在林纾，"至于他的口译合作者都只是附带提及的陪衬"。（张佩瑶，2003：20）也有论者认为也许由于林纾文名太盛，而合作者们都非文界人士，故而人们记住的只是林纾和林译，对发挥了重要作用的合作者们，则不论当时和日后都不够重视。（详见韩一宇，2004）

其实，晚近有关林译的研究中，已经有一些论者注意到了口译合作者，但对其评价存在着分歧。一种评价是否定的，最早持有这种态度的应该是郑振铎：

> 但一方面却不免可惜他的劳力之大半归于虚耗，因为在他所译的一百五十六种的作品中，仅有六七十种是著名的，其他的书却都是第二三流的作品，可以不必译的。这大概不能十分归咎于林先生，因为他是不懂得任何外国文字的，选择原本之权全操于与他合作的译者之身上。……
>
> 还有一件事，也是林先生为他的口译者所误的：小说与戏剧，性质本大不同。但林先生却把许多的极好的剧本，译成了小说——添进了许多叙事，删减了许多对话，简直变成与原本完全不同的一部书了。……
>
> 总之，林先生的翻译，殊受口译者的累。如果他得了几个好的合作者，则他的翻译的成绩，恐怕绝不止于现在之所得的，错误也必可减少许多。（郑振铎，1981：11—14）

另一种则是对口译合作者肯定的态度：

> 笔者在此特别指出这一点，是有感于世人每谈及外国文学翻译，

必授林纾以殊荣而忽略口述者之功劳，认为有失公正公道。林纾不曾出国门一步，不懂外文一词，没有口述口译者的帮助，是根本没有条件涉足译坛的。因此笔者认为，林纾译书之功劳，其中一半应归于与他合作的口译者。事实也的确如此，正是由于他与王寿昌合作的成功，才激起了他译书的热情，他一生先后翻译了西方小说180余部，没有一部是他独立完成的。（余协斌，1996：20）

林纾也表达了自己对合译者的态度，见于他在各个不同时期所作的序跋等文字中。1907年，在《孝女耐儿传·序》中说："予不审西文，其勉强厕身于译界者，恃二三君子，为余口述其词，余耳受而手追之，声已笔止，日区四小时，得文字六千言，其间疵谬百出。"（吴俊，1999：77）林纾表达了对口译者的依赖，并倾向于将译本中的问题归咎于自己。1908年所作的《西利亚郡主别传·识语》中，林纾的态度似乎发生了变化："惟鄙人不审西文，但能笔述；即有讹错，均出不知。"（同上，98）言辞间似乎将译本中的错误推向了合作者。1914年所作的《荒唐言·跋》中，林纾又变了口气："纾本不能西文，均取朋友所口述者而译，此海内所知。至于谬误之处，咸纾粗心浮意，信笔行之，咎均在己，与朋友无涉也。"（同上：116）无论哪一种情形，都足以见口译者的重要性。

在20世纪90年代之前，论者大体上都对林纾的口译者持否定态度，正如钱钟书所指出："在'讹'字这个问题上，大家一向对林纾从宽发落，而严厉责备他的助手。"（钱钟书，1981：30）对口译者的指责主要有"选材不精"、"任意删节"、"误译剧本为小说"（吴文祺，1981：447）。对于第三项，这实际上是一个误会，详见第一章第二节。而对于前两项，合作者们似乎难辞其咎，但我们对合作者仍应该多给予些宽容，因为他们在很大程度上是由当时的文化环境所导致，且笔述者恐怕也难脱责任。

在晚清民初的小说译介浪潮中，口译者们不知何为西方经典，不知应向读者荐何作品，所以选材并非全是世界名著也情有可原，若要求所译介的部部皆为经典，恐怕也是对口译者的过高要求。即便是当时的那些有名译家如徐念慈、包天笑、周瘦鹃等，他们所选译的也并非都是名家名著。在当时的中国社会，国人对外国文学一无所知，译介数量的意义要大于质量，尽快尽多地引进外国文学，以提高国人对西方文学的感性认识才更为重要。况且，译者的这种选材也不尽是坏处。林译小说的文学实绩也证实了这点：托尔斯泰和雨果的作品对近代读者来说太遥远、太伟大，倒是"二三流"的哈葛德①的作品更脚踏实地。因为哈葛德的小说以太史公笔法就能"说其妙"，以普通读者就能"识其趣"。无怪乎陈平原坦率地说："我倒怀疑当年倘若一开始就全力以赴介绍西洋小说名著，中国读者也许会知难而退，关起门来读《三国》、《水浒》。"（陈平原，2003：114）

　　在原本的选择上，笔述者林纾也并非被动。首先，林纾在从事了一定的翻译实践活动之后，可能会向口译者提出原本选择的大致方向，口译者然后向林纾提供可选择的原本，二人再确定具体的选本。其次，译介了某一作家的作品后，林纾或许决定翻译该作家更多的作品，如哈葛德作品的大量译介就是由林纾主导。再次，林纾觅得某一较早译本的原本后，也可能决定重新翻译，如《迦茵小传》的翻译便属于这种情形。最后，林纾提出具体的原本，寻找合作者。如林纾在"《译林》序"中说道："光绪戊戌，余友郑叔恭，就巴黎代购得《拿破仑第一全传》二册，……而问之余友魏君、高君、王君，均谢非史才，不敢任译书，最后询之法人迈达君，亦逊让未遑。……余乃请魏君、王君，撮二传之大略，编为大事记二册，存其轶事，以新吾亚之耳目。"（林纾，1989：27）

　　具体翻译过程中所出现的讹错、删节等，也不能完全归咎于口译者。口述中起决定作用的因素主要有：口译者的外文水平；口译者的国文水平。前者基本上决定了对原本的理解能否正确，并最终决定译本是否会出现错误及其错误的多寡。后者决定口译者的表达能否正确，自然也会对笔录者产生影响，特别是林纾"耳受而手追之，声已笔止"，而"助手们事后显然也没有校核过林纾的写稿"（钱钟书，1981：32）。那么，口译者的语言素质究竟如何呢？译本中的讹错、删节是否就是因为口译者的语言素质不高而避难趋易呢？

---

　　①　在林译小说中，英国作家哈葛德的小说占有相当大的比例，共计23种（不包括未刊2种），林译也因为涉及过多的哈葛德的作品而屡遭指责，最具代表性的便是郑振铎。其实，在英国哈葛德是颇有名的冒险小说作家。如果单从冒险小说这点看，译者对译本选择的品位并不低。钱钟书在《林纾的翻译》"附记"中也说"哈葛德在他的同辈通俗小说家里比较经得起时间考验，一直没有丧失他的读众"。郑振铎的批评中有一点不能忽略：作为一位新文化人，郑振铎所代表的文学研究会根本不看重通俗小说。林译带领他们走进西方文学殿堂后，他们的兴趣就已转到严肃的高雅文学。

事实上，口译者的外语素质在当时大多可谓出类拔萃。他们的生平资料表明，大多数都接受过学校的正规教育，而且许多人在与林纾合作前还曾有过多年的海外留学经历。林纾对合作者的外语水平也给予了高度的评价，如认为魏易"年少英博，淹通西文"（吴俊，1999：20），王庆骥"留学法国数年，人既聪睿，于法国文理复精深，一字一句，皆出之伶牙俐齿"（同上），"静海陈君家麟、同里王生庆通，皆精于英、法之文"。（同上：119）

合作者们不仅外文水平出众，国文造诣也颇深，并非如茅盾等人所认为："（林纾的）合作者虽懂外文，文言不一定写得好，所以自己不翻译。"（茅盾，1984：518）不少口译者都撰有自己的诗文集，如王寿昌的《晓斋遗稿》①，王庆骥（又名王景歧）的《流星集》、《椒园诗稿》等。胡朝梁以诗为性命，是近代小有名气的诗人，留有《诗庐诗存》。曾宗巩的诗文皆佳，在民国享有"中国海军第一诗人"之美誉，当时海军界称之为"小曾巩"。合作者也并非"述"而不"译"，他们大多都有自己的独立翻译作品，如王寿昌译有法国博克乐原著《计学浅训》，这是我国较早的经济学译著；陈家麟是托尔斯泰的名著《安娜·卡列尼娜》的最早汉译者；魏易最早翻译了《马可·波罗纪行》，英国历史学家柏克尔的名作《英国文明史》也由他所译；曾宗巩译有《希腊兴亡记》、《二十年海上历险记》、《世界航海家与探险家》等多部著作。

翻译是从一种文字出发到达另一种文字里的艰辛历程，"一路上颠顿风尘，遭遇风险，不免有所遗失或受些损伤"（钱钟书，1981：19），这些是任何译作都无法避免的。口译者所具备的优秀双语素质，基本上确保了林纾能够获得一个比较理想的口译本。当然，口译文本中也的确不乏刻意删改，这些删改多与口译者基于文化的思考密切相关。有清楚证据表明口译者对原本作了删节处理的，如魏易与林纾合译的《黑奴吁天录》对宗教内容的加工。林纾在该书的"例言"中写道："是书言教门事孔多，悉经魏君节去其原文稍烦琐者。"（林纾，1981d：2）晚清"豪杰译"风盛行，要求口译者从头至尾忠实无漏地译出原本也是不切实际的。但更多

---

① 王寿昌平日所作有许多诗文，由于火劫散失殆尽，今仅存《晓斋遗稿》，有诗46篇，文4篇，随笔20则，均为其暮年所作。《晓斋遗稿》的46首诗作可参见林怡、卓希惠，"处困还期得句工——近代著名翻译家王寿昌及其《晓斋遗稿》"，《中国韵文学刊》2005年第2期。

的删改恐怕是林纾自作主张，而非口译者所为，具体的例证将在后文中探讨。

　　由于林译小说是口译者和林纾本人的心血的结晶，我们现在在没有更多文献材料可供参考的情况下，无法还原林纾与其口译者当时真实的翻译语境，所以要一一指出哪些删改为口译者所为，哪些删改为林纾所为，实在是非常困难的一件事。在对林译进行具体探讨时，不妨以韩南分析由蠡勺居士所译的近代第一部汉译小说《昕夕闲谈》所采用的原则为借鉴："将小说的某些特征（如一些疏漏和解释）归到口述者头上，而把更多的特征归到笔录者头上。"（韩南，2004：109）

　　综言之，虽然口译者有着这样或那样的缺点，虽然他们的口译文本并不完美，但每一位口译者都在不同程度上成就了作为特殊历史文化现象的林纾翻译。人们记住了林纾引入外国小说的筚路蓝缕之功，同时也不该忘记口译者的默默贡献。

第二节　林纾的翻译选材

　　"任何一种行为都有目的，翻译也不例外。因为翻译本身就是一种交际行为，任何一种翻译行为都有自己的目的。"（Vermeer，2000：221）换言之，译者在翻译过程中作出这样或那样的选择绝不是随心所欲，而总是出于一定的目的。译者对翻译材料的选择，是翻译过程中的一个步骤。根据目的论，翻译选材也必然有着一定的目的。那么，对林译而言，译者有着什么样的翻译目的①？选择了什么样的文本类型呢？

一　林纾翻译目的

　　鸦片战争期间，侵略者用坚船利炮轰开了中国的大门，战争也以清军

---

　　① 本书在前一小节已论述了林译的原本选择并非完全依赖合作者，林纾在其中也发挥了很大的作用，译本的选材实际上由林纾和合作者们共同作出。翻译选材总是出于一定的翻译目的，要了解译者的翻译选材，需要清楚译者的翻译目的。根据笔者的查找，林纾的合作者们并未留下他们论述翻译目的的文字材料，而林纾留下了许多此方面的文字材料，所以在论述译本的翻译目的时，只能对林纾的翻译目的进行分析。这样做也应该是可行的，因为林纾的合作者们几乎都是林纾的同乡、晚辈或学生，他们都对林纾非常敬重，在翻译目的上，和林纾应该是一致的，即便开始不一致，通过双方接触也能达成一致。

战败而告终，清政府不得不与侵略者签订丧权辱国的条约以及割地赔款。中国由此开始陷入民族危机，并逐渐沦为半封建半殖民地国家。1894 年，中日甲午海战爆发，李鸿章经营多年的北洋水师全军覆没。清政府被迫与日本签订《马关条约》，再度割地赔款。此后，中国的民族危机持续加剧。

国家危亡，匹夫有责。目睹触目惊心的国难，任何一个有良知的中国人都不会袖手旁观，尤其是对于像林纾这样一个"不屈人下，尤不甘屈诸虎视眈眈诸强邻之下"的中国人。如果说林纾在翻译《巴黎茶花女遗事》的时候，尚未具有明确的意识形态目的。那么，林纾在其后为《译林》杂志社所作的序（1901）中，就显示了他已经将翻译实践与启蒙话语联系在一起了。林纾看到了启蒙、教育、译书与小说之间的密切联系，意识到"翻译"就是他今后的战斗武器。在序中，他说：

> 亚之不足抗欧，正以欧人日励于学，亚则昏昏沉沉，转以欧之所学为淫奇而不之许，又漫与之角，自以为可胜。此所谓不习水而斗游者尔！吾谓欲开民智，必立学堂；学堂功缓，不如立会演说；演说又不易举，终之唯有译书。……大涧垂枯，而泉眼未涸，吾不敢不导之；燎原垂灭而星火尤爝，吾不能不燃之。（林纾，1989：26）

林纾把翻译提高到无以复加的地位，认为只有"译书"（即译小说）才能开民智，才能抵抗列强，否则就是"不习水而斗游者"，愚蠢至极。同时，也可见他立志于"译西人之书"，实在是出于救国之至情，他把译书视为如同疏导将枯之泉眼，复燃垂灭之星火一样紧急。该序被阿英称之为"实为翻译界之重要文献"（阿英，2000：188），这种评价并不为过。它不仅是林纾个人的翻译宣言，实际上也是晚清所有译者的翻译宣言。这也是为什么在 20 多年的岁月中，林纾能够对翻译近乎宗教般地投入。

此后的译书过程中，林纾对自己的翻译目的也多有论述。在他的第二部翻译小说《黑奴吁天录》的序中，译者说："其中累述黑奴惨状，非巧于叙悲，亦就其原书所著录者，触黄种之将亡，因而愈生其悲怀耳。"（吴俊，1999：4）在《不如归·序》中，林纾把自己比作"叫旦之鸡"，通过翻译西方小说，"冀吾同胞警醒"。（同上：94）

综观林纾的整个翻译生涯，虽然不能说没有经济因素的影响，但其主要目的与梁启超等人是一致的，都是出于启蒙的政治目的：开启民智，锐意革新，以求民族的自立自强。林纾渴望寻求一条光明之路，使满目疮痍的祖国获得新生。

二　林纾翻译类型

在启蒙的目的下，林纾和合作者选择了些什么文本类型呢？这涉及林译小说的"标示"问题。人们对林译小说类型的认知，其实主要来自对它的标示，这是常常被研究者们忽略的一个事实。认识林译小说的标示，有必要了解晚清民初标示之风的兴起。

小说类型是个舶来品，首倡者是梁启超。戊戌变法失败后，他深刻认识到"新民"于维新事业的重要性，而"新民"的最佳途径莫过于小说。在逃亡日本的途中，他翻译了日本柴四郎的《佳人奇遇》，连载于《清议报》，并把它作了"政治小说"的标示。1902年，梁启超主编的《新小说》杂志创刊，首刊上的小说基本都有着标示，如梁启超创作的《新中国未来记》标示为"政治小说"、罗普翻译的《离魂病》标示为"冒险小说"、卢籍东翻译的《海底旅行》标示为"科学小说"，等等。其实，在《新小说》还未出刊前，《新民丛报》14号就已经出了告示，对《新小说》的小说类型，如"历史小说"①、"政治小说"、"军事小说"、"冒险小说"、"哲理小说"、"写情小说"、"语怪小说"、"札记体小说"分别作了界定。

自《新小说》推广界定了这些小说类型之后，标示法开始逐渐流行。次年，《大陆报》、《苏报》、《广益丛报》、《教育世界》商务印书馆、广智书局、文明书局等报刊和出版社在刊发小说时，也都纷纷贴上了诸如"政治小说"、"侦探小说"、"言情小说"等字样的标签。此后，标示成了十分普遍的做法。据有关统计，当时的"标示"类型竟达202种之多。②

---

① 如"历史小说者，专以历史上事实为材料，而用演义体叙述之"；"政治小说者，著者欲借以吐露其所怀抱之政治思想也。……"军事小说"专以养成国民尚武精神为主"等。（参见，徐中玉，1995：331—334。）

② 202种标示的详细目录可参见陈大康，"关于'晚清'小说的标示"（《明清小说研究》2004年第2期）。使用得最多的前十种标示依次为短篇小说、侦探小说、社会小说、言情小说、军事小说、短篇、历史小说、滑稽小说、警世小说和札记小说。

小说标示点明了小说的内容，可以与"弊病过多"的中国传统说部明显地区分开，"新小说"家们乐而为之。同时，这些标新立异的命名，也可起到类似广告的作用，吸引读者眼球。标示之风所以能够愈演愈烈，流风所及，林译小说也未能避免其影响。

实际上，在诸多小说标示中，林译最少占据了三项类型的首标，如首标"言情小说"的为《迦茵小传》，首标"实业小说"的为《爱国二童子传》，首标"寓言小说"的为《海外轩渠录》。当然，林译小说也并非部部都有标示，这是因为作为一种文学宣传手段，小说标示只能存在于一定的历史时期。在梁启超的大力推广之前，传统说部只有轶事、传记、琐语的简单划分，域外小说又没有大量进入，小说标示缺乏产生的理论和实践基础，所以早期的《巴黎茶花女遗事》与《黑奴吁天录》两部林译小说都没有标示。当各色域外小说流行于国内市场，读者对标示司空见惯，年轻的现代作家又竭力批评"新小说"家的荒谬与媚俗的时候，小说标示也就失去了它存在的意义与价值。自1916年后，新出的林译小说也就几乎不再进行标示。

林译小说的标示主要来自商务印书馆，它是林译的最大出版商，绝大部分的林译都由它出版或连载。受梁启超的标示之风的影响，商务印书馆出版的《说部丛书》自1903年第一集始，就给各部林译小说指定了身份。根据笔者所能够找的图书目录和相关广告，商务印书馆大约为68种林译小说作了标示，分为18种类型：言情小说（11种）、社会小说（11种）、侦探小说（6种）、哀情小说（6种）、神怪小说（5种）、冒险小说（4种）、历史小说（4种）、伦理小说（4种）、军事小说（3种）、滑稽小说（3种）、政治小说（2种）、义侠小说（2种）、笔记小说（2种）、寓言小说（1种）、实业小说（1种）、讽世小说（1种）、国民小说（1种）、哲学小说（1种）。

朱羲胄（1949b：3—59）在《春觉斋著述记》中，也对林译小说作了标示，涉及译作148种，把标示之风兴起前和停止后的林译小说也作了考虑，是研究史上最为全面的归纳。具体分为17种类型：言情之属（33种）、传记轶事之属（21种）、社会之属（20种）、神怪之属（13种）、侦探之属（11种）、哀情之属（9种）、伦理之属（8种）、笔记之属（7种）、探险之属（6种）、政治之属（5种）、军事之属（3种）、滑稽之属（3种）、西剧之属（2种）、讽世之属（2种）、义侠之属（2种）、寓言之属（2 种）、实业之属（1 种）。

朱羲胄的标示其实深受商务印书馆的影响。就以上所列标示名称而言，两者并无大的不同，区别在于后者把冒险小说改成探险之属，把历史小说改成传记轶事之属，删去了难以界定的国民小说和哲学小说，加上了西剧之属。在给每部作品具体标示时，除了把国民小说下的《撒克逊劫后英雄略》划入传记轶事之属，以及哲学小说下的《鱼雁抉微》划入社会小说，朱羲胄对商务印书馆的做法几乎毫不怀疑地全盘接受。

研究者在论及林译小说的类型时，几乎都是以商务印书馆和朱羲胄的标示为出发点。然而，这些标示的划分依据并不合理：有的以内容为标准，如侦探小说与言情小说；有的以文体为标准，如笔记小说与寓言小说；有的以功能为标准，如讽世小说与滑稽小说。此外，哀情小说与言情小说为子属关系，本该归于言情之下，却被并置。可见，标准不一，失之凌乱。

林译小说的类型与这些标示也并不吻合，许多的归类在今人看来颇为荒谬。如《滑稽外史》译自狄更斯的 *Nicholas Nickleby*（今译《尼古拉斯·尼克贝》），本为批判现实主义的名篇，却意外地被归为滑稽小说，原作的精神实质受到严重的扭曲。又如《大食故宫余载》译自欧文的游记 *Tales of The Alhambra*（今译《阿尔罕伯拉宫》），却被贴上了历史小说的标签。诸如此类的错误不在少数，所以在研究中切不可将林译小说的标示等同于它的文本类型，应该做到具体译本具体分析。

对于标示的诸多失误，人们通常认为是由林纾造成，这实在是冤枉了他。严复曾指责林纾不懂欣赏欧文的作品，把 *The Sketch Book*（今译为《见闻札记》）汉译后，"便提名'拊掌录'，而且替它加上'滑稽小说'的嘉号：这期间似乎便暗示着不许它厕入文学的疆域的意思"。（转引自邹振环，1996：216）这未免过于低估了林纾的文学鉴赏力。其实，林纾颇为欣赏欧文的文学才能，认为"欧文者不宜在见轻之列。试观其词，若吐若茹，若颂若讽，而满腹牢骚，直载笔墨俱出"（吴俊，1999：62）。如此钦佩欧文的林纾，似乎不大可能会以"滑稽小说"作为推销欧文的卖点。

从另一方面也可以知晓标示并非译者个人行为。在标示之风兴起前和终止后，林译小说在出版时并无标示，而其间（即 1903 年至 1916 年）所出版的《薄幸郎》（*The Changed Brides*）、《残蝉曳声录》、《拊掌录》

在杂志连载和单行本中的标示并不相同:《薄幸郎》的单行本标示"言情小说",连载标示"哀情小说";《残蝉曳声录》的单行本标示"政治小说",连载标示"哀情小说";《拊掌录》的单行本中既有标示"滑稽小说",也有标示"寓言小说"。如果译本均为林纾自己所标示,那么前后应该是统一的,这说明标示应该为商务印书馆在出版时所加。

林纾的译本数量近 200 种,其中有不少译自世界名著,但也有不少译自通俗作品。就林译小说的类型来说,译得最多的分别为言情小说、社会小说、侦探小说以及冒险小说。商务印书馆和朱羲胄的归纳也大致反映了这点,虽然他们的统计多少有些失误。不少学者如曾朴、郑振铎、曾锦漳等都对这些选目颇有微词,认为它们对大众文学品位的提高无甚裨益,也与林纾自己的"启蒙"翻译目的相龃龉。其实不然。绝大多数的通俗作品,它们在各自的译出语国家并非充斥图书市场的低劣产品,而都是由 19 世纪、20 世纪之交的当红畅销作家所写,如英国的哈葛德、巴克雷(Florence L. Barclay)、马尺芒忒(Arthur W. Marchmont)、安东尼贺迫(Anthony Hope)、蜚立伯倭本翰(Edward Oppenheim)、克雷夫人(Bertha M. Clay)、布斯俾(Guy Newell Boothby),美国的锁司倭斯司女士(Emma Southworth),以及日本的德富健次郎等人。尽管这些作家多半已经在文学的屠宰场中败下阵来,其辉煌纪录已如过眼烟云,然而当时林纾翻译他们的作品之时,他们在出版市场却炙手可热。就文学性而言,他们的作品水准并不低,而且在林纾等晚清译者看来,他们的作品还具有益世的功能,这也是译者选择它们的原因。的确,这些通俗作品蕴含着西方的先进意识形态,它们和世界名著一起,构成了"林译小说"整体,为近代中国国民思想启蒙作出了贡献,这将是下面要论述的内容。

三 林纾翻译的启蒙意义

"启蒙"一词,为开明之意,就是扫除蒙蔽、破除成见等的意思。凡是启蒙运动都必须具备三个特性:理性的主宰;思想的解放;新思想新知识的普及(张申府,1999:168—170)。在此基础上,还可以补充一点:启蒙,究其实质,乃是向受众输入一套意识形态话语。西方近代思想启蒙运动,自发地孕育于产生封建社会解体之时,进而传播扩散,形成了一场推动西方资产阶级革命的思想运动。而中国社会的客观现实,决定了中国的思想启蒙与西方具有千丝万缕的联系。中国的思想启蒙是在外力的推动下开展的，它借助了西方资产阶级启蒙思想，以此作为对内批判封建专制，对外反抗殖民帝国主义的理论武器。

"翻译"对西方先进的意识形态进入中国起到了桥梁的作用。由于林纾自身的守旧思想的限制，原文本中的西方先进意识形态在译本中受到了一定程度的削弱。但翻译之所以为翻译而不是创作，就在于译本以原文为基础，必然要传达原文、反映原文。林译小说所能够承载的西方先进意识形态，不啻为封闭保守的中国近代社会打开了一扇了解域外先进文化的窗口。林纾还为译本撰写了篇幅为数不少的序跋，或向读者点拨原文思想，或借以发表译者自己的体会。林译中的小引、引言、例言、译者识语、跋、译余剩语、达旨等，都可归结于序跋"家族"，它们是林译小说整体的一部分。译本和序跋共同向国人传播了以民族思想、民主思想、女权思想、实业思想为主的西方先进思想。这些西方文明，在一定程度上为新社会观、新价值观以及新道德观的酝酿创造了滋生空间。

（一）民族思想

林纾所处的时局，一方面是强盛之国，以吞并为性，凌辱我国，另一方面又是庚子之后媚洋者尤力，"苟且偷安之国无勇志"（吴俊，1999：10）。这样的时局，使他对国外有关反侵略的作品极其关注，希望借此传达民族主义思想，激起国人的爱国救亡意识，其中以《黑奴吁天录》的影响最大。

《黑奴吁天录》叙述了奴隶汤姆被主人卖出后所遭受的惨无人道的虐待，最后被奴隶主折磨致死的故事，揭露了美国蓄奴制度的残暴和黑人生活的悲惨。当时的国人深受帝国主义的侵略和压迫，其处境与译作中所刻画的黑奴有着相似的情形。1901年，帝国主义列强加紧对中国的侵略。强行割地赔款，建路开矿，划分势力范围，中国的殖民化程度日益加剧，亡国灭种之灾迫在眉睫。在这种背景下，每位有良知有警觉的中国人，读了译作都会对我国岌岌可危的现状备感痛心，唤起心中的反帝爱国意识。

林纾还为该书作了序跋，以增强读者的危机感和民族国家意识。他说"余与魏君同译是书，非巧于叙悲以博阅者无端之眼泪，特为奴之势逼及吾种，不能不为大众一号。近年美洲厉禁华工，水步设为木栅，聚数百远来之华人，栅而钥之。……有书及美国二字，如犯国讳，捕逐驱斥，不遗余力。则谓吾华有国度耶，无国度耶？观哲而治与友书，意谓无国之人，虽文明者亦施我以野蛮之礼；则异日，吾华为奴张本，不即基于此乎？"

（林纾，1981d：206）林纾从黑奴所受的虐待，联想到国人的危境，联想到我华工在美国为求得生存备遭凌辱甚至屠杀。面对这样的现实，"有国度"与"无国度"就显得特别重要。他在《雾中人·叙》中（*People of the Mist*）也警醒国人，"白人可以吞并斐洲，即可以吞并中亚"（吴俊，1999：45）。并鼓励说只要国人能像法国人一样，"人人咸知国耻"，团结战斗，就能最终将列强驱逐出境。

传统文学中不乏宣扬忠君报国的爱国情怀的作品，但传统的"忠君报国"思想是基于"天下"的观念，而林译中的爱国思想体现了现代的"民族国家"意识。在帝国主义疯狂侵略与残酷压迫下，在民族生死存亡的重要关头，上述此类的译书和言辞具有强烈的震撼人心的力量和深刻的现实意义，能够极大地激发国人的民族意识和爱国热情。

（二）民主思想

林纾对君主专制深恶痛绝，认为它桎梏了人们的思想，是社会黑暗、政治腐败之源，而君权至尊、民权不伸，亡国灭种的危险也就近在咫尺。若要求得民族与国家的复兴强盛，必须改革专制政体，昌隆民主民权。

林纾和合译者选择翻译了一些以专制亡国为主题的小说，《英孝子火山报仇录》（*Montezuma's Daughter*）是其中的代表作。该书叙述了专制统治下，墨西哥亡国的始末。至于墨西哥亡国的原因，林纾在《译余剩语》中专门作了总结，用以警醒世人专制的弊端："墨之亡，亡于君权尊，巫风盛，残民以逞，不恤附庸；恃祝宗以媚神，用人祭淫昏之鬼；又贵族用事，民愈贱而贵族愈贵。"（吴俊，1999：28）这些话语能够使国人认识到专制总是与愚昧相生相伴，最终会将国家推向覆没的深渊，所以"不教之国又宁有弗亡者耶"。（同上：）

民主与科学有着不解之缘，可以使国家繁荣富强。如林译《滑铁卢战血余腥记》讲述了战败后的法国人追求知识与真理，民主之风大昌，国内重焕生机，最终将联军赶出法国的故事。林纾在序中补充说："及师丹再衄，法人学问日益加进，民主之治始成。……余观滑铁卢战后，联军久据法京，随地置戍，在理可云不国，而法独能至今存者，正以人人咸励学问，人人咸知国耻，终乃力屏联军，出之域外。"（吴俊，1999：17）通过这段话林纾告诉读者"民主"由"学问"促成，体现了他希望激起读者对民主和科学的憧憬。认识虽不无幼稚与朦胧，但在当时也足有一新耳目之功。

需要注意的是，林纾虽然反专制赞民主，但同时他也反革命主改良，他所支持的政体为君主立宪制。他反对翻译有关暴力夺取政权的小说，并常在序跋中宣扬他认为完美的君主立宪制。在《英国大侠红蘩露传》（*The Scarlet Pimpernel*）的序中言："要在有宪法为之限制，则君民均在轨范之中，谓千百世无鲁意十六之变局可也。"（同上：95）在戊戌变法的失败已证明改良主义在中国行不通，且资产阶级革命又日益高涨的情形下，林纾仍然坚持改良与立宪，其思想明显落后于时代了，这些当然都是不足取的，但林纾翻译中对民主民权及科学的倡导无疑是正确的。

（三）女权思想

中国封建社会给妇女规定了过多的清规戒律，形成了长期扭曲的社会心理。"三从四德"的妇训，"德言工貌"的规范，女性的个性被扼杀殆尽。而"唯小人与女子为难养"的传统成见，更使得女性的人格遭受蔑视。从一些古典名著如《三国演义》、《水浒传》等，也可以看出女性受歧视受轻蔑，地位低下。妇女只能作为男性的附庸品、花瓶、玩物，没有人的尊严，更没有爱的权利。晚清社会，在反思国家落后的原因时，妇女问题作为强国保种的重要部分，被纳入了知识分子的主流话语。

林纾和合作者选译的言情小说数量众多，几居其半，如《巴黎茶花女遗事》、《迦茵小传》、《不如归》、《洪罕女郎传》等都是其中的佳作。这些言情小说以爱情故事为主线，刻画了许多栩栩如生、深入人心的西方女性形象，如马克、迦茵、吕贝珈、孝女耐儿、安司德尼，等等。通过她们在爱情上的遭遇和冲突，肯定了女性享有爱的权利，体现了对女性的关怀。林译言情小说多数来自哈葛德，林纾曾很有见地地将哈葛德的爱情小说总结为：要么"两女争一男者"，要么"两男争一女者"（吴俊，1999：40）。如《迦茵小传》、《烟水愁城录》（*Allan Quatermain*），为两女争一男；《洪罕女郎传》（*Colonial Quaritch*）、《蛮荒志异》（*Black Heart and White Heart, and Other Stories*）则为两男争一女。这种"三角恋爱"的爱情模式，对当时的中国人而言颇为新鲜，因为"一夫多妻"制度和父母包办婚姻的现实下，无须也不可能产生三角恋爱模式，自然也就有了《浮生六记》中陈芸诚心为丈夫纳妾，《儿女英雄传》中两女同嫁安公子继而相安无事。虽然"三角恋爱"不乏庸俗的气息，但重要的是告诉了国人男女爱情具有强烈的排他性，肯定了男女双方都有平等的追求爱情的权利。如《红礁划桨录》中的女主人公婀娜利亚（Honoria）的丈夫爱上了另一个女人，为了阻止丈夫的婚外情，婀娜利亚不惜使用一切手段来挽救自己的婚姻。林译小说所展示的种种感情纠葛，使国人看到了女性即便是卑微的妓女，作为主体也享有爱情，享有追求个人幸福的权利，而不是男性的附属品或玩物，这些都有助于女性意识的启蒙。

林纾所撰的《红樵划桨录·序》、《蛇女士传·序》等译序跋，简直就是一篇篇女权专论。在《红樵划桨录·序》中，他写道："综言之：倡女权，兴女学，大纲也。轶出之事，间有也。今救国大计，亦惟急图其大者尔。"（吴俊，1999：58—59）林纾把女性解放提高到"救国"的高度，向读者强调了女性问题的重要性。在《蛇女士传·序》中也倡导女学女权，但同时他也提醒读者不要把女子"养蛇"、"吃烟斗"（吴俊，1999：91）的狂放行为看成女子解放的体现，呼吁对女性问题应有客观与冷静的认识。

虽然译作和序跋中表现的思想亦有保守之处，如动辄"礼防"，但是总的来说，其中对女性的态度是开通与进步的，在当时为女性启蒙发挥了积极的推动与促进作用。

（四）实业思想

自魏源提出"师夷长技以制夷"以来，许许多多的先进中国人不忍目睹国家频频受辱于外人，苦苦求索富国强兵的救国良策。甲午战争惨败，中华民族危机四伏，以及随着向西方学习的深入，他们意识到国力荏弱也是中国落后挨打的重要原因，更加催化了"实业救国"的思潮。

早在《黑奴吁天录·序》中，针对我旅美华工受虐受屠，林纾就说："国力既若弱，为使者复馁慑不敢与争。"（林纾，1981d：1）可见，林纾也认为实业不振为国家屡屡受挫、忍气吞声的原因之一。其后的许多林译向国人展示了西方国家如何重视实业而自立自强，西方国民又如何以实业来立身报国，号召国人以西国西人为榜样走实业救国的道路。最具代表性的如法国沛那（Bruno）的实业小说《爱国二童子传》（*Le tour de la France par deux enfants*），讲述了拿破仑被联军打败后，法国国力衰败，两少年周游全境，沿途见人人致力于实业自强，遂决以农业为实业立图报效国家的故事。

在《爱国二童子传·达旨》中，林纾揭示了西方资本主义国家的富强之道。他认为英、法二国，于战火浩劫之余，国力疲困之际，二国均致力于实业，始克自振。比利时是一个小国，面积相当于我国周代的诸侯国"邶"、"鄘"，但是大国未曾轻视之如波兰、印度，原因就在于比利时实业发达。犹太民族屡遭不幸，恃其实业，尚可幸存。基于这些国家的历史经验，他呼吁列强凭凌下的中国亟应讲解实业，空言强国无益（吴俊，1999：67—70）。林纾在《达旨》中对重本抑末思想的鞭挞一针见血，直指民族文化心理：“中国结习，人非得官不贵，不能不随风气而趋”（同上：68）。“官本位”是封建主义的灵魂，是长期以来的社会精神杠杆。非官不贵、非官不富，穷通否泰、休戚宠辱，全系于一个“官”字。而治生之实业，农、商、工、学等，都被视为低贱、平庸。在《离恨天·译余剩语》中，他再次疾呼：“工商者，国本也”，“工商者，养国之人也”。（同上：111）

林译和译序跋中所宣扬的这些有关实业的观点，在近代中国社会可谓卓尔不凡，有力地批判了封建社会的价值观、社会观，触动了封建社会的神经中枢。

总而言之，林译为当时中国社会启蒙新民起到了积极作用，给国人带来了新的价值观、社会观、人生观和道德观，令当时知识分子的心智和精神为之一振，还得到了处于青年时期的五四新文学家的喜爱，为他们提供了孕育现代意识和反叛精神的温床。林纾深受旧文化的浸淫，译本也有着守旧的封建思想，在五四新文化运动中，林译又沦为了新青年们攻击的对象。林译在不同时期受到的截然相反的对待，此实为 19 世纪末 20 世纪初中西文化交流中各种意识形态的对峙和较量的体现。

第三节　小结

本章对林纾的翻译过程作了分析，着重论述了林纾的翻译方式，即口译笔述合作模式，并分析了目的论视域下合译双方的拟译文本选择。在口译笔述的合译模式下，理解原文的过程已由知晓不同语种的口译者完成，林纾只需笔录润色，这使林纾在翻译速度上能够一时千言，在翻译产品上能够国别丰富。当然，这与口译者优秀的双语素质也是分不开的。

翻译选材也是翻译的一个步骤，选材的合适与否对译本的最终接受也有着很大的影响。根据翻译目的论，译者的选材总是出于一定的目的。处于晚清特殊时局，启蒙新民可以视为译者的主要翻译目的。在此目的下，译者选择的以社会小说、言情小说、侦探小说、政治小说为主的多种小说类型，向国人传播了以民族思想、民主思想、女权思想、实业思想为主的西方先进思想。

　　同时，本章还厘清了长期以来在林纾翻译过程问题上的一些错误认识。第一，林纾翻译方式一直受到许多翻译研究者的轻视与批判，他们认为林纾的合译根本不能被称为一种真正意义上的翻译。本章通过对翻译定义的分析和历史上合译现象的考察，指出林译满足一般翻译所具备的三要素，这种口译笔述模式并非林纾或晚清的创举，东汉佛经翻译时期便早已有之，所以林纾的合译也是翻译活动的一种。在晚清民初特定的历史阶段，林译有其存在的意义与作用，值得今人严肃地探讨。

　　第二，在林译研究中，注意力一般都聚集在林纾，至于这些口译合作者们都只是作为陪衬而被附带提及，对他们的评价也一直是否定多于肯定。本章通过对口译者地位与作用的分析，指出口译者不应被忽视，不应只是过错的承担者，他们为林译默默地作出了自己的贡献，应该受到重视，并分享林译的荣誉。

　　第三，长期以来，林译小说"类型"与"标示"被混为一谈。学界在论及林译小说类型时，几乎都以商务印书馆和朱羲胄的标示为出发点。本章由晚清小说的标示之风始，指出林译小说的标示主要来自商务印书馆和朱羲胄，然而，这些标示划分的依据并不合理，林译小说也与这些标示并不吻合，许多的归类在今人看来颇为荒谬，所以在研究中应该做到具体译本具体分析。

　　由于主客观因素的制约，林纾与口译者翻译过程也受到很大的局限。因为林纾不懂外文，只能依靠口译者的口述文本理解原文，而口译者由于自身因素的限制对原文的理解会出现一些讹误，林纾本人对口述文本的理解又会出现一些讹误，因此在翻译质量上有时不那么令人满意。晚清社会对（翻译）小说的急切需求，促使合译双方有时会不自觉地追求翻译速度。而一味求快，粗心马虎就难免，最明显的体现就是林纾下笔时字迹潦草，再加上他那"篇成脱手，无复点窜"的坏毛病，导致译文出现了一些不该出现的讹误与纰漏。合译双方对外国文学的了解较为有限，这有时也会干扰他们的拟译文本选择，从而未能译入更多的世界名著。

　　总之，林纾与口译者的合译过程尽管有各种缺点，译作不无讹误与纰漏，译者的拟译文本选择也还可以进一步优化，但在当时，有"林译"远胜于无"林译"，口译笔述模式下诞生的林译，仍起到了让国人对外国文学有了一个快速的初步认识的重要作用。

第五章

制约的种种——林纾翻译的规范论

翻译是复杂的社会文化活动（socio-cultural activity），要对林译小说有更为深入的认识，必须把它置于社会文化的大背景之下，充分考察社会文化对译者施加的种种影响。本章从社会实践向度，通过分析译者所遵循的翻译规范（translation norms），来探讨当时的社会文化对译者的影响。自翻译研究于20世纪80年代开始"文化转向"以来，"规范"逐渐成为学者们研究的对象。规范连接翻译和社会文化，透过译者对一定规范的遵从或背离，可以看出当时的社会文化对翻译的影响，也可以看出翻译过程中译者主体性的张扬。

第一节　翻译规范

翻译规范突破了传统规定性翻译研究注重以预设的翻译标准来约束和评价翻译行为和翻译产品的研究范式，它关注的是翻译活动在社会历史语境下真实存在的状况和特点，致力于发现纷繁现象背后的规律和反常，并对其作出解释。"翻译规范为研究者解释一些翻译现象提供了一个理论框架和工具。"（韩江洪等，2004：56）

在翻译研究中最先比较系统地讨论"规范"问题的是图里（Gideon Toury），随后赫曼斯（Theo Hermans）、切斯特曼（Andrew Chesterman）等人也分别从语言学、文学、社会学等不同的角度，对翻译规范的类型、范围、效力和规范的违反等方面作了颇有成效的研究。谢芙娜（Christina Schäffner）对20世纪90年代末在英国埃斯顿大学召开的一次关于"翻译规范"专题论坛的讨论情况作了详细记录，尽管与会者对"规范"的认识难以统一，但对其在翻译研究中的作用和贡献，还是持肯定态度。

　　规范是社会现实。图里把规范称为社会历史"事实"（social fact）（Gentzler，1993：130），赫曼斯称为"社会实体"（social entity）（Hermans，1999：80），切斯特曼则称为以主体间性方式存在的"社会现实"（social reality）（Chesterman，1997：54）。"事实"、"实体"、"现实"三者虽名称不同，但实质上归属于同一范畴。规范是正确性观念。图里认为规范是由"某一译语社会所共同认可的价值与观念转化而来的，并且在特定情况下是正确的、恰当的翻译行为原则"（Toury，1995：54—55）赫曼斯指出规范的内容是关于"何为正确或妥当"的观念。巴切（Renate Bartsch）的定义简明扼要，抓住了规范的上述两种特征：规范是正确性观念的社会现实（Bartsch，1987：33）。切斯特曼在其专著《翻译模因论》（*Memes of Translation*）中，完全采纳了巴切的定义。本书中如无特别说明，也将规范视为正确性观念的社会现实。

　　规范为译者的翻译行为提供了指导方针，但也通过取消一些选择的机会，制约了译者的行为。译者偏离规范的行为，通常都要为此付出一定的代价。但尽管规范有约束力，这并非意味着绝对不可以违反规范。规范不是铁板一块的定律，不是任何时候都保持不变。相反，规范是可以违反的。译者对规范的执行会受到个人意图等因素的影响。"谁违反了什么规范，取决于具体情境，取决于规范的性质和约束力的大小，还取决于个人的立场和动机。"（Hermans，1999：82）

　　许多学者都对翻译规范进行了较为深入的研究。图里和切斯特曼还设计了识别翻译规范并对其分类的方法。图里把翻译规范分为以下三种：（1）原发型规范（preliminary norms）指那些影响或决定篇章类型、具体文本的选择以及翻译的直接程度的因素，它在翻译前便发挥了作用；（2）原初型规范（initial norms）决定译者翻译时的整体倾向，译者在其制约下要么以源语文本为中心，要么以译语文本为中心，要么选择某种程度上的居中态度；（3）操作型规范（operational norms）指译者在翻译活动中的微观抉择，其中包括结构规范（matricial norms），它影响替代源语材料的译语材料的分布、位移、增益和省略等，也包括语篇规范（textual norms），可以反映译者的语言和文体偏好。

　　图里的分类忽略了读者期待，而读者期待关乎译本的应然特征，影响译者的实际决策行为，是制约翻译过程的一个重要因素。图里分类法的另一缺陷与"充分性"（adequacy）和"可接受性"（acceptability）有关，它们是一对位于"原初型规范"下面的极化概念。图里的"充分性"（Toury，1995：56）直接借自佐哈尔（Evan Zohar），佐哈尔把"充分性"译本界定为：既能以译语实现源语文本的文本关系，又不打破译语的基本语言系统的译本。但诚如赫曼斯所指出的，"文本关系"（Hermans，1999：76）的重建是一种妄想，一种乌托邦式的行动。

切斯特曼吸收了图里的积极成果，在图里的基础上建构了自己的翻译规范理论。切斯特曼把翻译规范划分为两类：期待规范（expectancy norms）和专业规范（professional norms），并对它们进行了深入的研究。期待规范指译本应该满足读者的期待，比如在语法、风格、语域、篇章常规等方面的期待，亦称产品规范（product norms）。这些期待很大程度上受到译语社会盛行的翻译传统和类似文本类型形式的影响，也受到来自政治、经济、意识形态以及权利关系等的制约（Chesterman，1997：64）。译本若不符合当时的期待规范，则会被读者斥为"不合格"，甚至不被视作翻译。因此，期待规范左右大众对译本的评价。一定历史时期的某个译本较之其他的译本更受欢迎，往往不是由于它的忠实程度，而在于它更符合译语社会的读者期待。期待规范一般是由于自身在译语社会中的存在而生效，因为人们确实对译本怀有一定的期待。

专业规范制约翻译过程中的实践操作，即可接受的方法和策略，亦称为过程规范（process or production norms）。过程规范从属并受制于期待规范，因为任何过程规范都取决于终极产品的性质。它们来源于规范权威，即社会公认的有能力的职业译者，这些职业译者又被其他的有能力的译者所认可。所以，"能力"和"职业性"是以主体间性的方式定义的。在某个特定文化的译者群中，我们可以区分出一个模糊的子群，该群由有能力的译者所构成。从这些专业译者的翻译行为中可以获得过程规范，切斯特曼因此把这些过程规范称为专业规范。专业规范又可以细分为责任规范（accountability norms）、交际规范（communication norms）和关系规范（relation norms）（Chesterman，1999：1—20）。责任规范是一种道德规范，指的是译者在翻译时应该对原文作者、翻译委托人、潜在读者以及译者本人负责。交际规范属于社会规范，指译者应该努力使传意达到最优化，使参与交际的各方获得最大程度的成功交际。关系规范要求译者必须确保源语文本和译语文本之间达到一种适宜的相关类似性，涉及两种语言之间的关系，属于语言规范的范畴。

切斯特曼对规范的探讨覆盖翻译的社会、伦理、政治和技术等方面。赫曼斯曾指出，切斯特曼对翻译规范的探讨融合了多个学科的最新成果，他所划分出的期待规范和专业规范是在图里分类法上的显著进步（Hermans，1999：79）。图里提出的各类规范主要属于过程规范的范畴，而切斯特曼的规范不仅包含过程规范，还包含了期待规范，关涉读者对译作的期待。切斯特曼的翻译规范论还顾及翻译伦理，而图里对此似乎未作相关论述。诚如芒迪（Munday，2001：119）所言，切斯特曼的规范对全面描述翻译过程和译作可能颇有助益。由于这些原因，下面的探讨将采用切斯特曼的翻译规范分类。

第二节　林译与期待规范

翻译不是在"真空"中进行，而总是处于特定的社会历史文化环境中。译者首先是为了目的语文化的利益而进行翻译活动，因为他们"计划用译本来满足目的语文化的某种需求，或填补目的语文化的某些缺口"（Toury，1995：12）。目的语文化主要指译语社会的意识形态，以及与之相适应的制度和组织机构。目的语文化规范包括政治规范、法律规范、伦理规范、宗教规范、艺术规范、文学规范，等等。译者的翻译行为受到目的语文化规范的制约，这种制约并非直接作用于译者，而是借助于期待规范对译者的翻译行为施加影响（韩江洪，2006：179）。结合林译的实际情况，以下将研究译者所主要遵循的四条期待规范：政治规范、伦理规范、宗教规范和文学规范。

一　政治规范

在诸多影响译者翻译行为的因素中，政治因素作为意识形态的最主要方面，发挥着重要的作用。译者在翻译过程中的选材和手法，很大程度上都取决于目的语社会居于主流的政治意识形态。

政治意识形态对翻译选材的影响，在国外有着许多的案例。如欧美国家为迎合本国的政治意识形态，长期以来一直以自己所认为的"阿拉伯形象"、"阿拉伯主题"为阿拉伯文学的选择标准：只有那些表现偷盗、恐怖、残忍、荒诞、色情等反映社会阴暗的阿拉伯文学作品，才能被译介进入西方社会（蒋骁华，2003：20）。于是有了《黑暗的圣人》、《女人与性》、《宰哈拉的故事》等，这类令阿拉伯读者深恶痛绝、大倒胃口的作品在西方广泛流传。又如战后的美国大译特译日本文学中表现哀伤凄惨的作品，也是出于国内政治意识形态的考虑，以向其公民树立一个凄楚忧郁的日本战后形象。

翻译选材与译者翻译目的有着密切联系，而译者的翻译目的会受到来自文化成见、审美习惯等的影响，但在大方向上受到政治意识形态的干预，对林纾翻译而言尤其如此。晚清社会遭遇"三千年未有之变局"，面临前所未有的民族危机，"救亡启蒙"是当时国内的政治要求，也成为了译者的翻译目的。林纾所译的政治小说、社会小说、军事小说、历史小说等，都是译者出于"救亡启蒙"目的的翻译选材，希望借助于译本中的先进意识形态启蒙国人思想，实现挽救国家命运的目的。值得注意的是，译者大量地译介域外小说，一些娱乐性小说也被译入，但由于救亡启蒙的政治意识形态影响，译者在这类作品中看到的不只是情节曲折离奇，还看到了其中有益于世道人心的部分，最典型的莫过于林纾对西方神怪小说的译介。

中国历来并不缺神怪小说，自秦汉以来，神仙之说盛行，"故自晋迄隋，特多鬼神志怪之书"（鲁迅，1976：29）。从魏文帝曹丕的《列异传》，晋代干宝的《搜神记》，唐代沈如筠的《异物志》，宋代耿焕的《野人闲话》，到清代的《聊斋志异》，传统神怪小说一直都在流传发展，直到小说界革命的兴起，被斥为"诲淫诲盗"之作，才终结了它的生命。

对于西方的神怪小说，林纾毫不避讳，因为他读出的是其中的"盗侠气概"和"尚武精神"。他所译的神怪小说多出自哈葛德的手笔，如《荒蛮志异》、《埃及金塔剖尸记》（*Cleopatra*）、《鬼山狼侠传》（*Nada the Lily*）等。其中，《鬼山狼侠传》讲述了一位苏噜酋长的故事，小说中充满了神怪内容和血腥惨状。为了点拨读者其中的"大义"，林纾作了序言一则，其中写道："是书精神，在狼侠洛巴革者。洛巴革者，始终独立，不因人以苟生者也。大凡野蛮之国，不具奴性，即具贼性。……至于贼性，则无论势力不敌，亦必起角，百死无馁，千败无怯，必复其自由而后已。虽贼性至厉，然用以振作积弱之社会，颇足鼓动其死气。"又言"吾国《水浒》之流传，至今不能漫灭，亦以其尚武精神足以振作凡陋"（吴俊，1999：32—33）。林纾在虚构的神怪故事与中国现实之间寻找到了一种关联，这种关联便是从这类题材的作品中展开对国民性的反思。① 译者在序跋中所讲出的"微言大义"，也就成为批判中国国民奴性、懦弱性的武器，成为激励国人爱国保种的动力，从而对读者作了政治化引导。

救亡图存的政治要求，还使译者在翻译手法上，对原文有所改造，不时地在文中植入爱国主义思想、为国复仇的意识。如《撒克逊劫后英雄略》第 2 章中，教士爱默（Aymer）对骑士白拉恩（Brian）解释不可伤害歌斯（Gurth）与汪巴（Wamba）这两个奴隶，原因就在于他们有一个叫作凯特立克（Cedric）的主人。爱默是这样评论凯特立克的：

原文："Ay，but，"answered Prior Aymer，"… Remember what I told you；this wealthy Franklin is proud，fierce，jealous，and irritable …"（Scott，1964：43）

林译：爱默曰："……弟识之，此老国仇心笃，疾视我辈，而又不畏强御。……"（林纾、魏易，1981a：14）

原文的大意是说"土财主凯特立克为人骄傲，凶残，好猜忌，脾气暴躁"（刘尊棋、章益，1997：20）。但在翻译时，林纾把"proud，fierce，jealous，and irritable"删除，代之以"此老国仇心笃，疾视我辈，而又不畏强御"。结果，原作中本来遭爱默教士厌恶的凯特立克，在译文中似乎被爱默视为了值得景仰的英国爱国老者。作品中的英国当时正处于被诺曼人征服的时期，凯特立克作为萨克逊的贵族，敢于和诺曼人对抗，这样的爱国人士正是晚清社会所倡导的，译者时刻准备渲染人物身上的爱国精神以鼓励国人，自然也就不容任何对他们的诋毁之词。

又如小说第 29 章挨梵诃（Ivanhoe）和犹太姑娘吕贝珈（Rebecca）的一处对话，吕贝珈不能认同骑士精神，这让挨梵诃做出了下面的反驳。

原文："By the soul of Hereword！"replied the knight，impatiently，

---

① 林纾并不是晚清社会最早对国民性问题给予关注的人士。早在 1889 年到 1903 年间，梁启超就写了《论中国人种之将来》、《中国积弱溯源论》、《新民说》等，论述了现代国民的缺失是中国从封建社会向现代民族国家转型的问题症结所在。但林纾的贡献在于他较早地把国民性问题与文学联系起来，可以说开启了五四时期把文学作为改造国民性工具的先河。虽然林纾的解读有时不免显得过于牵强，或者隔靴搔痒，但也还有着一定的积极的、进步的意义。

" thou speakest, maiden, of thou knowest not what. Thou wouldst quench the pure light of chivalry, which alone distinguishes the noble from the base, the gentle knight from the churl and the savage; which rates our life far, far beneath the pitch of our honour; raises us victorious over pain, toil, and suffering, and teaches us to fear no evil but disgrace. ··· Chivalry! —why, maiden, she is the nurse of pure and high affection—the stay of the oppressed, the redresser of grievance, the curb of the power of the tyrant. " (Scott, 1964: 263)

> 林译: 挨梵诃大怒曰: "女郎止, 汝何知英雄行状? 天下人品之贵贱, 即分别于此。国仇在胸, 不报岂复男子! 汝奈何以冷水沃此嚼火? 我辈即凭此好名好勇之心, 以保全吾爱国之素志, 或不至于无耻。……实告汝, 凡人畜有此心, 则报国仇, 诛暴君, 复自由, 均恃此耳。" (林纾、魏易, 1981a: 149)

林译中的"国仇在胸, 不报岂复男子!"是译者增译的成分, "我辈即凭此好名好勇之心, 以保全吾爱国之素志"与"报国仇"分别是对 "which rates our life far, far beneath the pitch of our honour; raises us victorious over pain, toil, and suffering" (有了它, 我们才能重视荣誉, 轻视生命, 才能使我们克服痛苦、艰辛, 达到胜利) 与 "the stay of the oppressed" (受苦者的支柱) 的改写。原文中主人公对骑士精神的简单歌颂, 经过译者的一番加工改造, 成为译者希冀五尺男儿们为国复仇的劝谕之词。

译者有时直接在译文后加入议论文字, 为救国献计献策, 如《伊索寓言》。《伊索寓言》本是儿童读物, 林纾在每篇故事后都加了一则按语, 也正是这些按语使它的价值远超越了普通的"童蒙"读物。按语中的见解与当时维新派的政治观念不谋而合, 更确切地说, 它是译者受到维新派政治理念的影响, 从而在译者的知识产品中的反映。现引一则:

> 有一父而育数子。迫长不相能。日竞于父前。喻之莫止……一日取小竹十余枝。坚束而授诸子。令折之。诸子悉力莫折。父乃去束。人授其一。试之果皆折。父喟曰。尔能同心合群。犹吾竹之就束……若自离其心。则人人孤立。人之折尔易耳。

畏庐曰……夫欧群而强。华不群而衰。病在无学。人图自便。无心于国家耳。故合群之道。自下之结团体始。合国群之道。自在位者之结团体始。(林纾、严培南等，1903：2)

众所周知，在严复、梁启超等晚清著名学者的国家主义论述中，"群"、"国群"或者类似的词语经常被用来讨论当时的社会。[①] 细读这篇故事，很快会发现"群"这个概念是整个故事的关键所在。在按语中，译者对原故事中的群作了扩充，从小群引申到"国群"，告诉读者应该"合群"、"合国群"。唯有合群，华才能强，才能御欧群。

二 伦理规范

林译中的伦理道德一直都是学界较为关注的一个方面，林译传达了如生命尊严、独立人格等现代意识，但受制于时代的局限性[②]，作为封建士大夫的林纾也常用纲常名教来解读、改造原文本，主要体现在家庭伦理道德、社会伦理道德、男女爱情伦理道德三个方面，这三个方面的关键词"孝、忠、恩、义、礼"展示了译本道德话语的深层语义指向。

"孝"为五伦之首。从孔子的"夫孝，德之本也"，《孝经》的"夫孝，天之经也，地之义也，民之行也"，到孟子的"老吾老以及人之老"，

---

① 有关晚清"群"的论述，可以参见严复，"人群"，《天演论》，王栻编《严复集》，中华书局 1986 年版；梁启超《新民说：论合群》，易鑫鼎编《梁启超选集（上卷）》，中国文联出版社 2006 年版；Dikotter, Frank, *The Discourse of Race in Modern China*, Stanford：Stanford University Press, 1992；Karl, Rebecca, *Stanging the World：Chinese Nationalism at the Turn of the Century*, Durham, NC：Duke University Press, 2002。

② 梁启超在宣言式论文《论小说与群治的关系》中，讨伐了中国旧小说中的"状元宰相"、"才子佳人"、"江湖盗贼"和"妖巫狐鬼"思想，也即"海淫海盗"思想，于是评论界争相仿效，纷纷予以批判。但是梁启超的时论中并没有对小说中宣扬的儒家人伦之道进行鞭挞，事实上，同他们对传统国家制度的广泛批评相比，这些改良一般还没有攻击旧秩序的信仰与思想基础（儒教），相反，"他们有些人不惮其烦地以保卫儒家和维护纲常名教的正当性为己任"（参见张灏《思想的变化和维新运动，1890—1898》，《剑桥中国晚清史（下册）》，中国社会科学出版社 1993 年版，第 330 页）。《竞立社刊行〈小说月报〉宗旨说》中明确提出把"立德"作为本社宗旨："小而立身，大而立国，卑而立言，高而立德，是则本社之求为自立而立人者也忠孝之道。"（参见"竞立社刊行《小说月报》宗旨说"，《竞立社小说月报》1907 年第 1 期。）纲常名教仍然是士大夫文人论人、律己的道德准则。就是鲁迅早期的译作也没有明确要打倒这些儒家人伦思想。

无不体现了"孝"的理念。在以宗法制度为根本的中国传统社会里，"孝"成为中华民族家庭伦理道德的一个重要标准。对比原本和译本关于家庭伦理道德的话语，可以发现林译反复出现了"孝"字，"孝"字中所蕴含的强烈道德倾向使译本偏离了原本的语义内涵和价值指向。现以《块肉余生述》第 25 章中当大卫得知邪恶的犹利亚（Uriah）看上安尼司（Agnes）时，为安尼司鸣不平的一处心理描述为例。

原文：Dear Agnes! So much too loving and too good for any one that I could think of, was it possible that she was reserved to be the wife of such a wretch as this!（Dickens，1981：351）

林译：嗟夫！安尼司，汝孝，汝善，汝美，乃不见佑于天，竟居身下嫁此伧耶！（林纾、魏易，1981b：217）

大卫与安尼司从小一块长大，每当大卫遇到什么不快时，都要向安尼司吐露，安尼司也很乐于倾听，对大卫的生活也很关照，这样的安尼司让大卫情不自禁地觉得"loving"（挚爱的，体贴的），觉得世界上没有人能配得上她，而译本中的大卫对安尼司的评价却变成了"孝"、"善"、"美"。如果说"善"、"美"与"loving"多少还有一定的关系，那么"孝"则纯属林纾添加的成分。"孝"还被置于"善"、"美"之前，原文本中安尼司以"爱"为主导的情感特点被"孝"取而代之，由此可见译者及当时的社会所认可的完美安尼司应该首先具有"孝"的品德。

林纾还经常用"孝"来包装译名，如《英孝子火山报仇录》（*Montezuma's Daughter*，今译《蒙特马祖的女儿》）、《孝女耐儿传》（*The Old Curiosity Shop*，今译《老古玩店》）、《双孝子噬血酬恩记》（*The Martyred Fool*，今译《殉道的莽汉》）、《孝子悔过》（*Dr. Johnson and His Father*，今译《约翰逊博士和其父》）等。林纾甚至用"孝"来解读、改写原本的主题，如《美洲童子万里寻亲记》（*Jimmy Brown Trying to Find Europe*）的原作描写了一个 11 岁的孩子在遭姐姐、姐夫虐待之下，历尽千难万险，奔赴异国他乡寻找父母的历程，其主题是表现西方民族勇于探险的精神。林纾经常在译本中添加"孝"字，把小小童子"出百死奔赴亲侧"（吴俊，1999：18）改写成完全出于"孝"的力量。林纾做这样的处理，不仅是由于"孝"是封建伦理的核心，更是由于时人对西方伦理的成见，认为"欧人多无父、恒不孝于亲"（同上：26），把儒家伦理视为儒家私产，从而斥西学为不孝之学使然。林译有助于澄清时人对西方伦理道德的误解，使人们意识到"西人为有父矣，西人不尽不孝矣，西学可以学矣"。（同上：27）

"忠"是孝的观念的推移。孔子说："君于事亲孝，故忠可以移于君。"中国封建专制社会，"忠"成为臣民绝对服从于君主的一种片面的道德义务。林纾以及当时的封建士大夫们赞成君主制，把忠君视为他们应尽的义务。在这种伦理道德的规范下，译者做出别样的处理也就不难理解，如《块肉余生述》的原著第 14 章有一处对话。

原文：When King Charles the First had his head cut off？（Dickens，1981：187）

张译：你记得查理第一是哪一年叫人把脑袋给砍下来的吧？（张谷若，1980：298）

林译：汝知却而司第一为民所戕，在史第几年耶？（林纾、魏易，1981b：118）

这是狄克先生（Mr. Dick）对大卫提出的一个问题。查理一世是英国臭名昭著的暴君，1649 年被英国人民送上断头台。张谷若的译文"叫人把脑袋给砍下来"切合原文的口吻，传达了对查理一世的轻蔑。而林译本却使用了"戕"字，"戕"意为"残害"，"为民所戕"即意为"受到人民的迫害"，显然维护了封建士大夫"忠君"的思想。

由此推广，当"忠"作为一种更为广泛的人与人相处的社会伦理道德时，"忠"还包括忠于他人的含义。林纾常用这层含义上的"忠"置换原作人物的性格特征，如下例。

原文："No，my dear Master Copperfield，"said she，"far be it from my thoughts！But you have a discretion beyond your years，and can render me another kind of service，if you will；and a service I will thankfully accept of."（Dickens，1981：151）

林译：密昔司（……）言曰："亲爱之考坡菲而，世安有此，在尔出之忠诚，感且不朽，故吾所求者，盖别有所事。"（林纾、魏易，

1981b：98)

此例出自《块肉余生述》第 11 章，大卫的朋友密考伯夫人
(Mrs. Micawber) 向大卫诉说家里穷得揭不开锅，大卫立即掏出自己仅有
的二三先令给她时她所说的一席话。在原文中密考伯夫人赞扬小大卫有着
超越其年龄的细心、周到 (discretion beyond your years)，而林译却把体现
人物性格特征的"细心周到"改写为"忠诚"，注入了道德责任的意涵。

"义"为"五常"的基础，属于社会伦理道德范畴。《三字经》有
"曰仁义，礼智信。此五常，不容紊"。"义"为道义："君子喻于义，小
人喻于利。"(《论语·里仁》) 为正义："君子以义为上。君子有勇而无
义为乱；小人有勇而无义为盗。"(《论语·阳货》) 为责任："君子之仕
也，行其义也。"(《论语·微子》) 在林译中，译者通过把"义"植入译
本之中，赋予了西洋小说以中国传统价值观。此类例子不胜枚举，但凡属
于正面的人物，译者都要或多或少地把他们与"义"联系起来，如《块
肉余生述》的主人公大卫。

　　原文："My dear," said Mr. Micawber；"Copperfield," … "has a
heart to feel for the distress of his fellow-creatures when they are behind a
cloud, and a head to plan, and a hand to—in short, a general ability to
dispose of such available property as could be made away with." (Dick-
ens, 1981：161)
　　林译：密考伯曰： "……考伯菲而之心，怜贫而好义，其
手……"语至此，复嗫嚅言曰："其手终能为余以物易钱。"(林纾、
魏易，1981b：104)

原文中的密考伯先生主要是称赞小小年纪的大卫"心眼好，遇到他
的同伴云埋雾罩的时候，他能同情；有一副头脑，会出主意；又有一双
手，会把可以出脱的家当处理了"(张谷若，1980：257)。对勘原文和林
译，译文有漏译有改写，但"好义"完全为译者所添加的成分，在译者
看来具有"义德"的大卫才符合读者的期待。

又如该书的另一个人物老渔 (Mr. Peggotty)，他收养了一些可怜的
人。当友人问到老渔一家时，大卫是这样回答的：

原文："No. That was his nephew," I replied; "whom he adopted, though, as a son. He has a very pretty little niece too, whom he adopted as a daughter. In short, his house (or rather his boat, for he lives in one, on dry land) is full of people who are objects of his generosity and kindness…" (Dickens, 1981: 270—271)

林译：余曰："非子，侄也。自少抚之，侄亦犹子。惟彼家尚有小娃，为彼甥女，彼人视之如女矣。综言之，家有数口，均非己之妻子，悉以义育之。……"（林纾、魏易，1981b：172）

与老渔一起生活的人有汤姆、爱密柳以及根密支，出于内心的慷慨与善良，老渔收留了他们。原文中的"generosity"与"kindness"传达的是在基督教文化语境下基督徒们的慷慨无私、驯良善意，译者用"义"取而代之，从而使译文承载了封建"五常"的道德指向，老渔也似乎成为了传统文化中的义士形象。

"恩"，即"恩惠"、"厚待"，洋溢着儒家的仁爱精神，是一种处世原则，是维持社会人际关系的文化基础。"知恩图报"、"感恩戴德"是一种美好的处世方式；"滴水之恩，当涌泉相报"则是一种崇高的境界。译者以"恩"融入原作人物的例子如下例：

原文：(Mr. Spenlow said) "Extremely sorry. It is not usual to cancel articles for any such reason. It is not a convenient precedent at all. Far from it. At the same time—" "You are very good, sir," I murmured, anticipating a concession. (Dickens, 1981: 466)

林译：先生曰："难哉！是间成例初无毁约之条，且事从尔始，后来将有尤效之人，顾……"余谓言顾字，意有转圜破格之言，即拜谢曰："先生恩我至矣。"（林纾、魏易，1981b：286）

大卫的姨婆破产，为了让姨婆渡过难关，大卫打算把交给律师事务所的 1000 镑要回来，上例为大卫与事务所负责人司本路先生（Mr. Spenlow）的交谈。司本路未完全回绝大卫的要求，这让大卫看到了希望，于是说了一句"You are very good"（你太好了）。"good"在此可以解作"好心的"，"乐于助人的"，是一种出自基督徒式的自觉善良。林译以"恩"置换了"good"，"先生恩我至矣"蕴含着儒家文化中受人恩惠日后就得图报的道德责任，而"good"不含任何有恩于人的意味。

中国传统文化语境下，"不学礼，无以立"，"礼"为立身之本。"礼"并不局限于"礼貌"、"礼节"、"礼仪"等表层语义，它还指向词语背后的深层语义，如"行为规范"、"道德秩序"、"礼制法度"。林译以儒家礼教文化统领原作的男女爱情话语，赋予男女主人公道德自律精神，于是恋人之间的拥抱与接吻等亲昵的行为均被转化成符合礼的表述，如"执手礼"、"拥抱礼"、"接吻礼"等，以礼维系译入语文化中的道德秩序。如在《迦茵小传》第 7 章，密尔华德（Milward）向爱伦（Ellen）求婚成功，想进一步亲吻爱伦，但爱伦觉得这方面应顺其自然，便委婉地谢绝了，代之以西方社交场合的吻手化解尴尬局面，原文和译文见下。

原文：But Ellen was not yet to be kissed by Mr. Milward… And, withdrawing her cheek, she gave him her hand to kiss. （Haggard，1897：67）

林译：（密尔华德思行亲吻之礼）而爱伦尚微拒之，思此时此地，非行礼之所，只与之执手为礼。（林纾、魏易，1981c：42）

译文中密尔华德的亲吻加入"之礼"约束，仿佛告诉读者这仅为西方普通社交礼节。"思此时此地，非行礼之所"也为译者擅自增加，使爱伦这一有着强烈自我意识的西方女性形象，被改变成了恪守礼教的中国淑女；原文最后出现的"gave him her hand to kiss"（吻手礼）也被降格为"执手礼"。

《迦茵小传》为了维护传统礼教，对原文进行了许多加工改造，但因其中也有着违背礼教的内容，在近代社会还曾引起了不小的风波。《迦茵小传》先后有两个译本，在林译之前出版了蟠溪子和包天笑的译本（1903），但他们只翻译了下部分，因为上帙残缺，卒不可得（包天笑，1998：3）。林纾客居杭州时，曾读过蟠译本，对其称赞有加。后来，林纾在《哈氏丛书》偶然觅得全本，出于对迦茵的同情，译出了全本。不料，足本遭到了寅半生等士大夫们的强烈指责。林纾让时人一窥全貌的好心，被斥之为别有用心，原因就在于两个译本中迦茵人品的变化。

在蟠译中，迦茵乃一"高义干云"的女子。她对亨利念念不忘，为了亨利家族的利益，却又势不能嫁亨利，最终不惜牺牲己身，以玉成亨利，这正是名教所谓"深于情而格于礼"的典范。林译则译出了迦茵与亨利未婚先育、生女、女殇的情节，破坏了迦茵的圣洁形象，招致了士大夫们的批评。对于蟠溪子因残缺上卷不得已而为之的苦衷，寅半生一厢情愿地认为译者别有深意："今蟠溪子所谓《迦因小传》者，传其品也，故于一切有累于品者，皆删而不书"，又说"林氏之所谓《迦因小传》者，传其淫也，传其贱也，传其无耻也"（寅半生，2000：228—230）。松岑也认为"（蟠译本的）半面妆文字，胜于足本"，"今读林译，知尚有怀孕一节。西人临文不讳，然为中国社会计，正宜从包君节去为是"。（松岑，1989：172）

　　违背目的语社会的伦理意识形态规范，译者与译作就会受到目的语社会的排斥。林纾自然感受到了这一强大的舆论压力，而他所译的小说"言情者实居其半"（夏晓虹，1993：71），所以不得不屡次为自己辩解。林纾的首部言情小说《巴黎茶花女遗事》取得了巨大的成功，康有为、邱炜蔓等许多人士极力称赞，但也有恪守礼义的保守文人肆意批评。松岑指责说："使男子而狎妓，则曰我亚猛着彭也，而父命可以或梗矣。"（松岑，1989：172）林纾则把茶花女对亚猛的情意比作"古之龙比抵死不变"（吴俊，1999：75），并多次称颂茶花女的忠贞。在《露漱格兰小传·序》中说："士夫中必若龙逄、比干之挚忠极义，百死不可挠折，方足与马克竞。"（同上：89）类似的辩解在其他的言情小说中也不能免。在《红礁画桨录》序中，对婀娜利亚的丈夫有外遇一事辩护说，婀娜利亚"下堂要挟，语语离叛，宜其夫之不能甘而有外遇也。而其外遇者，又为才媛，深于情而格于礼，爱而弗乱，情极势逼，至死自明"，又把书中"积学之女"毗亚得利斯（Beatrice）的"苟且"行为，解释为："人爱其类，男女均也。以积学之女，日居荒伧中，见一通敏练达者，直同日星鸾凤之照眼，恶能弗爱？爱而至死，而终不乱，谓非以礼自律耶？"（吴俊，1999：58）这样的辩解，看似理直气壮，但是内心的无奈可见一斑。

三　宗教规范

　　林纾所处的时代，西方帝国主义列强野心勃勃，企图吞并中国，称霸世界，基督教则充当了帝国主义的先锋，它以和平渗透的手段在中国推行其文化霸权。作为长期以来西方乃至全球传播得最为广泛的宗教，基督教与西方文学一直都有着密切联系，许多作品渗透着基督教的宗教思想。

林纾和口译者对基督教所能辐射出来的意识形态方面的力量有着警觉，为了尽可能地阻遏原本中的基督教思想通过译本进入中国，译者采取了审查和颠覆的抵抗策略。*Uncle Tom's Cabin* 一书在西方出版后①，一直被视为一部反对奴隶制并同时宣扬基督教的小说，政治和宗教的主题在这部小说中非常突出。林纾和他的口译合作者魏易在译本的《例言》中对书中宗教内容的处理做了简洁的说明：

> 一是书专叙黑奴，中虽杂收他事，宗旨必与黑奴有关者，始行着笔。
> 一是书为美人著，美人信教至笃，语多以教为宗。故译者非教中人，特不能不为传述，识者谅之。
> 一是书言教门事孔多，悉经魏君节去其原文稍烦琐者。本以取便观者，幸勿以割裂为责。（林纾、魏易，1981d：2）

根据上述《例言》，读者也许会认为：译者其实想保留原文的宗教内容，但为了译文读者的接受，又不得不删繁化简，删去某些与黑奴无关的"烦琐"细节。然而，仔细对堪原本与译本，可以发现，译者对原本宗教内容的处理远比《例言》的说辞更为微妙复杂。

原作者在前言中花了很长的篇幅，告诉读者创作该书的一个目的就是宣扬基督教，而林译的序跋对此只字未提，代之以时事主题，告诉读者黄种人的处境危如黑奴。在正文部分的翻译中，译者对原作的宗教内容处理方法有删除。原作花了不少的笔墨，或借书中人物，或借叙事者之口，宣讲基督教的教义，这些文字在译本中都杳无踪影。原作第 12 章叙述了汤姆和其他的奴隶，被人贩带上了一艘开往俄亥俄州的轮船所发生的故事，其中描述了汤姆目睹一个女奴的褓襁之儿被强行卖掉，女奴伤心投海自尽的片段。之后，作者便通过叙事者之口哀叹黑奴的悲惨命运，同时像一位布道者一样宣讲道：

---

① 1851 年在华盛顿反奴隶制的报纸 *The National Era*（《国家年代》）连载，后于 1852 年出版了单行本。

Patience! patience! ye whose hearts swell indignant at wrongs like these. Not one throb of anguish, not one tear of the oppressed, is forgotten by the Man of Sorrows, the Lord of Glory. In his patient, generous bosom he bears the anguish of a world. Bear thou, like him, in patience, and labor in love; for sure as he is God, "the year of his redeemed *shall* come."
(Stowe, 1853: 172)

作者通过叙事者告诉所有的基督徒应该学会忍耐，心中充满仁爱，上帝没有忘记你们，上帝会拯救你们，让你们最终成为他的选民，而这段布道被译者删除得一干二净。当然，这种删除可以解释为译者深谙传统小说叙事模式所致，因为传统叙事者的主要作用就是叙述。但是，应该注意，若小说内容与宣扬基督教教义无关时，译者却又不受此限制。如第 29 章保留了叙述者对黑人命运的悲叹："黑奴处于世界之中，势无所恃，理又难凭，譬之稚子暴失其亲，或可依其亲族，即流离以长，尚无羁绊之人，奴则无之……"（林纾，1981d：152）

作者屡屡通过人物之口或以叙述者身份劝说人们相信上帝，皈依基督教，如威力森（Wilson）劝哲而治（George）："There's a God, George, —believe it; trust in Him, and I'm sure He'll help you. Everything will be set right, —if not in this life, in another."（Stowe, 1853: 154）又如汤姆（Tom）劝说凯雪（Cassy）："Poor soul! ... I pray the Lord for ye. O! Misse Cassy, turn to the dear Lord Jesus. He came to blind up the broken-hearted, and comforted all that mourn."（同上：496）哲而治和凯雪都是苦难深重的人，劝说他们信仰上帝，也就是劝说所有受剥削受压迫的人信仰上帝，成为基督徒。林译本将这些内容都完全删除了，原本的劝诫修辞风格在译本中也消失了许多。

此外，根据张佩瑶（2003：17—18）的论述，译者还删去了这些内容：或是表达皈依基督教后得到的精神抚慰，或是感谢主给予人们的救赎、满足他们的祈祷等抒发宗教情怀的内容；以《圣经》引文或宗教诗歌的开头，尤其是最后 10 章，即第 31—40 章；能够反映作者热衷坚持的道德力量的情节；部分删除了中心人物信仰让其他人获得慰藉的内容。

改写也是译者处理原文宗教内容的一种方式，即把原文与宗教有关的内容改成与宗教无涉，林译主要对涉及"胜利"（victory）与"死亡"

(Death) 的两大主题进行了非宗教化处理。"胜利"这个词在原文经常出现，斯托夫人这部小说的一个主题就是告诉黑奴什么是"胜利"，让他们知道虔诚的信仰就能带来胜利。有关"胜利"的非宗教化可参见张佩瑶（2003：17）的论述，现以"死亡"主题为例。在原作中，无论是伊娃（Eva）的死亡，还是汤姆的死亡，甚至哲而治对死亡的谈论，都被附上了一层浓郁的基督教色彩。如第 24 章，小夜娃和汤姆的一段关于死亡的对话：

原文："Uncle Tom," she said, "I can understand why Jesus wanted to die for us." // "Why, Miss Eva?" // "Because I've felt so, too." // "What's it—I don't understand" // "I can't tell you; but, when I saw those poor creatures on the boat, you know—some had lost their mothers, and some their husbands, and some mothers cried for their little children, —and when I heard about poor Prue, —oh, wasn't that dreadful! —and a great many other times, I've felt that I would be glad to die, if my dying could stop all this misery. I would die for them, Tom, if I could." (Stowe, 1853：346)

译文：谓汤姆曰："君解得耶稣为底事而代人死？"汤姆曰："未知也。"夜娃曰："其详吾亦不审，但吾与尔同来时，见大船中载得群奴，有夫别其妻，有母失其子，迫乎后来柏鲁之死，若是种种苦恼，吾心怆悒，辄欲求死。意吾骤死，则目中必不见此惨状。"（林纾、魏易，1981d：131—132）

原文中的夜娃就如同耶稣，希望以自己的死亡救赎人类。而林译中夜娃的死亡，与宗教毫无联系。林译中的夜娃更多的是出自孔子的"仁"的思想影响，因为不忍心看到各种人间惨状，所以想求得一死，以便眼不见心不乱，而不是像耶稣一样以自己的光辉死亡来救赎人类。

对原作的宗教内容，译者也并非完全地采取非删即改的方式，也保留了一些，这也正切合译者在《例言》中的交代："美人信教至笃，语多以教为宗。顾译者非中人，特不能不为传述。"译本看上去有几分宗教味道。张佩瑶（2003：16）指出译者保留的宗教内容有：主人公汤姆经历的信仰危机；直接提到神灵时，如"God"、"Lord"等字眼都予以保留，译为"天主";书中人物常通过唱圣诗或引用《圣经》表达痛苦、悲伤、忧郁、无助、不满等不快的情绪时,译者会把相关引文及其内容都译出;作者所不认同的以叙事者之口或书中人物之口说出的道德情操和宗教观点。

其中的第二点值得商榷,因为译者有时也将"God"、"Lord"等字眼翻译成"天"。如:"Perhaps the good Lord will hear you"(Stowe,1853:35),林译为"上天怜尔义心"(林纾、魏易,1981d:12);"the Lord knows you say but the truth"(Stowe,1853:81),林译为"尔心天知"(林纾、魏易,1981d:26);"There will be the same God there,Chole,that there is here"(Stowe,1853:127),林译为"此地有天,南中亦有天,天理断无歧义"(林纾、魏易,1981d:42);"and God knows it how grateful I am for it"(Stowe,1853:150),林译为"故吾感君之恩,唯天知之"(林纾、魏易,1981d:51);等等。中国人所信仰的"天",有五义,但不同于基督教所尊重的"天主"、"上帝"。译者以"天"译"God"、"Lord",是故意为之。这在《鲁滨孙漂流记》中的体现更为明显,译者以"天"、"苍苍"、"造化"、"救主"、"道"等译之,使对天的表达混杂化,从而削弱基督教是主宰之教的霸权话语。

在张的基础上还可以再补加一点。《圣经》宣扬了一些诸如"不可杀人"、"不可偷盗","不可作假见证"、"不可起贪心"等法则,这些法则具有普适性,对国人的意识形态不会带来消极的影响。凡是原文涉及此类内容,译者都保留了下来,如下例:

> 原文:…said Tom,turning suddenly round and falling on his knees,"O,my dear young Mas'r;I'm'fraid it will be loss of all-all- body and soul. The good Book says,'it biteth like a serpent and stingeth like an adder!'my dear Mas'r!"(Stowe,1853:261)
> 林译:汤姆闻言,乃跽语其主人曰:"只此饮酒一端,大足伤毁主人身命。《圣经》云:酒之为毒,螫如黄蜂之刺。"(林纾、魏易,1981d:97)

善良的汤姆见主人圣格来日日醉酒,很是担忧,便不顾自己的奴隶身份,搬出了《圣经》,大胆地劝说圣格来不要因酒毕命。酒之危害,各国皆然，故译者保留了这条教义，还忠实地译出"The good Book said"（《圣经》云），告诉读者此语出自《圣经》。

基督教是一种外来宗教，它所宣扬的忍让、耐心与坚持，是消极的、不可取的。它犹如意识形态上的鸦片，侵蚀国人的斗志，对晚清社会的救亡图存计划百害无一利。基于此，译者作出精心的删改，只保留了对国人意识形态无影响的部分。就林译的其他译本来说，它们所译自的原本虽然不像 *Uncle Tom's Cabin* 一样，可以被称为宗教小说，但也有许多涉及宗教内容，译者基于国内意识形态规范的考虑，作出一定程度的改造。

四　文学规范

小说及各种类型的文学翻译属于接纳它们的目的语文学范畴，一定时期的翻译文学与该时期的目的语文学又总是具有某些共性，因此，小说翻译会受到目的语文学内部各种规范的制约。为了确保译本在目的语社会的接受，译者则需有意识地顺应当时的文学规范。就林译小说来说，译本文体所具有的拟古特征，就有译者基于译本和目的语文学规范的连贯性的考虑。此外，四字格的运用、直接引语、叙事结构等方面也出于同样的目的。

四字格是汉语修辞中常见的一种词格，包括四字成语和普通四字词组。它具有言简意赅、形式整齐、悦耳顺口的优势，在古代诗歌、散文，以及现代汉语中使用频繁。

四字格首先被林纾用于书名的翻译，可以分为两类：一类直接采用四字格形式，如《冰雪因缘》（*Dombey and Son*）、《剑底鸳鸯》（*The Betrothed*）、《秋灯谭屑》（*Thirty More Famous Stories Retold*）等。一类采用四字格加尾词的形式，构成五字短语，如《黑奴吁天录》、《海外轩渠录》、《块肉余生述》、《恨绮愁罗记》（*The Refugees*）、《玑司刺虎记》（*Jess*）、《诗人解颐语》（*Chambers's Complete Tales for Infants*）等。书名中的"录"、"述"、"记"、"传"、"谈"、"志"、"略"等都是古代小说书名中经常使用的尾词，如南朝宋刘义庆的《幽明录》、宋代李献民的《云斋广录》。这种五言命名方式被时人模仿，为此，林纾被赞开创了"以五字丽语标题书名的风气"。（施蛰存，1990：20）

林纾在正文中也大量地使用了这种词格，如《拊掌录》中《耶稣圣节前一日之夕景》（*Christmas Eve*）的开头：

原文：It was a brilliant moonlight night, but extremely cold; our chaise whirled rapidly over the frozen ground; the post-boy smacked his whip incessantly and a part of the time his horses were on a gallop. "He knows where he is going," said my companion, laughing, "and is eager to arrive in time for some of the merriment and good cheer of the servants' hall. My father, you must know, is a bigoted devotee of the old school, and prides himself upon keeping up something of old English hospitality…"（Irving, 1835：25）

林译：时为良夜，月色皎然，而节候殊凄冷。坚冰在地，车轮碾冰，辘辘而行。鞭鸣马踊，一往如飞。余友告余："彼御者知余家方款来客，急欲奔赴，随吾僮厮轰饮。吾父好古，力存古风，今日之宴，勿论贵贱，咸加款接。……"（林纾、魏易，1981e：39）

所引译文不过78字，而"时为良夜"、"月色皎然"、"坚冰在地"等四字格的运用就多达13次，共52字，占译文内容的一半还多。无论状物写景，记人叙事，四字格的使用在林译随处可见。四字格的运用为译文增色不少，读起来抑扬顿挫，朗朗上口，给人语音上和谐悦耳的美的享受。

中国传统小说多采用带引导语的直接引语呈现人物话语，即"人称＋引述动词＋引语"的形式。赵毅衡（1987：82）指出，这是因为传统小说标点符号不完备，于是频繁使用引导句，并尽可能地采用直接式，以便区分叙述语和转述语。林纾熟悉古典小说的叙述方法，在翻译时他将大部分的间接引语改成了直接引语。如：

原文：When the chambermaid tapped at my door at eight o'clock, and informed me that my shaving-water was outside, I felt severely the having no occasion for it, and blushed in my bed. （Dickens, 1981：267）

译文：明日侵晨八句钟，女佣来叩余扉曰："刮髯之水已置门外。"余自觉无髯，乃羞不可耐。（林纾、魏易，1981b：170）

作者用间接引语来描述女佣说的话，译者把这些话变成了直接引语。就叙述视角来说，直接引语"展示"、"模仿"讲话者话语，是从讲话者视角出发，而间接引语则为"讲述"方式，从叙事者视角出发；就叙述距离来说，前者可以使读者感受讲话者的语气和心理状态，拉近叙述距离，而后者的叙述距离则较远。作者对直接引语和间接引语的选择，一般出于特定的考虑。在该例中，大卫与女佣彼此并不熟知，女佣也非作品的重要人物，所以作者以间接引语叙述。而译者没有考虑叙述效果，以直接引语代之，以求符合传统小说的叙述习惯。

传统小说以情节为中心，讲究情节要曲折离奇、构思巧妙，作者几乎视情节为小说的唯一要素。对情节的过度重视，必然导致对情节以外的心理、环境细节描写的忽视。而正是这些细节的运用，才使得五四小说不同于传统小说，取得了长足进步。虽然传统小说中也偶有人物内心状态的呈现，如"某某暗想"或"某某寻思"，但一般缘事而发，又因事而止，没有独立价值，且信息容量小。不同的是，西方小说自文艺复兴起，就非常注重刻画丰满而完整的人，体现人物复杂多面的性格，而这往往通过剖析人物内心达到。受传统小说情节为结构中心的规范制约，译者删去了原文的部分心理描写。如 *David Copperfield* 第 34 章的第 2 段。

原文：… I remember that I sat resting my head upon my hand, when the letter was half done, cherishing a general fancy as if Agnes were one of the elements of my natural home. As if, in the retirement of the house made almost sacred to me by her presence, Dora and I must be happier than anywhere. As if, in love, joy, sorrow, hope, or disappointment; in all emotions; my heart turned naturally there, and found its refuge and best friend. (Dickens, 1981: 451)

今译：……我记得，我的信写到一半的时候，我就坐在那儿，手扶着头，心里就死气白赖地琢磨，觉得好像爱格妮就是我这个自然应有的家里组成的一份，好像这个家因为有她在，变得几乎神圣起来，朵萝和我在这个家里燕居静处，就比在任何别的地方都更快活，好像我在疼爱、欢畅、愁烦、希望或失望之中，在一切喜怒哀乐之中，我的心都自然而然地转到了那儿，在那儿找到安慰，找到最好的朋友。（张谷若，1980：724—725）

原文很长，共计 145 个词，以上只摘录了其中部分内容。这是大卫与朵萝订婚后，喜不自禁，立即写信告诉爱格妮这个好消息时的一段心理活动，可见大卫对爱格妮的依恋程度：爱格妮一直被大卫视为家庭成员，是其生活不可分割的重要部分。同时，这段描述也为故事的后期发展，即大卫与爱格妮携手步入婚姻殿堂，做了进一步铺垫。这段心理描写完全游离于情节之外，译者把这一大段文字做了删除处理。

在以情节为结构中心的模式下，环境描写不过是传统小说中的点缀，所用语句也多为陈词滥调，谈不上对小说起到推波助澜的作用。而在西方小说中，环境（environment）或背景（setting）却很重要，它独立于情节与人物之外，而又与之呼应，"既可以是自然风景，也可以是社会画面、乡土色彩，还可以是作品的整体氛围"（陈平原，2003：104），具有明显的个性特征。传统规范的约束使译者牺牲了原本中的一些环境描写，如 *Uncle Tom' Cabin* 第 4 章中对汤姆被卖出前住处的描述：

原文：The cabin of Uncle Tom was a small log building, ... In front it had a neat garden-patch, where, every summer, strawberries, rasp-berries, and a variety of fruits and vegetables, flourished under careful tending. The whole front of it was covered by a large scarlet bignonia and a native multiflora rose, which, entwisting and interlacing, left scarce a vestige of the rough logs to be seen. Here, also, in summer, various brilliant annuals, such as marigolds, petunias, four-o'clocks, found an indulgent corner in which to unfold their splendors. (Stowe, 1853：37)

今译：汤姆叔叔的小屋是用圆木盖的，……屋前，是整整齐齐的菜地。每逢夏天，草莓、山莓，以及各种水果和菜蔬，都得到精心栽培，欣欣向荣，一片生机。正面墙上，开满大朵颜色深紫的比格诺藤萝花，还有当地的一种蔷薇花，藤蔓交错，枝叶缠结，把个小屋盖得严严实实，几乎看不到一丝粗糙圆木的痕迹。同时，到了夏天，这里还生长出形形色色的一年生花卉，恣意展现各自的卓越丰姿。（李自修、周冬华，1996：24）

以上是对汤姆原来住所的外景描写："菜地"、"水果"、"蔬菜"、"花卉"等让读者感到的是生活的气息。该章的后面，作者还花了大量的笔墨描写了屋内的陈设：床、地毯、肖像画、桌子、桌布、杯碟等，虽然简约，但也齐全。所有的这些描写，都是作者的刻意安排，目的在于与汤姆被卖后的生活形成鲜明对比，以突出此后的非人生活。而这些描写以传统小说的眼光看来，显得过于"冗长"，有碍于情节的进程，所以译者把这些环境描写完全删除了。

传统文学因素显然对林译有着一定的影响，但与此同时，译者也并没有完全受传统文学规范的束缚。林译把西方文学的一些创作手法、技巧等呈现给了中国读者，影响了中国文学的现代化进程，此方面的内容留待下章讨论。

第三节　林译与专业规范

根据切斯特曼的规范论，"专业规范来源于规范权威"，而"规范权威就是那些在社会上被视为有能力的职业译者"（Chesterman，1997：67）。若论及晚清社会的权威译者，则非严复莫属。林纾与严复两家有着世交，他在为严复所做的《江亭饯别图记》中说："余与严子为谊三世。"（林纾，1998a：64）1901年，林纾举家迁居北京，1902年任职于严复主持的京师大学堂译书局，与严复有了更为密切的联系。在此之前，林纾就读过严译的斯宾塞的《群学》（Study of Sociology）等著作，心仪不已，赞严译"立巨干而繁出其众枝"，能够"揭弊存理"（林纾，1998：601）。这都是对严译意义与作用的评价，但林纾究竟有没有以严复为师法，汲取有用的专业规范来指导自己的实践，并没有相关记载。二者从事的翻译领域不同，可借鉴之处也颇为有限。

在文学翻译这个崭新的天地中，生性自负、素以"狂生"自谓的林纾，除了偶尔听取口译者的意见，其实更多地以自己的意志行事，视自己为翻译权威。这么一来，好像林纾在翻译时似乎并没有任何专业规范可言，但林纾心中有无标准，不是人们可以臆断的，也不是他本人未意识到就可以否认的，翻译结果说明了一切。考察译本可以发现，切斯特曼所划分的关系规范、责任规范、交际规范这三条专业规范，在林译中都是有所体现的，是客观存在的。

一　关系规范

关系规范要求译本应该在意义上"忠实"或"信"于原本，涉及两种语言之间的关系。林纾本人对这条规范还是有一定意识的，早在《黑奴吁天录·例言》中就曾说过："存其旨而易其辞，本义并不亡失"（林纾，1981d：2），既体现了对自己译作的自负，同时也表明了以"信"作为对翻译的要求。它与严复的"译文取明深义，故词句之间，时有所附益，不斤斤于字比句次"，以及梁启超的"苟其意靡失，虽取其文而删增之，颠倒之，未为害也"的观点很相似，这也许是林纾受了他们的影响。林纾在《鲁滨逊漂流记》译序中还曾说过："译书非著书比也。……若译书，则述其已成之事迹，焉能参以己见。"（吴俊，1999：115）认为译者只应传达原作的意义，这无疑也是正确的观点。需要注意的是，林纾对"信"的认识和严复、梁启超一样，都是忠实于原作的主旨、精神，不同于后来的学者认为是"忠实"于字句的理解。

就整体情况来看，林译大体都能够传达原作的主旨、精神。其中，第二阶段和第三阶段的 70 多个译本翻译质量尤为高，除去译者基于读者期待对原文有意做的一些特殊处理，译本基本上译出了原作的大意。以《撒克逊劫后英雄传略》第 24 章的一段为例：

原文：Rebecca was now to expect a fate even more dreadful than that of Rowena; for what probability was there that either softness or ceremony would be used towards one of her oppressed race, whatever shadow of there might be preserved towards a Saxon heiress? Yet had the Jewess this advantage, that she was better prepared by habits of thought, and by natural strength of mind, to encounter the dangers to which she was exposed. Of a strong and observing character, even from her earlier years, the pomp and wealth which her father displayed within his walls, or which she witnessed in the houses of other wealthy Hebrews, had not been able to blind her to the precarious circumstances under which they were enjoyed. Like Damocles at his celebrated banquet, Rebecca perpetually beheld, amid that gorgeous display, the sword which was suspended over the heads of her people by a single hair. (Scott, 1964：210)

林译：然鲁温娜之见囚也，贼中尚待之以礼，而吕贝珈为犹太产，安有所冀？然吕贝珈之脑力绝佳，能临机应变，果决有谋，则又胜鲁温娜远矣。彼自幼出富丽中，然未尝见局于境地，失其灵莹之性，故匆遽中辨去取利害。亦知父产虽多，处此虐政，势殊难料，故术智亦因是而长。自视身世，如悬利刃于顶上，以丝发系之，不知其坠自何时，己之性命大半系于呼吸。（林纾、魏易，1981a：114）

译文虽比原文笔致简洁，但意思上与原文基本相同，都是说：被囚的年轻犹太女子吕贝珈，不可能像同样被囚的萨克逊女承嗣人鲁温娜一样，得到任何一点表面的礼遇，但吕贝珈也有自己的优势，如"脑力绝佳"与"果决有谋"（大致同于原文的"habits of thought"），又如"临机应变"（大致同于"observing"），这都是因为她没有被自家以及别的富裕犹太人家里的阔绰与铺排冲昏头脑，她看出这些荣华富贵没有稳固的基础，自己和整个民族随时都有危险。译文与原文在语言形式上虽不存在对应关系，但这并没有妨碍译文的意思与原文基本保持一致。

林纾对自己极其喜爱的译本，译得尤为认真，意思传达得也更为准确传神，如《块肉余生述》的一处：

原文：…they wanted Dora to sing. Red Whisker would have got the guitar-case out of the carriage, but Dora told him nobody knew where it was, but I. So Red Whisker was done for in a moment; and I got it, and I unlocked it, and I took the guitar out, and I sat by her, and I held her handkerchief and gloves, and I drank in every note of her dear voice, and she sang to *me* who loved her, and all the others might applaud as much as they liked but they had nothing to do with it! (Dickens, 1981：446)

林译：众欲令都拉歌。赤髯者曰："密斯，琴匣在此车中，吾为君取之。"都拉曰："吾所置地，惟彼知之。"彼谓余也。于是余，胜赤髯者矣。立往取琴。余，开匣，余，取琴奉都拉，余，坐诸其旁。弹时下手套，余，为都拉收之。余，尽饱其琴声。歌时众皆鼓掌，余，自信歌皆为余，汝辈勿与也。（林纾、魏易，1981b：272—273）

译者把大卫与赤髯者如何争宠，如何殷勤地为都拉服务，如何自认为都拉为他而歌，这些细节的意思都译了出来。此处以句为单位的传译，使林纾保留了原文的排比修辞手法，大卫对都拉的爱慕之情，得以和原文一样被幽默风趣地表达出来。虽然译者从原文的第二句造出两个直接引语，但这两个直接引语与原文的意思、精神也是一致的。

林纾曾说："欧人志在维新，非新不学，即区区小说之微，亦必从新世界中着想，斥去陈旧不言"（吴俊，1999：31）。林纾从事翻译，看中的就是西洋小说中有益于中国社会改良的成分。他在一篇篇译文序跋中的点拨，也充分地表明了这一点。如果肆意改写原文内容或编译，又怎么能向国人展示西洋小说中的新知新识，有益于国人呢？所以，尽量保持与原文内容的一致，是林纾的必然选择。

二　责任规范

责任规范是对翻译活动中的有关各方负责。林译采取了加注释、加评述、加按语、作译序跋的策略来方便读者阅读，体现了译者为读者着想的精神。其中，加按语、作译序跋为林纾的个人行为，加注释、加评述则可能为林纾和口译者所共同作出。序跋主要是林纾为了点明原文的主旨，并由此生发开去，表达译者本人的思想，以引导读者的思想而作，这部分内容可参见 4.2.3。此处主要集中在加注释、加评述、加按语三种策略。

林译的加注采用括号的形式，具体内容以小号字体写在括号之中。每本林译小说都有加注，多则几十条，少的也有十余条，其功能主要为以下三类。

其一，给读者提供理解原文所需的文化背景知识。如："谱中云'海咪海朵海发咪海（即华音之工尺上四合声也）'八字。"（林纾，1981f：22）中西的记谱方式不同，西方采用数字简谱或字母简谱，基本音高的读音为多来咪发唆拉西。我国近代民间常用的记谱法为工尺谱，一般用合、四、一、上、尺、工、凡、六等字样作为表示音高的基本符号。译者通过类比，解决了读者理解该句所需的西方音乐知识的问题。

其二，帮助读者点明原文中的隐含意义。如："圣格来曰：'难哉，吾恩及儿也。'（恩及儿者，天女也，为女中最妍丽无匹之人。圣格来盖隐讽媚利为不可瞻仰之天人，实深恶之。）"（林纾、魏易，1981d：83）"恩及尔"音译自原文的"Angel"，意思为"天使"或"天使般的人"，译者把该词解释为"天女也，为女中最妍丽无匹之人"，也是大致正确的。在原文本中，圣格来的妻子媚利脾气暴躁，整日抱怨，令他非常厌恶，并不是"恩及尔"。圣格来却称她为"恩及尔"，显然是在讽刺她。译者注解的"圣格来盖隐讽媚利为不可瞻仰之天人，实深恶之"，点明了其中隐含的讽刺意味，为读者理解扫清了障碍。

其三，明确人或物的具体所指。如："俄而望厢上配唐至，某伯爵继至（此赠图之伯爵，非善琴之伯爵）。"（林纾、王寿昌，1981f：33）马克是巴黎红极一时的社交明星，贵族公子们争相追逐她。马克在看戏剧时，一位伯爵来献殷勤，译者加注指出这不是昨晚见过的善琴伯爵，而是赠图伯爵，以免读者引起误会。

译者还直接在译文中加入自己的评述，评述虽实质为译者的创作发挥，但与那些为烘托特殊情绪、效果等所作的创作不同，林译中绝大多数评述的目的是为了更好地为读者理解原文服务。以《撒克逊劫后英雄略》第9章为例。该章围绕比武大赛展开，获胜的骑士可以从现场选一位小姐作为"美和爱的皇后"为他们颁奖，撒克逊族女承嗣人鲁温娜有幸被选中。她不会法语，被诺曼族的约翰亲王嘲讽。亲王对随从译员说："明日余一人自至，率此哑侯登座。"（林纾、魏易，1981a：50）林纾和口译者也许担心读者不明白约翰亲王的意思，就在后面补充了一句："意讥鲁温娜也"。

又如《迦茵小传》第10章，富家女爱玛听到亨利大难不死的消息后，立即晕厥了过去，医生解释说："She must have suffered a great deal from suspense."（Haggard，1897：99）林译："女郎之晕，殆悬悬于死生之消息，用神过疲，意一释而神越耳。"（林纾、魏易，1981c：63）原文中的"suspense"为"悬念"之意，具体指亨利生死未卜的悬念，此悬念造成了爱玛的晕厥。"女郎之晕，殆悬悬于死生之消息"已表达了原文的意思，"用神过疲，意一释而神越耳"为译者的添加，译者似乎比作者更了解爱玛晕倒的原因，解释得清楚明白，未留一丝之惑。

林纾添加的按语主要出现在《拊掌录》和《伊索寓言》两个译本中，这些文字多是议论性或说明性的，其语言风格类似于译文，以"畏庐曰"的形式添加在每个小故事之后，近200条。加按语策略使译者充分显形，从幕后走向前台。通过按语，译者旨在点明原文思想，以及表达译者本人的观点，引导读者的思想。如《拊掌录》中《耶稣圣节》（Christmas）篇后的按语：

> 畏庐曰：……欧西今日之文明，正所谓花明柳媚时矣。然人人讲自由，则骨肉之胶质已渐薄，虽伴欢诡笑，而心中实有严防，不令互

相倾越，长日为欢，而真意已离。欧文·华盛顿有学人也，感时抚昔，故生此一番议论。须知天下守旧之谈，不尽出自顽固，而太初风味，有令人寻觅不尽者，如此类是也。（林纾、魏易，1981e：61）

林纾在这段按语中对原文作了总结，指出现代文明带给了西方社会进步的同时，也带来一个颇不尽人意的影响，那便是人人过于讲求自由，使朴素真诚的家庭情感荡然无存。林纾的总结起到了提示与引导作用，读者在译者的帮助下对原文的主旨便能迅速明了。

又如《伊索寓言》中的一则按语：

畏庐曰："以主客之势较，主恒强于客，今乃有以孤客入吾众主之地，气焰摄人，如驴之摄鹿。志士观之，至死莫瞑其目矣。敬告国众，宜各思其角之用。"（林纾、严培南等，1903：6）

该按语是林纾从寓言中所讲的"躯壮于狗"、"走疾于狗"、"有角自卫"的鹿却畏于狗的故事所作的阐发。从中可以窥见林纾对当局者"宁赠友邦，不与家奴"的绥靖外交是有看法的，而且遗憾于国人在列强侵凌下不能奋起抗争，忧虑于芸芸众生的逡巡畏缩、坐而待毙，于是乎发出"各思其角之用"的呼吁，希望国人鼓起勇气，起而抗击侵略者的狼奔豕突。林纾借按语评论原文的思想，并由此生发开去，或阐明原文思想观念对于中国的现实意义，或抒发自己的爱国救国情怀，目的都是着眼于读者，希望能够对他们起到一定的启发和鼓动作用。

翻译在本质上为一种社会文化交际，译者必须对原文作者、译文读者、委托人等各方负责，但实际上译者不可能不偏不倚地满足各方的要求。一般说来，译者对他心目中的最重要一方负责。就林译而言，林纾显然选择了读者。林纾翻译的主要目的是开启民智、救亡图存。要实现这一目的，林纾首先要考虑的是读者接受。加注释、加评论、加按语、作序跋的策略就是为了让读者明白原文的意思、主旨，并进一步对读者的思想意识进行引导，实现翻译目的。

三　交际规范

交际规范属于社会规范，指译者应该能够根据翻译场合和翻译过程中涉及的有关各方的需要，努力使传意达到最优化，使参与交际的各方获得最大程度的成功交际。

就林译而言，译者显然用心地考虑了应该采取什么手段使传意最优化。在林纾看来，译文应该通顺畅达，才能彰显原文意义。今人往往认为林译虽然文采斐然，但他不解原文的真正意思，因此把林译的通顺畅达归为"伪达"。林译与严复、梁启超等近人的翻译一样，译文传达的是原文的主旨、大意，不能用现代翻译标准来评价。如果林译为"伪达"，那么严译、梁译等近代翻译同样逃脱不了"伪达"的指责，因为他们传达的也是原文的主旨、大意或曰精神，他们的译本不能与原本作句与句的比读。

为了译文能"达"，林纾首先采取了存其旨而易其辞的策略，实为意译策略，使得译文不局限于原文表层结构和语言形式的限制，从而较易做到通顺畅达。其次，模仿先秦古文的词法句法来翻译原文，属于语言策略。当时的译文读者绝大多数来自文人士大夫阶层，拟古的语言有助于吸引潜在读者的阅读兴趣。没有必要苛求林译满足当时所有的读者，译文满足其特定的读者群的要求即可。这两种策略贯穿于林译的始终，为译文的可读性奠定了一定基础。

当译者照原文直译后读者不知所云或不能激起相同的反应，而译者又不能加注解释时，该如何使传意最优化以获得成功交际呢？语际翻译在两种不同的文化之间进行，存在着许多翻译障碍，过多的注释必然会导致读者阅读思路的中断，译者又不得不译，那么只好选择改译。林译中的一些改译无疑是由于译者粗心或手痒的原因所致，但也有不少正是译者考虑到读者对异域文化的有限了解，从而作了有意识的误读，为的是使传意最优化以获得成功的交际。现以林译中的文学形象为例说明。

形象是对一个文化现实的描述。文学形象就是在文学化同时也是社会化的运作过程中对异国看法的总和。林译有着丰富的文学形象，译者对原文的一些文学形象进行了改头换面，如《撒克逊劫后英雄略》中吕贝珈的形象：

　　　原文：Her turban of yellow silk suited well with the darkness of her complexion. The brilliancy of her eyes, the superb-arch of her eyebrows, her well-formed aquiline nose. (Scott, 1964: 84)

    林译：髻上束以鹅黄之帕，愈衬托其面容之柔嫩；双瞳剪水，修眉如鬓；准直颐丰，居中适称。（林纾、魏易，1981a：39）

    吕贝珈的美丽与众不同，具有犹太女子特有的异域风情："她戴着一副黄绸头巾，这和她黑色皮肤非常相称。她的眼睛晶亮，眉毛像一对优美的弯弓，端正的鼻子尖略向下弯。"（刘尊棋、章益，1997：75）但"the darkness of her complexion"（黑肤色）、"aquiline nose"（鹰钩鼻）的美女与中国传统美女的评价标准不符。林译改黑肤色为"面容之柔嫩"，改"鹰钩鼻"为"准直颐丰"，再加上"双瞳剪水"，"修眉如鬓"，一个中国古典美女形象跃然纸上。林译的改动虽与原文有出入，但正是译者的有意误读，从而把外国人眼中吕贝珈的美丽形象等效地传达给了对国外人与事不甚了然的近代中国读者，否则他们难以获得与原文读者相同的感受。

    又如《黑奴吁天录》第 20 章，圣格来的姐姐担心新来的小黑奴带坏侄女夜娃（Eva），于是让圣格来出面制止，圣格来则说："···evil rolls off Eva's mind like dew off a cabbage-leaf, —not a drop sinks in."（Stowe, 1853：311）林译为："如吾夜娃，尘污何得遽侵！此女盖出水新荷耳。"（林纾、魏易，1981b：117）夜娃是本书的重要角色，她善良、美丽、圣洁，是一个天使般的形象，甚至被视为耶稣的化身。原文把不染尘污的夜娃比作不沾露水的"白菜叶"，若译文也直译为"白菜叶"，读者恐难理解夜娃和白菜有何联系，因为在汉民族文化中白菜不具备不染尘污的联想意义，还有着一些如身世卑贱、命运悲惨等负面联想意义。而荷花视觉美观，嗅觉清新，加之周敦颐的《爱莲说》的名句"予独爱莲之出淤泥而不染"，使莲花不染尘埃的形象深入人心，正切合对夜娃的比喻，所以林译用荷花替换了原文的白菜叶，有利于读者接受。

    意译手段和先秦词法句法的采用，使林译通顺畅达，很好地彰显了原文的意义，适当的改译较之过于忠实字面的直译使译文的可接受性又进一步得到增强，使读者们由喜爱林译文本发展到能够接受西方文学。这些都是译者为了使传意最优化所做的努力，它们正是译者潜意识中所遵循的交际规范的体现。

第四节   小结

    正如有论者指出的，"清末民初译者作为一个群体，经常被指对原著不忠实，又对西方文学及文化缺乏认识，这种结论其实都是基于新文学运动所建立起来的关于西方文学建制和文学翻译的种种想法，论者往往一举抹杀了翻译时期的社会背景和文化需求"。（王宏志，2000：106）同样，评判林译不能只依据浅显的表面观察，因为这种"看似有问题"的翻译现象有其深刻的社会历史文化因素。

翻译规范论特别强调社会文化/文学，重视这些规范对目的语文化及整个翻译过程产生的直接和间接的影响，对林译有着很好的解释力。本章采用了切斯特曼对翻译规范的分类法，即把翻译规范分为期待规范和专业规范，对林译所遵循的翻译规范进行了分析。在期待规范方面，林译主要遵循了政治规范、伦理规范、宗教规范和文学规范这四条规范，切合了时局的要求，迎合了士大夫们的期待心理。在专业规范方面，林纾并无可直接师法的翻译权威，主要是以自己的意志行事，对其译本的细读可以看出，切氏的关系规范、责任规范和交际规范在林译中都发挥了作用，体现了译者首先为译文读者，其次为原作者考虑的精神。

为了遵循诸多的规范，林纾和合作者有时会采取增译、删译、改译的处理手段，对原文进行有意识地改造。这些有意识的改造，不同于无意识的曲解或讹误。它们对研究者而言，往往具有更高的研究价值。然而，人们对林译中许多的有意识改造，历来都持一种批评的态度。的确，在文学翻译中，有意改造不太可取，必须尽量避免，因为忠实是文学翻译的首义。

与此同时，也应该意识到的是，这些增译、删译、改译，并不完全是译者随心所欲的行为，很多时候都是译者在各种翻译规范的制约下所作的特殊选择。本章已有许多的例证表明了这点。放眼晚清译界，加工、改造原作的译者也大有人在，如当时声名显赫的严复。他对原作的书名，书中的思想内容或观点都作过删改，这些删改也多为译者基于各种翻译规范的考虑。严译《群己权界论》的原作书名为 On Liberty （《自由论》或《论自由》），严复最初译名为《自由释义》，临出版前又更名为《群己权界论》。因为译作出版距政府镇压戊戌变法刚过五年，国内政治环境恶劣，先译就的书名《自由释义》中的"自由"极为刺眼，恐遭主流意识形态猜忌，有碍译本的出版发行，译为《群己权界论》则可以打消这方面顾虑。

综言之，对于林纾与合作者们在翻译过程中的增译、删译、改译，研究者与批评家们应该宽容些。研究与批评的目光不应停留在狭隘的语言对比层面，应该探究译者这么做的社会历史文化原因。虽然林译的这些加工、改造使译本与原本产生了某些偏差，但在当时为译本的顺利流通、消费的确提供了不小的助益。

第六章

文学的窃火者——林纾翻译的影响论

中国现代文学开始的标志是五四新文化运动的兴起，而晚清民初的文学翻译对新文化运动的兴起起了重要的奠基作用。对中国文学现代转型的探讨，若囿于中国文学内部，则失之片面，视野还需扩大至蔚为大观的文学翻译领域。林纾作为先行者，开启了晚清文学翻译自觉局面，为中国现代文学的发生窃来了珍贵的火种，这窃来的火种开始虽然微弱，但终成燎原之势，为中国文学的现代转型作出了不可磨灭的贡献。

第一节　林译的革新作用

"域外小说的输入，以及由此引起的中国文学结构内部的变迁，是二十世纪中国小说发展的动力。可以这样说，没有从晚清开始的对域外小说的积极介绍和借鉴，中国小说不可能产生脱胎换骨的变化。"（陈平原，2005：24）在中国近代小说由古典走向现代的过程中，林译小说在思想主题、小说艺术形式的译介、文学理论的革新、小说类型的丰富上，都扮演过重要角色，起到了承前启后的作用。其中，有关林译思想主题的内容，即林译传达的民族、民主、女权和实业为主的思想，它们体现了反帝反封建的时代要求，不同于传统说部反映的主题。这部分内容在论述翻译选材时已有涉及，具体参见4.2.3，此处不再赘述。本小节主要对其他三项进行探讨。

一　现代小说艺术形式的译介

中国传统说部历来以章回体为外在叙述体式，其特点是：将全书分成若干"回"或"节"；每回前使用"回目"，即单句或偶句形式的文字标题，用以概括本回的主要内容；每回以"话说"或"且说"等开始，以

"欲知后事如何，且听下回分解"等结束；一回叙述一个相对较完整的故事，而又承上启下。

在林译之前，蠡勺居士、梁启超等都采用章回体翻译小说。梁启超的《十五小豪杰》所有的章节都采用了对偶句为回目，前三回分别是："茫茫大海上一叶孤舟，滚滚怒涛中几个童子"、"逢生路撞着一洞天，争问题俨成两政党"、"放暑假航海起雄心，遇飓风片帆辞故土"。每回都用"话说"、"回说"、"却说"等方式开头，叙述一个新的故事。结尾处附上概括该回内容的诗句和"欲知后事如何，且听下回分解"的套语，如第二回："男儿急难为同胞，天地无情磨好汉。欲知武安性命如何，且看下回便知明白。"梁启超选择章回体的原因在于他认为章回体有独到妙处："森田译本共分十五回，此编因登陆报中，每次一回，故割裂回数，约倍于原译。然按中国说部体制，觉割裂停逗处，似更优于原文也。"（梁启超，1984a：130）实际上，这种观点代表了当时大多数译者的观点。一些五四作家在早期也采用章回体翻译，鲁迅早年所译的科学小说《地底旅行》、《月界旅行》都是采用章回体。

林纾察觉了西洋小说与章回体小说的不同，认为用章回体译西洋小说不妥。《巴黎茶花女遗事》浑然一体，译者没有划分任何章回，该译作是文学史上第一篇突破章回体的长篇翻译小说。此后的译作，译者做了改进，保留了原作的章节划分，以第某章的形式出现。综观数量众多的林译小说，没有任何一部采用了章回体，回目、套语等完全被译者抛弃。章回体小说的读者对象为听众，这决定了它本质上是一种说的艺术，这种说的艺术颇能抓住读者的兴趣，但它的格式过于呆板，严重地束缚了作者的艺术创造力。对章回体的摒弃，解放了小说的创作手法，它是传统说的方式向现代写的艺术转型的重要环节之一。郑振铎曾说："中国的'章回小说'的传统的体裁，实从他而开始打破。"（郑振铎，1981：17）郑振铎不免夸大了林纾的作用，章回小说的突破并不是林纾一人之功，支明、苏曼殊等人都有着一定的贡献，但无疑林纾有首倡之功，且影响最大。林纾不仅在翻译小说时不再采用章回体，在他的自创小说如《剑腥录》、《金陵秋》等中，章回格式也完全绝迹，这对当时仍以说书体创作的晚清小说家来说既新鲜又震撼。

林译小说在艺术形式上的重要革新还体现在叙事模式。相比于较为外在的章回体而言，叙事模式属于内在的形式，两者相互联系。陈平原指出，小说的叙事模式具有独立于小说内容的意义，"是一种有意味的形式，一种形式化了的内容"，且"中国小说叙事模式的转变是在西洋小说的刺激诱导下完成的"（陈平原，2003：5）。林纾作为西洋小说的译介先驱，他笔下的林译小说首当其冲，很大程度上成为了刺激诱导传统小说叙事模式转变的因素。陈平原（2003：4）把中国小说叙事模式做了三段式切分，认为中国小说叙事模式的转变包括叙事时间、叙事角度和叙事结构。下面就从这三方面探讨林译小说是怎样参与了外来小说形式的移植，促进我国小说叙事模式的转变。

在叙事视角上，中国传统小说大都采用第三人称全知叙事，即承袭了说书人从外部观察但无所不知的叙事特征。在近代的西方，伴随现代社会的出现，产生了第一人称叙事视角，这标志着作品中个人主体意识的觉醒与提高，作者再也不能在作品中扮演全知全能的上帝角色。*La Dame aux Camélias*、*David Copperfield* 等作品都很好地展现了第一人称叙事的魅力。为了分析林纾对西方叙事视角的处理，下面以 *La Dame aux Camélias* 开头部分为例，林译与今译一并摘录如下。

原文：… N'ayant pas encore l'âge ou l'on invente，je me contente de raconteur. // J'engage donc le lecteur á être convaincu de la réalité de cette histoire don't tous les personages，à l'esception de l'héroïne，vivent encore.（Dumas fils，1951：21）

林译：小仲马曰：……今余所记书中人之事，为时未久，特先以笔墨渲染，使人人均悉事系纪实。虽书中最关系之人，不幸夭死，而余人咸在，可资以证。（林纾、王寿昌，1981f：3）

今译：……既然我还没到能够创造的年龄，那就只好满足平铺直叙了。因此，我请读者相信这个故事的真实性，故事中所有的人物，除女主人公以外，至今尚在人世。（王振孙，1993：3）

林译以"余"的口吻叙事，可以说保留了第一人称叙事。但为了避免读者将小仲马的第一人称叙述误认为是译者的叙述，译者在小说的开端加上了"小仲马曰"，以阐明二者之间的关系，这又部分地抵消了第一人称叙事的效果。当然，这种改变也有林纾担心译文读者不习惯这种审美形式的因素。王振孙的译文直接采用"我"来叙述，因为在今天由"我"

来讲故事已司空见惯，无须再加上画蛇添足之笔。林译在叙事视角上的改变所带来的直接影响，就是使作品少了一分"真实感"，多了一分"权威感"：第一人称叙述给人的感觉仿佛是叙事者直接向读者讲述一个故事，两者之间没有距离感，容易让人感到真实；第三人称叙事则相反，叙事者居高临下，读者明显感到距离。

林纾在《块肉余生述》中，也以"余"的口吻叙事，但在卷首加上了"大卫·考伯菲而曰"，对叙事视角的处理与《巴黎茶花女遗事》如出一辙，此类的例子还有很多。这种改变实质上代表了近代小说家对西洋小说不够彻底的理解，但正是这种不够彻底的理解，拓宽了传统叙事视角，更新了叙事观念。自《现身说法》（Childhood, Boyhood and Youth）后，林纾已经对第一人称叙事视角颇为习惯了，篇首不再加上"某某曰"以明确"余"的具体所指。

La Dame aux Camélias 中穿插了茶花女的日记，篇幅很长。日记通过第一人称的生动叙述，给人以极其亲切的艺术感受。中国古代的书信用途广泛，可以记游、明理或抒情等，古代的日记也种类多样，国家政治、私人生活、读书心得等均是作家记录的范围，但无论书信还是日记，都不曾入小说创作，甚至连小说中的人物收到书信或日记的情节都鲜见。到了晚清时期，纵使海外游记、出使日记盛行，其中也不乏佳作，也都不曾激发当时的作家以日记入小说或创作日记体小说。《巴黎茶花女遗事》使中国作家第一次领会到日记体在小说中的叙事魅力。1901 年，邱炜萲（1989：29）最早注意到这部作品"末附茶花女临殁扶病日记数页"的特点。徐枕亚的《玉梨魂》中题曰"日记"的第 29 章，摘录了筠倩的临终日记的灵感就来自《巴黎茶花女遗事》。林纾在 1902 年所译的《鲁滨逊漂流记》正式引入了日记体小说："全书为鲁滨逊自叙之语，盖日记体例也，与中国小说体例全然不同。若改为中国小说体例，则费事而且无味。"（林纾，1989a：49）自此之后，越来越多的日记体小说被译介，为中国创作此类小说树立了榜样，但无疑林译最早在此方面作出了积极贡献。

在叙事时间上，中国传统小说基本上是采用连贯叙事的手法，即先发生什么，后发生什么，大多按照时间的先后顺序来排列；若叙述同时进行的两件事情，则采取"花开两朵，各表一枝"的处理手法。而西洋小说的叙事时间则颠来倒去，复杂得多。

林纾同时代的译者往往将原作的叙事时间完全中国化，如李提摩太翻

译的《百年一觉》（1894）、张坤德翻译的《英包探勘盗密约案》（1896）
等都将原作的倒叙改成了连贯叙事，同化了原作的叙事形式。相较而言，
林纾还是比较尊重原作的叙事时间。*La Dame aux Camélias* 采用倒叙的手
法：先写作者看见拍卖茶花女遗物抵债的场景，由在拍卖处购买的一本书
籍上的签名"亚猛著彭赠马克惭愧"，引出主人公亚猛，然后亚猛以回忆
的方式，讲述他与茶花女的恋爱往事。林译完完全全地保留了原作的倒叙
手法，未做任何改造，取得了原作为读者制造悬念，吸引读者阅读兴趣的
艺术效果。林纾对倒叙的功能也有所认识，在《歇洛克开场奇案·序》
中说："文先言杀人者之败露，下卷始叙其由，令读者骇其前而必绎其
后；而书中故为停顿蓄积，待结穴处，始一一点清其发觉之故，令读者恍
然。"（吴俊，1999：65）

　　狄更斯的《大卫·科波菲尔》叙事时间极为精细复杂，忽而过去，
忽而现在，对林纾是个极大的挑战。但林纾也很少改动整个布局，只在对
读者接受造成冲击时补以文字说明。例如该书第5章，译者保留了原作者
在回忆中预叙的手法。考虑到读者的接受能力，译者便补充了一段注释说
明这种叙事手法："外国文法往往抽后来之事预言，故令读者突兀惊怪，
此其用笔之不同也。"（林纾、魏易，1981b：37）

　　在叙事结构上，中国传统小说以情节为中心，心理和环境描写受到忽
视，而西洋小说则非常重视心理和环境描写。本书在第五章讨论了译者受
传统叙事结构的影响，删去了西洋小说中的一些心理和环境描写。但同时
还应该注意，译者也保留了一些此方面的描写。在 *David Copperfield* 第35
章，大卫的姨婆告诉大卫破产的消息后，有一段关于大卫心理活动的很长
的描写，林译都予以保留：

　　原文：How miserable I was, when I lay down! How I thought and
thought about my being poor, in Mr. Spenlow's eyes, about my not being
what I thought I was, when I proposed to Dora; about the chivalrous ne-
cessity of telling Dora what my worldly condition was, and releasing her
from her engagement if she thought fit; … I know that it was base in me
not to think more about my aunt, and less of myself; … How exceedingly
miserable I was, that night! (Dickens, 1981: 464)

　　林译：余寝外间，心绪潮涌，自念身果穷，先生何由重余。余与

都拉定约时，初不料家道中变如是之迅，今但能语之都拉，果辞婚者，听辞可也。……周思之，忽大惧，谓片晌之思维，均为私利，初未计及祖姨，负恩背义，莫此为至，因之心绪复炽。尽夜辗转，一无所得。（林纾、魏易，1981b：284—285）

这段心理描写体现了大卫的真诚：大卫决定把破产的消息告诉心爱的人，即便因此可能被她抛弃；也体现了大卫的责任心：他责备自己没有首先考虑姨婆，而这种内疚恰好说明大卫没有忘记姨婆的养育，没有忘记此时自己肩负着照顾姨婆的责任。

译者保留的环境描写如 *Ivanhoe* 第 3 章的开头：

原文：In a hall, a long oaken table, formed of planks rough-hewn from the forest, and which had scarcely received any polish, stood ready prepared for the evening meal of Cedric the Saxon. The roof, composed of beams and rafters, had nothing to divide the apartment from the sky excepting the planking and thatch; there was a huge fireplace at either end of the hall, but as the chimneys were constructed in a very clumsy manner, at least as much of the smoke found its way into the apartment as escaped by the proper vent… (Scott, 1964：47)

林译：村屋毗连极延袤，檐溜相接，弥望均门宇。堂上有木质长案，不幂。正交晚餐之时，案已罗列食具。屋上不瓦，椽上覆板，盖以茅茨。屋之两头置二火炉，烟囱绝简陋，留罅无数，狂烟走泄，室中均带云气，椽上烟屑厚积如钱。……（林纾、魏易，1981a：16）

以上是对撒克逊人凯特立克庄园大厅的描写，原文共三段，此处只作了部分摘引。译者把这些内容也都大致地翻译了出来，传达了原作所体现的撒克逊人屋内陈设的质朴风格。

译者对心理和环境描写有着一定的取舍标准，总的来说，与小说进程有关的描写将得到保留，那些与小说进程毫无关系，甚至有碍于情节流动的将被删除。在上述两例中，译者保留大卫的心理描写是因为，它与第二天大卫为了姨婆去找律师事务所退学费，及其以实情言都拉的情节有着密切联系。保留第二例冗长的环境描写则是因为，前一章叙述了爱默教士和白拉恩骑士等一行人马要去凯特立克庄园投宿，在一个游方骑士带领下终于快达到的情节，第 3 章的起始把凯特立克的庄园描述一番也符合进程，且第 3 章至第 6 章故事场景都围绕这个大厅。这些细节描写，信息容量大，虽数量有限，但也在一定程度上颠覆了传统小说的叙事结构。

二　文学理论的进步

林纾对文学理论的贡献主要体现在批判现实主义和比较文学理论两方面。由于林译影响范围广大，影响时间持久，这些融入了新思想的文学理论，在一定程度上也促使了我国传统的文学理论体系悄然地发生着变化。

林纾十分青睐西方批判现实主义作品，对狄更斯的小说给予了高度评价。林纾所译的狄更斯小说有 5 种，数量虽然不多，但对每一部译作都认真地作了长篇序言，体现了他对狄更斯的偏爱，出色的个人文学鉴赏力及其独到的小说理论思想。这些颇具慧眼的小说理论文章，展现了一种现代小说意识的觉醒，林纾大胆地提倡小说应揭露社会黑暗，强调小说应描写社会底层人民和他们的生活。

林纾的小说理论有着强烈的社会批判特征，他主张"笔舌所及，情罪皆真；爱书既成，声影莫遁"（吴俊，1999：71），即对黑暗社会现实的真实揭露，对人物形象的生动立体的刻画。他热切地为中国召唤狄更斯式的批判现实主义作家："所恨无狄更斯其人，如有能举社会中积弊为小说，用告当事，或庶几也。"（同上：86）林纾感慨唐代画家吴道子所画作品惟妙惟肖，将事物的表象与实质都生动再现出来，后世的小说家能继承其精神余绪的，不过李伯元、曾朴、刘鹗几人，但李伯元又已于 1906 年去世，因此林纾极力呼唤中国文坛应该多些狄更斯式的作家，举社会积弊为小说，改良中国社会。在《我怎么做起小说来》一文中，鲁迅曾说自己做小说的目的是"要改良这人生"，"我的取材，多采自病态社会的不幸的人们中，意思是在揭出病苦，引起疗救的注意"。（鲁迅，1981a：512）两者相对照，我们发现相似的小说功用观跨越与延续了 20 多年，证明五四时期为人生派与林纾对狄更斯的大力推举和译介是一脉相承的。

传统民族文化心理结构中，审美观念与封建伦理道德紧密结合，小说艺术典型必须体现清晰明了的"是非善恶"的道德规范与伦理要求，普通众生并不在小说家们的艺术创作视线内，小说家们着力刻画的是那些大孝、大忠、大烈、大节的完美理想人格的人，即所谓的"忠臣、孝子、义夫、节妇"，或者刻画那些被诗化、理想化了的才子佳人，即所谓的"名士美人"。

在中国古代小说的历史长河中，也不乏写实作品，如《水浒传》、《金瓶梅》、《红楼梦》等，但是这些作品大多囿于帝王将相、才子佳人的套路或选用历史题材，真正直面现实人生的作品并没有成为主流形态。就古代小说理论而言，也存在着市民意识，呈现出非英雄化的特点，如在《金瓶梅》的点评中，张竹坡赞誉《金瓶梅》为"市井的文字"，体现了小说发展过程中由英雄传奇小说到刻画世俗生活的世情小说的进步，但是他所提出的"市井文字"主要是为了区别"花娇月媚文字"，目的在于雅俗之辨，并未真正把关注的目光投向下层社会人民。

日本学者内田道夫在分析了《水浒传》、《金瓶梅》、《红楼梦》等经典之作后认为："中国小说是自发地走向写实主义的。只不过是，中国小说长期以来，甘心居于低水平的评价，作为为人生而艺术，从意识上是远离的。从而在写实主义上，优秀作品的产生，精密理论的出现，不能不有待于西欧文学的影响。"（内田道夫，1983：272—273）从这一意义上，林纾在译作中所体味和倡导的"专为下等社会写照"，是一种很典型的平民意识。林译小说的主人公由才子佳人、英雄好汉转向了地位卑下之人，第一次关注下层人物的命运，要求小说如实地刻画出市井人情及社会诸相。《块肉余生述》、《孝女耐儿传》、《滑稽外史》等都刻意临摹下层社会，描写沦为底层人民的不幸和痛苦。中国现实主义文学得益于林纾对西方现实主义文学的译介，开始逐渐走向一个日趋自觉与成熟的时代。新文学运动主将陈独秀在《文学革命论》所标举的"三大主义"的文学革命旗帜①，可以说是林纾的域外小说理论的进一步发展与深化。胡适（1998a：70）要求新文学描写"今日的贫民社会"，周作人（1999：278—281）主张"平民文学"，鲁迅（1981b：389）着力体现"下层社会

---

① 陈独秀标举的三大主义："曰，推倒雕琢的阿谀的贵族文学，建设平易的抒情的国民文学；曰，推倒陈腐的铺张的古典文学，建立新鲜的立诚的写实文学；曰，推倒迂晦的艰涩的山林文学，建立明了的通俗的社会文学。"（参见陈独秀，2009：176。）

的不幸"，这些主张在历史渊源上，显然同林纾的现实主义观点存在着不容否认的血脉联系。

杨义在阐述我国近代小说理论的变迁与启蒙主义思潮的兴起时认为，晚清一代，作为启蒙主义小说理论，最有影响的是梁启超，而对近代现实主义小说理论做过初步探索和直观猜测，从而最值得珍视的，是徐念慈和林纾，"在一定的意义上，二者皆可看做'五四'时期新小说的先驱"（杨义，1986：8）。在徐念慈与林纾之间比较，杨义（1986：9）认为："林纾对近代现实主义的特征的论述更为深至，更有光泽，影响也更加巨大"，但"林纾虽然对狄更斯小说发表了很好的意见，但这种意见是直观的，并没有上升为系统的意识形态"。同时，他（1986：9）还批评道："林纾不是站在资产阶级启蒙主义者的立场，而是站在开明的士大夫文人的立场上，去谈论近代现实主义文艺的。……在这一点上，他比梁启超落后许多里程。"这些批评切中肯綮，但由于当时特殊的政治化文学背景，这不是林纾一个人的问题，而是晚清文学的普遍化倾向。虽然林纾对现实主义的理解有着不足，但无可置疑的是，他的翻译在文学口味和理论观念上召唤了一种"为下等社会写照"的新的文学理想。

在译作序跋中，林纾还对中外小说进行了有意识的比较，这种研究虽不能说是严格意义上的比较文学，但至少可视为其雏形，所以在这种意义上林纾是我国比较文学的奠基人之一。当然，林纾并不是最早进行比较研究的学者，在他之前已有学者注意到了中外文学的差异，他们有意无意地进行了一些比较。

最早的比较研究始于 19 世纪 70 年代。1872 年，蠡勺居士在《昕夕闲谈·小叙》中就中西小说的内容和表现手法进行了比较。他认为中国古代小说多写逸闻琐事，"推原其意，本以取快人之耳目而已"，而这部小说则采取写实手法，可"广中土之见闻，记欧洲之风俗"（转引自邹振环，1996：68）。这种简单的比较，打破了只以本国作品立论的中国传统小说批评模式，表明中国小说理论家的比较思维开始形成，这在小说批评史上具有重要意义。

近代早期的比较研究不仅简单，有的也颇为牵强。黄遵宪在《日本国志》中这样写道："余考泰西之学，其源盖出于墨子。……而格致之学无不引其端于墨子经上下篇。"（黄遵宪，2005：1399）"泰西之学"与墨子有异同，可进行比较研究，但说"泰西之学"源自墨子，则贻笑大方了。当然，他很快意识到自己的错误，并予以了纠正。[①]

受社会和文化条件的制约，当时的中西比较，总体来说，简单肤浅，理论深度不够，没有多大的成就，但这些比较经验给予了林纾一定的影响与启发。林纾结合自己对西方文学的翻译体会，从思想内容、艺术结构、描写对象对中西文学作了比较。

林纾翻译目的是为救国保种，因而对译作的思想内容不可能熟视无睹。在翻译过程中，他反复阐述自己对中西文学思想的见解，力图挖掘其中可供读者借鉴的价值。林纾在《斐洲烟水愁城录·序》和《红礁画浆录·译余剩语》中，从文学与政治现实的关系比较了中西小说：

> 余四十年前，颇喜读书，凡唐宋小说家，无不搜括。非病沿习，即近荒渺，遂置勿阅。（吴俊，1999：30）
> 西人小说，即奇恣荒渺，其中非寓于哲理，即参以阅历，无苟然之作。西小说之荒渺无稽，至葛利佛极矣。然其言小人国、大人国之风土，亦必兼言其政治之得失，用讽其祖国。此得谓之无关系之书乎？若《封神传》《西游记》者，则真谓之无关系矣。（同上：60）

林纾认为唐宋小说缺少社会意义，这种批评有一定道理，因为传统小说大多以娱乐为主要功能。但把《封神演义》、《西游记》也看成与现实"无关系"，见解自然不妥，这也许因为它们不是林纾所推崇的针砭现实之作。相较之下，他认为西洋小说与现实的联系更为紧密，即便是与神怪有关的题材，也要"兼言政治之得失"。因此，林纾热切呼吁小说家们揭露社会时弊，促进社会政治、风气的改良。

艺术结构方面，林纾在谋篇、布局、剪裁的方面比较了中西文学的异同之处。早在《黑奴吁天录·例言》中，他（1981d：2）就提到："是书开场、伏脉、接笋、结穴，处处均得古文家义法"，简洁地指出了中西文学在艺术结构上的相同。后又在《斐洲烟水愁城录·序》、《冰雪因缘·序》等序跋中比较了中西艺术结构的相同或相似。如在《离恨天·译余

---

① 黄遵宪在《日本杂事诗·自序》（1890年）中，对于自己在西方文化、政治上的盲目认识，予以了纠正："嗟夫！中国士夫闻见狭陋，于外事向不措意，今既闻之矣，既见之矣，犹复缘饰古义，足己自封，且疑且信，逮穷年累月，深稽博考，然后乃晓然于是非得失之宜，长短取舍之要，余滋愧矣！"（参见黄遵宪，2005a：6。）

剩语》中，林纾将《左传》与《离恨天》作了详细的比较：

　　余尝论《左传·楚文王伐随》，前半写一"张"字，后半落一
"惧"字。"张"与"惧"反，万不能咄嗟间撇去"张"字，转入
"惧"字。幸中间插入"季梁氏"三字，其下轻轻将"张"字洗净，
落到"随侯惧而修政，楚不敢伐"。今此书写葳晴在岛之娱乐，其势
不能归法，忽插入祖姑一笔，则彼此之关窍已通，用意同于左氏。可
知天下文人之脑力，虽欧亚之隔，亦未有不同者。　（吴俊，1999：
109）

　　林纾虽以史传及唐宋古文作为自己的前理解，但的确还对应出来了某
些相似之处。通过《左传》和《离恨天》的比较，林纾指出中西艺术笔
法都有过渡之笔，"关窍"打通后，运笔才自如，文章才连贯。并进而指
出了天下文学具有"共同文心"的普遍真理，体现了东海西海、心理攸
同的规律。其见解实在开明、非凡，这在近代文坛上都是罕见的。
　　林纾对中西文学在艺术结构上的差异也作了比较，在《块肉余生
述·序》中写道：

　　大抵文章开阖之法，全讲骨力气势。……此书伏脉至细，一语必
寓微旨，一事必种远因。手写是间，而全局应有之人，逐处涌现，随
地关合，虽偶尔一见，观者几复忘怀，而闲闲著笔间，已近拾即是，
读之令人斗然记忆，循编逐节以索，又一一有是人之行踪，得是事之
来源。……
　　施耐庵著《水浒》，从史进入手，点染数十人，咸历落有致。至
于后来，则如一丘之貉，不复分疏其人，意索才尽，亦精神不能持久
而周遍之故。（林纾，魏易，1981b：1）

　　以上体现了林纾对狄更斯的高妙艺术手段的推崇与褒扬。狄更斯的小
说前后关锁，涓滴不漏，主枝勾连，贯穿全书。而《水浒》、《儒林外史》
等多数传统小说的结构不免松散，前半尚属历落有致，后半则差强人意。
当然，这种结构有其自身特点与原因，但就布局艺术上来说是不成功的。
林纾的比较对于开拓当时国人的眼界，破除历来正统文人"唯我是长"

的陈旧封闭观念无疑起了一定的作用。

　　林纾以敏锐的目光，捕捉到欧洲19世纪小说的描写对象为底层小人物，而这正是中国传统文学及传统现实主义创作所缺少或忽略的。在《孝女耐儿传·序》中，林纾比较了中国传统小说的描写对象和狄更斯小说的描写对象的不同：

> 　　……中国说部，登峰造极者无若《石头记》。其间点染以清客，间杂以村姬，牵缀以小人，收束以贩子，亦可谓善于体物。终竟雅多俗寡，人意不专属于是。若迭更司者，则扫荡名士美人之局，专为下等社会写照，奸狯驵酷，至于人意所未尝置想之局，幻为空中楼阁，使观者或笑或怒，一时颠倒不能自已，则文心之邃曲宁可及耶？……（吴俊，1999：77—78）

　　林纾对他非常喜欢的小说《红楼梦》（即《石头记》）提出了中肯的批评，指出它的描写对象"雅多俗寡"，小人物只不过是故事的点缀，并未成为其中的主角。他很赞赏狄更斯小说以下等社会人物为中心，"专为下等社会写照"的特点。可见，在描写对象上，林纾认为我国传统小说、史传和狄更斯小说相比，是稍逊一筹的。

　　早期的中西文学比较有两种倾向：一是"西优中劣"观，一是"西劣中优"观。这两种观点都十分偏激，各派的论证都不具说服力。中西小说各有所长，相得益彰，无所谓孰优孰劣。较之这两派的做法，林纾竭力发觉中西文学之间的相同与相似，显然务实得多，在比较文学研究的态度和方法上为后来的研究提供了启示。

三　小说类型的丰富

　　中国古代的目录学体系非常完善，然而对于被认为是细枝末节的小说来说，其类型划分的丰富性、正确性远比不上诗文。《汉书·艺文志》所列的十多部小说中，《周考》以辩论明理为主，《虞初周说》使用介绍、说明等方法记录"医巫厌祝之术"，这说明班固缺乏明确的小说类型意识。明代的胡应麟把小说划分为志怪、传奇、辨订、丛谈、杂录、箴规6种（胡应麟，2005：26），而后4种根本不具任何小说意味。到了清代的《四库全书总目提要》则分为琐语、异闻、杂事3种。这种分类虽较之以前更为谨慎，但过于粗糙笼统，没有厘清小说的成员，甚至《山海经》《汉武帝内传》等作品都被归入了小说。可见，尽管中国小说的历史源远流长，但对它的分类一直编次无法、类目丛杂。

晚清民初大量西洋小说的译介，为国内小说提供了全新的参照。与中国粗陋的小说类型意识形成鲜明对比的是，西洋小说的分类非常精细，当时的小说理论家们对此也感触颇深："泰西事事物物，各有本名，分门别类，不苟假借。即以小说而论，各有体裁，各有别名，不得仅以形容字别之也。譬如'短篇小说'，吾国第于'小说'之上，增'短篇'二字形容之，而西人则各类皆有专名，如 Romance，Novelette，Story，Tale，Fable 等皆是也。"（紫英，1989：253）

在中国小说类型的构建过程中，林译小说发挥了不可替代的作用。小说界革命的倡导者们，大多只在理论层面提出构想。虽然梁启超的"新小说"也曾掀起过一股狂热的风潮，但这种"专欲发表区区政见"的"新小说"迅速退潮，并没有在翻译实绩中有大的作为。而林纾和合作者们的集体智慧与不懈努力，为当时的读者带来了数目庞大的翻译小说，极大地丰富了我国的小说类型。

在 20 多年的翻译生涯中，林纾和合作者们翻译了近 200 种作品，文类繁多：有戏剧、寓言、战记、报刊评论、社会学等不一而足。而其中小说类型的丰富程度着实让国人眼界大开，按篇幅分有长篇小说（如《滑稽外史》）、短篇小说（如《拊掌录》），按内容分有社会小说（如《块肉余生述》）、冒险小说（如《斐洲烟水愁城录》）、侦探小说（如《电影楼台》）、爱情小说（如《巴黎茶花女遗事》）等，这些都是传统说部没有分列出来或根本不具备的。

商务印书馆曾把林译小说作了标示，划分为 18 种类型①。1906 年的《〈月月小说〉发刊词》也举出了军事小说、理想小说、历史小说等 11 种（陆绍明，1989：253）。尽管对小说类型的划分标准不一，但毕竟超越了身份不明的"杂小说"概念。从"杂小说"到现代小说明确的文体类型是一个渐进的过程，任何人都难免会受到历史的局限。这也是为什么"林译小说丛书"收入了包括寓言、戏剧、笔记等非小说文类。但毋庸置疑的是，林纾对西洋小说大规模的译介，丰富了当时本土作家的文体类型

---

① 具体类型可参见 4.2，此不赘述。

意识，带动了他们的创作热情，客观上促进了近代小说类型的发展完善。

第二节　林译对近代小说家的影响

林译小说甫一问世，很快就引起了近代新小说家的注意，他们对林译推崇备至。林译小说主要在思想内容和艺术形式方面，对近代新小说家的创作产生了很大的影响。下面就从这两个方面，以《巴黎茶花女遗事》为例，分析林译对近代小说家的影响。之所以选择《巴黎茶花女遗事》，是因为该译第一次向世人展示了西洋小说的魅力，且其效果轰动一时，不胫走万里，一时洛阳纸贵，足可与《天演论》媲美。

《巴黎茶花女遗事》对近代小说创作的影响，首先体现在思想内容上。作品以马克和亚猛为中心，讲述了两人的爱情故事。马克本是一位聪明美丽女子，为了生活从农村来到巴黎，却又不幸地成为资产阶级上层社会的玩物。她表面强颜欢笑，内心极度空虚、痛苦，靠肆意挥霍、疯狂作乐来麻痹自己。直到遇见亚猛，马克才找回了生活的意义，与亚猛隐居乡间，开始过正常生活。而好景不长，亚猛父亲闻此，亲自找到马克，软硬兼施、连哄带骗地拆散了二人，最后马克在百般折磨和万分痛苦中离开人世。作品体现了作者对茶花女的深切同情，肯定了女性享有爱情的权利，同时也反映了纯真美好的爱情如何遭到资本主义社会虚伪道德的毁灭，对虚伪的道德提出了抗议。

钟新青的《新茶花》如同《巴黎茶花女遗事》的翻版，叙述了名妓武林林和书生项庆如之间的爱情如何被毁灭的故事。武林林本是杭州人，生性善良，父亲是个秀才，平日训蒙度日。父亡后，她和母亲投亲受骗，以致堕落烟花。但武林林的特殊身份并未浇灭她对真爱的渴望，遇见了同样心地善良、渴望真爱的项庆如后，彼此互生好感，坠入爱河，而他们的爱情也好景不长。京中权势人物王尚书一直爱慕武林林，为了占有武林林，王尚书故意绑架项庆如，并强加政治罪名，以图置他于死地。武林林为解救恋人，被迫答应为妾，但最后以死抗争，终成悲剧。《新茶花》在内容情节上对《巴黎茶花女遗事》的模仿痕迹很明显，所反映的思想主题也大致相同，赞扬了女主人公的高尚人格，肯定了男女有爱的自由与权利，强烈地批判了以王尚书为代表的封建社会的黑恶权势。

近代的其他小说如徐枕亚的《玉梨魂》、何诹的《碎琴楼》、苏曼殊的《断鸿零雁记》等，虽然在小说的内容情节上的模仿上没有钟心青那么明显，但小说体现的主题思想与《巴黎茶花女遗事》还是基本相同。如徐枕亚的《玉梨魂》，作者在书中自谕"东方仲马"，足见对《巴黎茶花女遗事》在思想上的认可。《玉梨魂》刻画了小学老师何梦霞和寡妇白梨影的爱情悲剧，批判了封建社会虚伪的礼教制度，它如同残忍的刽子手，无情地扼杀了人性。

《巴黎茶花女遗事》在艺术形式上，也影响了一些近代小说家。章回体是传统说部采用的叙述体式，是比叙事模式更为外在的艺术形式。如第六章第一节所述，在初译《巴黎茶花女遗事》时，林纾就已觉察到西洋小说与传统章回体小说不同，认为用章回体译西洋小说不妥，遂决定不采用章回体，但又未想到合适的译介体式，于是译者未做任何的章节划分。这一小小的举动却产生了划时代的意义：沿用几千年的章回体式自他而开始打破。在《巴黎茶花女遗事》前，也不是没人翻译小说，但是他们都不曾突破章回体；直至自该译刊出后，偏离章回体式的近代小说才渐渐出现。

虽然也有如钟心青的《新茶花》仍沿用章回体，但越来越多的小说家们开始摒弃传统体式。如《玉梨魂》就不再采用对偶回目，以第某章加主题词的形式出现，如"第一章葬花"、"第二章夜哭"、"第三章课儿"等。又如《断鸿零雁记》直接采用第某章的形式。不仅每章的标题如此，文内的"话说"、"欲知后事如何，且听下回分解"等俗套，在这些小说中也不见了踪影。虽然这些进步不完全是一本《茶花女遗事》的功劳，但该译的首倡之功是不容忽视的。

在叙事模式上，《巴黎茶花女遗事》对近代小说的影响最为显著。叙事视角上，译本保留了原文的第一人称叙述，尤其书信和日记中对第一人称的模仿更到位，此部分内容可参见本章第一节。叙事时间上，译本保留了原文的倒叙手法，由作者在拍卖处购得的一本书籍引出男主人公亚猛，让他以回忆的方式讲述与茶花女的爱情故事，取得了为读者制造悬念，吸引读者阅读兴趣的效果，有关译本倒叙的内容也请参见本章第一节。叙事结构上，译本保留了许多的心理描写，偏离了传统以情节为结构中心的特点。译者保留了9封信，其中有马克与亚猛之间的，有亚猛的父亲给马克的，还保留了马克的11篇日记，这些书信和日记中的大部分内容都是对人物内心世界的刻画，而这正是传统小说欠缺的。

　　近代许多小说在叙事模式上的革新，可以说大多是模仿《巴黎茶花女遗事》的结果，以苏曼殊创作的《断鸿零雁记》最为明显。叙事视角上，《断鸿零雁记》完全抛弃了传统全知叙事视角，采用了第一人称限制叙事，开篇即知："一日凌晨，钟声徐发，余倚刹角危楼，看天际沙鸥明灭。"（苏曼殊，2003：1）作者采用第一人称"余"的视角叙事，即主人公"三郎"，由此拉近了书中人物与读者的距离。

　　叙事时间上，多次采用了倒叙的手法。小说开头部分，作者先写三郎在海云古刹出家，扫叶焚香时感慨流年易逝，表达思母之情，然后由此追忆起母亲。在第3章，三郎偶遇幼时乳母，通过乳母之口倒叙了三郎和母亲的早期生活。又如在第5章，通过未婚妻雪梅在信件中的回忆，叙述了她和三郎从小青梅竹马，后来三郎以及自己的身世如何发生变故，从而他们被拆散了。

　　叙事结构上，作者初步摆脱了情节为结构中心的俗套，比较重视人物的心理刻画。如第5章，对三郎在不知邀约之人实为未婚妻雪梅的情况下，思考要不要去赴约时的一处心理描写：

　　　　江村寒食，风雨飘忽，余举目四顾，心怦然动。窃揣如斯景物，殆非佳朕。然念彼姝见约，定有远因，否则奚由稔余名姓？且余昨日乍睹芳容，静柔简淡，不同凡艳，又乌可与佻挞下流，同日而语！余且行且思，……继又迹彼昨日之言，一一出之至情，然则又胡容疑者？（苏曼殊，2003：10）

　　这一大段文字，惟妙惟肖地刻画了三郎在去与不去之间的两难心情。而在传统小说中，这段文字可就得贬为影响小说进程的累赘之笔了。该小说还录入了两封书信，其中一封为三郎写给静子的信①，信中三郎向静子说明自己的真实身份为僧人，同时也吐露了自己对静子的深情，以及不能与之结合的内心痛苦。书信的运用，为主人公表达心中的哀思，也提供了极大的方便。

　　在风格上，近代小说也受到了《巴黎茶花女遗事》的影响。《巴黎茶

---

　　①　信的部分内容为："静姊妆次：呜呼，吾与吾姊终古永诀矣！……幼弟三郎含泪顶礼。"（参见苏曼殊，2003：39。）

花女遗事》不同于大团圆结局式的传统才子佳人小说俗套，全书以悲剧结尾，处处流露出感伤的艺术风格特征，这种风格在欧洲小说史上历史悠久。马克为了亚猛和他的家族的名声和利益，无奈同情人分手，却又不能将分手之原委告诉亚猛，这为后来的情节埋下了感伤的伏笔。书中描写茶花女受亚猛报复而心碎的情节，病重期间含泪写下的日记，给恋人的最后一封信，叙述者"我"所做的评论，无不催人泪下。

《巴黎茶花女遗事》受近代中国读者青睐的原因之一，就在于它提供的这种新的审美体验。诚如张静庐（1920：27）所言，"《茶花女遗事》以后，（中国小说，笔者注）辟小说未有之蹊径，打破才子团圆式之结局"。的确，自此译后，近代小说家们所创作的小说，《新茶花》、《玉梨魂》、《断鸿零雁记》、《碎簪记》等，无一不以悲剧收场，感伤风格笼罩全书。现以《玉梨魂》为例。

《玉梨魂》的感伤风格浓厚，贯穿着全书的始终。小说开篇就写何梦霞葬花的情景，由凋落的花瓣，想到自己的飘零身世、孤独无助。何梦霞与白梨影之间的爱情虽发乎自然，但在当时的社会环境中注定无望。现实与情感的冲突，使白梨影欲以死来化解一切。她在临死前给何梦霞的最后一封信催人泪下："……霞郎，霞郎，恐将与君长别矣。我归天上，君驻人间……"（徐枕亚，1986：155）白梨影死后，何梦霞东渡求学，归国后参加武昌起义，战死于炮火之下。作者寻访当年男女主人公曾经生活过的地方，只见门前梨树被砍，一片荒芜。何梦霞的居室空无一物，只找到他留的一首词："秋光惊眼，将前尘后事，思量都遍。极目处、一片苔痕。……未偿宿债，今生又欠。"（徐枕亚，1986：187）男女主人公的命运及最后的这首词，给人留下无尽的伤感。

对近代小说家有影响的林译小说，远不止一本《巴黎茶花女遗事》，林译中的佳译如《块肉余生述》、《撒克逊劫后英雄略》、《迦茵小传》等，都对近代小说革新发挥了一定作用。林译小说的影响范围不限于近代小说家，还波及五四作家。

第三节　林译对五四作家的影响

五四新文学作家大抵是在近代开始接触外国文学的，他们中许多人在青年时期都曾有过耽读林译小说的经历。因了林译小说的诱导，他们对外国文学格外青睐。尽管林纾的译文后来屡受批评，但他对外国文学大量的、不懈的译介，的确使后面几代作家获益匪浅。这一点周作人并不讳言："老实说，我们几乎都因了林译才知道外国有小说，引起一点对于外国文学的兴味。"（周作人，2009：524）

与近代小说家一样，五四作家在文学思想上的彻底反帝反封建意义，艺术形式上现代叙事模式的运用、章回体的摒弃，文学理论上对批判现实主义的提倡，都或多或少直接或间接地得益于林译小说的影响。但林译小说对五四作家的影响，主要还是体现在文学道路和文学倾向方面。

在文学道路方面，林译小说改变了晚清士人的文学观念，从而直接影响了日后成为五四作家的青年学生的文学志向。在接触林译小说之前，士大夫们不看好西方文学。鸦片战争之前，他们根本就瞧不起其他国家，在他们眼中，中国为"夏"，外国为"夷"，中国为世界中心，比任何国家都发达优越。甲午战争后，他们认识到中国不仅在声光电化的物质层面不如西方，而且在政治法律制度层面也落后于西方，但还是普遍地认为文学强于西方："西人所强在格致、政事，文学则不行。"（郭延礼，1998：12）这种文学优越感在思想先进的士大夫中也根深蒂固。郭嵩焘（1984：119）在赴欧的日记中写道：英国"文章礼乐，不逮中华远甚"。由此可见，就连出过国门、较为开明的郭嵩焘也轻视外国文学，其他的士大夫就更不用说了。梁启超的《论小说与群治之关系》，把小说抬高到文学最上乘的地位，呼吁用域外小说改造小说，充分肯定了域外小说的价值。然而，梁启超只是理论层面的倡导，真正使晚清士人的文学观念发生转变的功臣，应该为林纾。

林译小说从实践上向世人展示了西洋小说的魅力，抬高了小说在中国的地位。首当其冲的，便是《巴黎茶花女遗事》。译作出版后，一时洛阳纸贵，风行海内。先后有素隐书屋本、文明书局本、新民社袖珍本、文新出版社等，再版次数多达 20 多次。在当时，似乎无人不读，无人不晓，许多的报纸、杂志及私人日记都记录了译作对世人的冲击。《巴黎茶花女遗事》的译刊，犹如一颗重磅炸弹般，投进了晚清文学城堡。诚如阿英所言，"小说在中国文学和社会地位的提高，'林译小说'，最先是小仲马这一部名著译本，起了很大的作用"。（阿英，1981：53）其后的《黑奴吁天录》、《吟边燕语》、《迦茵小传》、《撒克逊劫后英雄传》等部部精彩，同样对小说为文学之最上乘的地位的确立，起了积极的推动作用。

许多五四健将在晚清时都是"小说界革命"的参与者，都曾积极地投身域外小说的译介工作，这在很大程度上就是因了林译小说的影响。据周作人回忆，他和鲁迅在青年时期都非常喜爱林译小说。尤其是留日期间，阅读林译是他们的最大爱好：其间所出版的 50 余种林译，从首译《巴黎茶花女遗事》到 1909 年出版的《黑太子南征录》（*The White Company*），他们几乎都买来读过。周作人曾回忆说："我们对于'林译小说'有那么的热心，只要他印出一部，来到东京，便一定跑到神田中国书林，去把它买来，看过之后鲁迅还拿到订书店去，改装硬纸版书面，背脊用的是青灰洋。"（周作人，2009a：770）因了对林译的喜欢，鲁迅早期文学道路的选择以及文学活动的特征，都体现出林译的影响。鲁迅决心弃医从文，力图改变国民精神，首先"注重的倒是在绍介，在翻译"（鲁迅，1981a：511），就是受到了林纾以"实业"目翻译思想的影响。鲁迅还曾模仿过林纾的译笔，如《斯巴达之魂》、《哀尘》、《造人术》都采用的是文言语体，设句造词与林译颇有几分相似，同时也受了林译删削的坏毛病的影响。

周作人曾说，近代文人中除了梁启超和严复，就数林纾对鲁迅的影响最大（周作人，1983：239）。然而，对周作人自身而言，对他影响最大的近代文人当数林纾。在给自己翻译的"近代名家短篇小说集"中《点滴》写的译序中，他（2009b：234）直截了当地说，"我从前翻译小说，很受林琴南先生的影响"。周作人对林纾虽然有过批评，但总体上还比较认可的。1924 年林纾逝世以后，他为林纾写的纪念文章里说，林纾"介绍外国文学，虽然用了班、马的古文，其努力与成绩决不在任何人之下"。（周作人，2009：524）

在文学倾向方面，许多的五四作家在不同程度上，也都受到了林译小说的影响。据郭沫若自述，在他留学日本之前，西方浪漫主义文学已经深深地影响了他，而这种影响正是来自林译。他在追忆当年自己的文学生涯时说："林译小说对于我后来的文学倾向上有决定影响的，是 Scott 的 *Ivanhoe*，……这书我后来读过英文，他的误译和省略处虽很不少，但那种浪漫主义的精神他是具象地提示给我了。我受 Scott 的影响很深，……我读 Scott 的著作也不多，事实上怕只有 *Ivanhoe* 一种。我对于他并没有什么深刻的研究，然而在幼时印入脑中的铭感，就好像车辙的古道一般，很不容易磨灭。"（郭沫若，1979：113）司各特（Walter Scott）是英国 19 世纪著名的小说家，其作品善于描述古代英国骑士的冒险经历，富于浪漫主义情调。郭沫若创作的《聂嫈》、《高渐离》、《棠棣之花》、《南冠草》等作品也都是取材于古代的英雄、武士的生活，作品充满着浪漫主义和爱国主义激情，从中不难发现司各特对作者的影响。对郭沫若有影响的林译小说，远不止上述一本《撒克逊劫后英雄略》。对于《吟边燕语》，他曾说道："Lamb 的 *Tales from Shakespeare*，林琴南译为《英国诗人吟边燕语》（一般译作《莎氏乐府》），也使我感到无上的兴趣。它无形之间给了我很大的影响。"（同上）此外，又如《迦茵小传》，其中的女主人公迦茵还曾引起过郭沫若的同情和眼泪①。有论者指出，在《咯尔美萝姑娘》、《叶罗提之幕》、《瓶》、《落叶》等郭沫若青年时期的作品中，所流露出的痴情和隐衷里，都能够找到迦茵故事对他深深的影响。（曾小逸，1985：327）

《撒克逊劫后英雄略》对鲁迅、周作人、茅盾等人也产生了巨大的影响。周作人特别强调了该译著对他和鲁迅的影响，"使得我们佩服的，其实还是司各特的《撒克逊劫后英雄略》"，并解释了他们看中此书的原因就在于"撒克逊遗民和诺曼人对抗的情形，那时看了含有暗示的意味"（周作人，1983：239）。书中撒克逊民族受到的异族入侵压迫与中国相同，对国人抵御外辱具有积极的借鉴意义，给了鲁迅和周作人不可磨灭的影响，后来他们特别注重译介被压迫民族的文学及创作反抗剥削压迫的作品。茅盾在谈到他喜爱的外国文学作品时，说自己"喜欢规模宏大、文恣肆绚烂的作品"。《撒克逊劫后英雄略》无疑是符合这类标准的作品，文章气势恢宏，人物与场面变幻离合。1924年前后，他特为林译此书作了校注，日后在自己的作品中，又数次谈到了该书。许多研究者认为《子夜》的总结构就来自此书的启示。（详见邹振环，1996：200）

林译对五四作家的影响方式上，有的直接从林译小说中汲取域外文学的营养，从而激发对外国文学的兴趣或形成某种文学倾向，如郭沫若的浪漫主义文学倾向在一定程度上就得益于林译小说；有的因为大量阅读林译小说从而产生了直接阅读、翻译西洋文学的兴趣，如鲁迅和周作人。鲁迅后来不满于林纾的误译，不满于林纾的"二三流"作品的选材，转而采

---

① 在《少年时代》中，郭沫若写道："那女主人公的迦茵是怎样的引起了我深厚的同情，诱出了我大量的眼泪哟！我很爱怜她，……我想假使有这样爱我的美好的迦茵姑娘，我就从凌云山的塔顶坠下，我就为她而死，也很甘心。"（参见郭沫若，1979：126。）

用"直译"，并选择以俄国、巴尔干等被压迫民族的文学为主要的翻译对象。周作人不满于近代的政治功利主义的文学宗旨，转而倾向文学的审美方面。他在翻译《红星佚史》（*The World's Desire*）时指出："学以益智，文以移情。……而说部者，文之属也。"（周作人，1989：252）到五四时期，这种反叛成为了"人的文学"和"美的文学"主张。这种对林译的不满或排斥，其实恰好是林译影响的一种反面体现。正是在对以林译为代表的晚清翻译小说扬弃的基础上，五四时期的文学翻译得到了全新的发展。五四作家主要是以其文学创作建构现代文学，但只要人们无法否认在他们正式登上历史舞台前，以林译为主的晚清文学翻译对他们在文学道路和文学倾向等方面的积极影响，就无法否认它对中国文学现代化进程的推动作用。

第四节　小结

对于近代文学翻译的状况，周作人在 1918 年 9 月 15 日《新青年》上发表的《随感录二十四》中，曾经作了这样的评论："凡外国文人著作被翻译到中国的，多是不幸的。"（周作人，1918：286）并且以丹麦作家安徒生（Hans Christian Anderson）的童话故事在近代的译介为例，认为这"其中第一不幸的，要算丹麦诗人安德森（即安徒生，笔者注）"，因为译者们"有自己无别人"（同上），把童话原本最合儿童的活泼的语言变成了古文，译本还有着不少误译与增删。

周作人此文发表时，当时的社会即将脱离近代，步入现代。在翻译研究领域，译本在各层面要忠实于或信于原本的翻译原则，也开始越来越得到广大译者的认可，周作人本人对此也非常认同。他在 1918 年 11 月 8 日答张寿朋的《文学改良与孔教》时，批评了融化说，认为"至于融化之说，大约是将它改作中国事情的意思，但改作之后便不是译本"（周作人，1993：284），并说明了他的直译方法。1921 年 12 月 24 日，周作人（1998：336）在所译的《日本俗歌六十首》的译序中，明确了自己的翻译原则："我的翻译，重在忠实的传达原文的意思，……但一方面在形式上也并不忽略"，足见周作人现代翻译意识的觉醒。以上他对近代的翻译状况所作的评价，就是基于现代翻译标准下的审视。

周作人的分析客观在理，他对安徒生译本的分析，实际上也是对整个近代译界的分析，所做的总结也的确并非夸张。只是他从翻译的技术层面看到了近代翻译对原作者所造成的"不幸"，而忽视了它对译文读者所创造的"幸"。林译作为中国近代文学翻译史上的浓墨重彩之笔，它所能带来的"幸"也就格外值得关注与思考。

在中国近代小说由古典走向现代的过程中，林译小说发挥了重要的作用，其革新主要体现在：在文学思想上，林译具有反帝反封建的意义；在艺术形式上，林译首次打破了千百年来说部的章回体俗套，并在一定程度上革新了传统叙事模式；在文学理论上，林纾宣扬了批判现实主义理论，同时他在中西比较文学的态度和方法上的认识也为后来的研究提供了启示；在小说类型上，林译极大地丰富了本土作家的文体类型意识，促进了本土小说类型的发展完善。

本章还具体以近代小说家和五四作家两个群体为例，探讨了林译对他们的影响。近代小说家们非常喜欢阅读林译小说，钟心青、徐枕亚、苏曼殊等人的自创小说在思想内容上的反封建性，及艺术形式上偏离传统叙事模式等，一定程度上都受益于林译。林译的影响还波及五四作家，很多的五四作家后来选择从事小说创作和小说翻译的道路，以及他们的文学倾向的形成也都可以追溯到林译。虽然在五四作家所接受的外来文学中，林译只占其中的一小部分，有的也只是受过暂时的、侧面的影响，但这种影响不容忽视。

中国现代文学的出现，不仅是中国文学自身发展的结果，翻译的外在推动也应受到正视。诸如林译之类的"不幸的"翻译，它所具有的革新性，对近代及五四作家产生了积极的影响，进而对中国文学的现代转型做了有价值的铺垫和准备工作。

第七章

结　语

第一节　林译的成功原因

虽然林纾不通外文，译文不乏疏漏，但无疑林纾翻译是成功的。晚清民初，林译轰动一时，读者无数，深深地打动了读者的心灵，让国人开始接受、了解西方文学，从而有力地推动了中国传统文学的现代转型，这便是林纾翻译的最大成就之所在。林译之所以能取得这样的成功，原因是多方面的。从话语系统的角度来看，主要在于：

在文本层面上，林译创造了一种独特的翻译文体。这是一种延续中有创新的文体，既为士大夫们喜闻乐见，又具有强烈的感染力。林译模仿了先秦的语体，译本在单音词的使用、词类转用、语气词、判断句、被动句等方面都具有先秦词法句法特征。在风格上，无论写景还是叙事，林译的文字清真古雅，洗练质朴，秉承了桐城派古文的"雅洁"之风。而另一方面，林纾所译原本为小说，为了译文写肖逼真，林纾突破了古文的一些禁忌，融入了白话口语词、东人新名词、欧化音译词、外来句法等现代通俗因子。林纾很好地把握了"度"，译文的古文气象占据上风，以至于众多的士大夫能够欣然地接受林译，认为林纾以译为文，有如己出，对林纾的"古文"笔调赞叹有加。

在话语实践层面上，林纾的合译方式和文本选择对译本的成功也起了重要作用。合译方式自佛经翻译时便有，在跨文化交流频繁的今天仍然存在。在双语兼优的译者相对匮乏的近代，精通外语的口译者与精通国文的笔译者合译的积极意义不可低估。林纾的口译合作者中，虽然也有双语水平都不错的译者，但他们的国文水平仍逊于林纾，所以他们自己的独译无甚反响。然而，把他们一流的外文水平与林纾一流的国文水平结合，就能使双方充分地发挥各自的语言优势，通过这种途径产生的林译在文字水平上超越了其他译者的译作，自然让士大夫们刮目相看。林纾的翻译选材出于译者启蒙的政治目的，这也正切合当时社会时局的要求。在启蒙的目的下，译者译介了以社会小说、言情小说、侦探小说、政治小说为主的多种小说类型，其中既有世界名著，也有西方当红通俗作品，这些作品向国人传播了以民族思想、民主思想、女权思想、实业思想为主的西方先进思想，振聋发聩，部分地改变了国人落后的思想观念，为当时的思想启蒙作出了重要贡献。

在社会实践层面上，作为一种社会文化活动，林译无法摆脱规范的制约，翻译规范与译语社会文化密切相关。按照切斯特曼对翻译规范的划分，林译遵循了期待规范与专业规范两大类规范。在期待规范方面，林译主要遵循了政治规范、伦理规范、宗教规范和文学规范，使译本没有极端冒犯性观点或文字，又符合士大夫们的审美习惯，保证了译本的顺利流通。在专业规范方面，林纾并没有翻译权威可师法，实际是以自己为翻译权威行事。考察林译文本，切氏所划分的关系规范、责任规范、交际规范在林纾翻译实践中是客观存在的：关系规范使林译与原文在主旨和精神上保持一致；责任规范使它向读者提供了种种阅读上的方便；交际规范使它传意达到最优化，译文通顺畅达，彰显了原文的意义。对各种规范有意或无意的遵循，为林译的广泛传播和接受发挥了不可低估的作用。

总体而言，林译所以能受到晚清读者的青睐，从而对中国文学现代转型产生巨大影响，从话语系统的角度来看，主要原因在于译者对翻译文体的周密考虑，口译笔述合译方式的灵活运用，拟译文本的用心选择，以及在翻译过程中对翻译规范的自觉遵循。这些因素在当时特定的社会文化语境下的共同作用，促进了林译的顺利流通和广泛消费，形成了中国近代文学史、翻译史上一道独特的景观。

第二节　林译研究的启示

本书就林译个案所作的分析，对整个近代翻译批评提供了某种启示。近代翻译长期以来常被翻译评论家们贬斥为"胡译"、"乱译"，致使近代翻译家们历来得到的评价是"贬"多于"褒"，"毁"多于"誉"，他们的翻译常被作为反面例子而大加批评。人们诘难最多的是该时期的译作大部分不忠实于原文。中国译界的学者们历来把"忠实"或"信"的标准作为翻译实践与批评的最高标准，照此标准，林译以及整个近代翻译都是失败的。追求忠实于原作本无可厚非，可是如果把其作为评判译文的唯一标准则未免教条。正如许钧教授（1998：57）所言，"翻译研究，不应仅仅限于在一种理想的追求中，给翻译实践硬性规定一些标准或原则，而应正视翻译实践中出现的实际问题或现象，做出正确、客观的描述，分析其产生的原因，再在更大的范畴内去加以考察，得出结论"。

　　在中外翻译史上，不忠实或不够忠实的翻译家可谓屡见不鲜。如一个广为人知的例子是美国意象派诗歌巨匠庞德（Ezra Pound，1885—1972）所译的《华夏集》（*Cathay*，1915）。庞德的翻译难以用忠实的翻译标准衡量，但他把中国诗带到了西方，在 20 世纪初掀起了一股"中国热"，而"在庞德之前，中国没有与她名字相称的文学流行于说英语的国家"（杰夫，1992：90）。《华夏集》的优美更是受世人称道。1915 年诗集出版以后，英美评论界认为《华夏集》是庞德对英语诗歌"最持久的贡献"，是"英语诗歌中经典的作品之一"。艾略特（T. S. Eliot）认为庞德的译作"在创作和欣赏上引起了一场革命"，并预计"三百年后《华夏集》会被公正地称为二十世纪诗歌的杰出典范"。（Eliot，1934：ⅹⅵ—ⅹⅶ）

　　在此，本书并不是要读者以近代翻译家、以庞德等译者为译事楷模，译出不忠实的翻译文本。若此，则有主张翻译不必忠实于原作之嫌，必为译界所不容。本书只是想说对于历史上的翻译事实，我们不应仅仅关注译本是否忠实地再现原文，还要看到它们在文化交流史上所产生的作用和影响。造成近代大多数译作不忠实的原因是多方面的，除了译者本身的翻译素质外，当时某些特定的历史文化因素是更为重要的原因。对于近代翻译批评，应当把研究重点从语言层面转移到对文化层面的探讨，也就是说要更多地关注该时期翻译所在的宏观文化氛围以及译者们的文化取向。

　　近代翻译有它的历史局限性，更有存在的历史合理性。然而，相对于现代翻译，近代翻译没有受到应有的重视。许多像林译一样不忠实的译本，在当时给中国文学输入了一些新的文学类型、文学形式、文学思想和文学理论，为中国文学的现代转型作了铺垫。翻译家通过他们所生产的译本的流通和消费，改变了中国文化的构成成分，使得西方资产阶级社会先进的文化成为近代中国文化的重要组成部分，为当时中国社会开启民智发挥了积极作用。以林纾为代表的近代文学翻译在这方面功不可没。

　　概而言之，瑕不掩瑜，作为中西文化沟通的桥梁，林译等许多的近代翻译构成了中国翻译史、文化史上一道独特的、亮丽的风景，今天仍然给我们以思考和启迪。

第三节　拓展本书的思考

本书对林译的分析架构主要是费尔克拉夫话语分析框架，从他提出的文本、话语实践和社会实践三个向度展开。文本向度主要是对林纾的翻译文体进行分析，话语实践向度从林译本的生产切入，社会实践向度研究译者所遵循的翻译规范。由于学力所限，每个向度的研究都还存在着不足，有待进一步加深和完善。如文本向度还可以探讨林译的体制问题，话语实践向度可以对林译整体或单个译本的分配、消费环节进行系统研究，社会实践向度可以探讨林译与商务印书馆等赞助人之间的关系，等等。因此，在本研究的基础上，今后的研究可以在每个向度寻找更多的切入点，此其一。

其二，扩大译本的研究数量。本文对林译小说的选择，只限于商务印书馆 1981 年再版的 10 种单行本林译小说。为了对林译得到更为深入和系统的认识，今后还应该选择更多的译本进行研究。可以按照阶段进行选择，对林译的 4 个阶段分别进行分析，总结各个阶段文本、话语实践等方面的特点。也可以按照作家进行选择，如林译哈葛德的作品，林译柯南道尔的作品，林译狄更斯的作品等。

其三，加强林译中除小说外的其他文类的研究。小说虽然是林译中数量最多、影响最大的部分，但是传记、史书、新闻等的翻译同样值得分析。尤其要指出的是其中的新闻题材，一直是林译研究中被忽视的部分。① 这些新闻类翻译作品有着不同于林译小说作品的文本特征，话语实践和社会实践层面也有着很大的不同，对它的研究可与林译小说形成比较，从而不仅有助于后者的认识，也有利于对林译整体的认识。

总之，对林纾翻译的研究还有不少值得开拓的空间，值得笔者和其他研究者在未来做出进一步的努力。

---

① 林译中的新闻题材是指林纾发表在 1912 年至 1913 年《平报》上的翻译文字，共计有 59 篇，均译自海外各大报纸。其中的 2 篇刊登在《平报》的"海外通讯"专栏，其余均刊登在该报的"译论"专栏。每篇都只署名"畏庐"，原作者和口译合作者都不详。

附　录

林纾翻译作品目录

编例

1. 本目录不收入评论类翻译作品。

2. 按照译作出版时间编次，未刊的 25 部作品列于最后。

3. 每一条目按照译作名称、合译者、译作出版时间、出版者、原作名称、原作者姓名、原作者生卒年和国别依此排列，其中若有不清楚的项目则标明不详；原作者的姓名采用英文名，不用译名，若作者姓名不可考，则采用译本上所标的姓名；对于原作是否为非小说作品、是否已佚、是否从属于某一小说集等需要在条目中进一步说明之处，另起一行以括号的形式加注解释。

4. 本目录参考了朱羲胄的《春觉斋著述记》、寒光的《林琴南》、俞久洪的《林纾翻译作品考索》、连燕堂的《林纾二题》、马泰来《林纾翻译作品全目》、张俊才的《林纾翻译目录》、日本樽本照雄的《新编增补清末明初小说目录》，以及笔者的考证编订。

1. 《巴黎茶花女遗事》，王寿昌合译，1899 年，畏庐版藏，*La dame aux camélias*，Alexandre Dumas, fils，1824—1895，法国

2. 《黑奴吁天录》，魏易合译，1901 年，武林魏氏版藏，*Uncle Tom's Cabin*，Harriet Beecher Stowe，1811—1896，美国

3. 《英女士意色儿离鸾小记》，魏易合译，1901 年 10 月，《普通学报》，原作名称不详，原作者不详，生卒不详，国别不详

4. 《巴黎四义人录》，魏易合译，1901 年 11 月，《普通学报》，原作名称不详，原作者不详，生卒不详，国别不详

5. 《伊索寓言》，严培南、严璩合译，1902 年，商务印书馆，*Aesop's Fables*，Aesop，约公元前 620—654，希腊

（注：在林译之前，已有 *Aesop's Fables* 的汉译本，但所收录的寓言数量都很少，利玛窦的《畸人十篇》仅几则，

金尼阁、张赓的《况义》收 22 则，张赤山的《海国妙喻》收 70 则，林纾和严培南、严璩的《伊索寓言》共收 300 则，在明清时期是最全的。）

6.《布匿特第二次战纪》，魏易合译，1903 年，京师大学堂官书局，*The Second Punic War*，Thomas Arnold，1795—1842，英国

7.《民种学》，魏易合译，1903 年，京师大学堂官书局，*Volkerkunde*，Michael Haberlandt，1860—1940，德国

（注：《民种学》属于社会科学类译著，至今无其他译本。）

8.《埃司兰情侠传》，魏易合译，1904 年，木刻本印行，*The Saga of Eric Brigteyes*，Henry Rider Haggard，1856—1925，英国

9.《美洲童子万里寻亲记》，曾宗巩合译，1904，商务印书馆，*Jimmy Brown Trying to Find Europe*，Willian Livingston Alden，1837—1908，美国

10.《英国诗人吟边燕语》，魏易合译，1904 年，商务印书馆，*Tales from Shakespeare*，Charles Lamb，1775—1834，Mary Lamb，1764—1847，英国

11.《滑铁庐战血余腥记》，曾宗巩合译，1904，*Waterloo: A Sequel to the Conscript*，Erckmann-Chatrian，法国

（注：Erckmann-Chatrian 是 Emile Érckmann（1822—1899）和 Alexandre Chatrian（1826—1890）合用笔名。）

12.《利俾瑟战血余腥记》，曾宗巩合译，1904，上海文明书局，*Histoire d'un conscript de*，Erckmann-Chatrian，法国

13.《埃及金字塔剖尸记》，曾宗巩合译，1905 年，商务印书馆，*Cleopatra*，Henry Rider Haggard，1856—1925，英国

14.《迦茵小传》，魏易合译，1905 年，商务印书馆，*Joan Haste*，Henry Rider Haggard，1856—1925，英国

15.《贼史》，魏易合译，1905 年，商务印书馆，*Oliver Twist*，Charles Dickens，1812—1870，英国

16.《鲁滨逊漂流记》，曾宗巩合译，1905 年，商务印书馆，*Robinson Crusoe*，Daniel Defoe，1660—1731，英国

17.《鬼山狼侠传》，曾宗巩合译，1905 年，商务印书馆，*Nada the Lily*，Henry Rider Haggard，1856—1925，英国

18.《英孝子火山报仇录》，魏易合译，1905 年，商务印书馆，*Montezuma's Daughter*，Henry Rider Haggard，1856—1925，英国

19.《拿破仑本纪》，魏易合译，1905 年，京师学务处官书局，*History of Napoleon Bonaparte*，John Gibson Lockhart，1794—1854，英国

20.《撒克逊劫后英雄略》，魏易合译，1905 年，商务印书馆，*Ivanhoe*，Walter Scott，1771—1832，英国

21.《玉雪留痕》，魏易合译，1905 年，商务印书馆，*Mr. Meeson's Will*，Henry Rider Haggard，1856—1925，英国

22.《斐洲烟水愁城录》，曾宗巩合译，1905 年，商务印书馆，*Allan Quatermain*，Henry Rider Haggard，1856—1925，英国

23.《红礁划桨录》，魏易合译，1906 年，商务印书馆，*Beatrice*，Henry

Rider Haggard，1856—1925，英国

24.《洪罕女郎传》，魏易合译，1906 年，商务印书馆，*Colonel Quaritch V. C.*，Henry Rider Haggard，1856—1925，英国

25.《橡湖仙影》，魏易合译，1906 年，商务印书馆，*Dawn*，Henry Rider Haggard，1856—1925，英国

26.《雾中人》，曾宗巩合译，1906 年，商务印书馆，*People of the Mist*，Henry Rider Haggard，1856—1925，英国

27.《蛮荒志异》，曾宗巩合译，1906 年，商务印书馆，*Black Heart and White Heart, and Other Stories*，Henry Rider Haggard，1856—1925，英国

28.《鲁滨逊漂流续记》，曾宗巩合译，1906 年，商务印书馆，*Farther Adventures of Robinson Crusoe*，Daniel Defoe，1660—1731，英国

29.《海外轩渠录》，魏易合译，1906 年，商务印书馆，*Gulliver's Travels*，Jonathan Swift，1667—1745，英国

30.《大食故宫馀载》，魏易合译，1907 年，商务印书馆，*Tales of the Alhambra*，Washingtong Irving，1873—1959，美国

31.《十字军英雄记》，魏易合译，1907 年，商务印书馆，*The Talisman*，Walter Scot，1771—1832，英国

32.《金风铁雨录》，曾宗巩合译，1907 年，商务印书馆，*Micah Clarke*，Arthur Conan Doyle，1859—1930，美国

33.《神枢鬼藏录》，魏易合译，1907 年，商务印书馆，*The Chronicles of Martin Heweitt*，Arthur Morrison，1863—

1945，英国

34.《旅行述异》，魏易合译，1907 年，商务印书馆，*Tales of a Traveller*，Washington Irving，1873—1959，美国

35.《拊掌录》，魏易合译，1907 年，商务印书馆，*The Sketch Book of Geoffery Crayon, Gent.*，Washington Irving，1873—1959，美国

36.《滑稽外史》，魏易合译，1907 年，商务印书馆，*Nicholas Nickleby*，Charles Dickens，1812—1870，英国

37.《双孝子喋血酬恩记》，魏易合译，1907 年，商务印书馆，*The Martyred Fool*，David Christie Murray，1847—1907，英国

38.《爱国二童子传》，李世中合译，1907 年，商务印书馆，*Le tour de la France par deux enfants*，G. Bruno，1833—1923，法国

（注：G. Bruno 为笔名，作者真名为 Augustine Fouillée）

39.《孝女耐儿传》，魏易合译，1907 年，商务印书馆，*The Old Curiosity Shop*，Charles Dickens，1812—1870，英国

40.《剑底鸳鸯》，魏易合译，1907 年，商务印书馆，*The Betrothed*，Walter Scott，1771—1832，英国

41.《花因》，魏易合译，1907 年，中外日报馆，原作名称不详，几拉德，生卒不详，英国

42.《恨绮愁罗记》，魏易合译，1908 年，商务印书馆，*The Refugees*，Arthur Conan Doyle，1859—1930，美国

（注：原作分为 *In the Old World*

（《《在旧世界》》）和 *In the New World*（《在新世界》）两部分，林纾只将第一部分译出，未译第二部分）

43.《块肉余生述》，魏易合译，1908 年，商务印书馆，*David Copperfield*，Charles Dickens，1812—1870，英国

44.《髯刺客传》，魏易合译，1908 年，*Uncle Bernac*，Arthur Conan Doyle，1859—1930，美国

45.《歇洛克奇案开场》，魏易合译，1908 年，商务印书馆，*A Study in Scarlet*，Arthur Conan Doyle，1859—1930，美国

46.《蛇女士传》，魏易合译，1908 年，商务印书馆，*Beyond the City*，Arthur Conan Doyle，1859—1930，美国

47.《新天方夜谭》，曾宗巩合译，1908 年，商务印书馆，*More New Arabian Nights：The Dynamiter*，Robert Louis Stevenson，1850—1894，英国

48.《电影楼台》，魏易合译，1908 年，商务印书馆，*The Doings of Raffles Haw*，Arthur Conan Doyle，1859—1930，美国

49.《西利亚郡主别传》，魏易合译，1908 年，商务印书馆，*For Love or Crown*，Arthur Willianms Marchmont，1852—1923，英国

50.《英国大侠红蘩蒌传》，魏易合译，1908 年，商务印书馆，*The Scarlet Pimpernel*，Baroness Emma Orczy，1865—1947，英国

51.《天囚忏悔录》，魏易合译，1908 年，*God's Prisoner*，John Oxenham，约 1860—1941，英国

（注：John Oxenham 为笔名，作者真名为 William Arthur Dunkerley，《天囚忏悔录》是其首部作品）

52.《钟乳髑髅》，曾宗巩合译，1908 年，商务印书馆，*King Solomon's Mines*，Henry Rider Haggard，1856—1925，英国

53.《不如归》，魏易合译，1908 年，商务印书馆，《不如帰》，德富健次郎，1868—1927，日本

（注：林纾和魏易其实是转译自 Sakae Shioya 和 E. F. Edgett1904 年的英译本 Nami-Ko。）

54.《荒唐言》，曾宗巩合译，1908 年 7 月至 9 月，《东方杂志》第 5 卷，*Tales from Spenser，Chosen from the Faerie Queene*，Edmund Spenser，约 1552—1599，英国

55.《玉楼花劫》，李世中合译，1908 年，商务印书馆，*Le chevalier de maison-rouge*，Alexandre Dumas，pére，1802—1870，法国

56.《玉楼花劫》续编，李世中合译，1909 年，商务印书馆，*Le chevalier de maison-rouge*，Alexandre Dumas，pére，1802—1870，法国

57.《黑太子南征录》，魏易合译，1909 年，商务印书馆，*The White Company*，Arthur Conan Doyle，1859—1930，美国

58.《玑司刺虎记》，陈家麟合译，1909 年，商务印书馆，*Jess*，Henry Rider Haggard，1856—1925，英国

59.《彗星夺婿录》，魏易合译，

1909 年，商务印书馆，原作名称不详，
却洛得倭康、诺埃克尔司，生卒不详，
英国

60.《冰雪因缘》，魏易合译，1909
年，商务印书馆，*Dombey and Son*，
Charles Dickens，1812—1870，英国

61.《西奴林娜小传》，魏易合译，
1909，*A Man of Mark*，Anthony Hope，
1863—1933，英国

（注：Anthony Hope 为笔名，作者
真名为 Anthony Hope Hawkins。）

62.《藕孔避兵录》，魏易合译，
1909 年，商务印书馆，*The Great Secret*，
Edward Phillips Oppenheim，1866—1946，
英国

63.《贝克侦探谈》初编、续编，
陈家麟合译，1909 年，商务印书馆，
The Quests of Paul Beck，Matthias McDon-
nell Bodkin，1850—1933，英国

64.《芦花余孽》，魏易合译，1909
年，商务印书馆，*From One Generation to
Another*，Henry Seton Merriman，1862—
1903，英国

（注：Henry Seton Merriman 为笔名，
作者真名为 Hugh Stowell Scott。）

65.《脂粉议员》，魏易合译，1909
年，商务印书馆，原作名称不详，司丢
阿忒，生卒不详，英国

66.《三千年艳尸记》，曾宗巩合
译，1910 年，商务印书馆，*She*，Henry
Rider Haggard，1856—1925，英国

67.《双雄较剑录》，陈家麟合译，
1910 年 7 月至 10 月，《小说月报》第 1
卷，*Fair Margaret*，Henry Rider Haggard，
1856—1925，英国

68.《薄幸郎》，陈家麟合译，1911
年 1 月至 12 月，《小说月报》第 2 卷，
The Changed Brides，Emma Dorothy Eliza
Nevitte Southworth，1819—1899，美国

（注：1915 年由商务印书馆出版。）

69.《冰洋鬼啸》，合译者不详，
1911 年 7 月，《小说月报》第 12 期，原
作名称不详，作者不详，生卒不详，国
别不详

70.《残蝉曳声录》，陈家麟合译，
1912 年 7 月至 11 月，《小说月报》第 3
卷，原作名称不详，测次希洛，生卒不
详，英国

（注：1914 年由商务印书馆成书
出版。）

71.《古鬼遗金记》，陈家麟合译，
1912 年 12 月 1 日至 1913 年 5 月 1 日，
《庸言》半月刊第 1 卷，*Bentia*，Henry
Rider Haggard，1856—1925，英国

（注：1912 年由上海广智书局成书
出版）

72.《情窝》，力树萱合译，1912
年，1912 年 11 月至 1913 年 9 月，《平
报》，原作名称不详，威利孙，生卒不
详，英国

（注：1916 年 5 月由商务印书馆成
书出版。）

73.《土耳其乱世始末》，合译者不
详细，1913 年，商务印书馆，原作名称
不详，作者不详，生卒不详，国别不详

（注：该书为历史类译著。）

74.《罗刹雌风》，力树萱合译，
1913 年 4 月至 8 月，《小说月报》第 4
卷，原作名称不详，希洛，生卒不详，
英国

（注：1915 年由商务印书馆成书
出版。）

75.《女梼杌》，力树萱合译，1913
年 7 月 16 日，《中华》1 册，原作名称
不详，作者不详，生卒不详，国别不详

76.《义黑》，廖琇崑合译，1913 年
9 月至 10 月，《小说月报》第 4 卷，原
作名称不详，德罗尼，生卒不详，法国

（注：1915 年由商务印书馆成书
出版。）

77.《离恨天》，王庆骥合译，1913
年，商务印书馆，*Paul et Virginie*，Ber-
nardin de Saint-Pierre，1737—1814，
法国

78.《情铁》，王庆通合译，1914 年
1 月至 5 月，《中华小说界》第 1 卷，原
作名称不详，老昔倭尼，生卒不详，
英国

（注：1914 年 9 月中华书局成书
出版。）

79.《黑楼情孽》，陈家麟合译，
1914 年 4 月至 7 月，《小说月报》第 5
卷，*The Man Who Was Dead*，Arthur Wil-
liams Marchmont，1852—1923，英国

（注：1914 年 11 月由商务印书馆成
书出版。）

80.《罗刹因果录》，陈家麟合译，
1914 年 7 月至 12 月，《东方杂志》第 11
卷，Два Старика，托尔斯泰，1828—
1920，俄国

（注：《罗刹因果录》为林纾和陈家
麟转译自托尔斯泰的英文本，共译有 8
篇短篇小说，分别为《二老朝陵》（*The
Two Old Men*）、《幻中悟道》（*The God-
son*）、《讼祸》（*Neglect the Fire*）、《天使

沦谪》（*What Men Live By*）、《岛仙海
行》（*The Three Hermits*）、《觉后之言》
（*Ilyas*）、《观战小记》（*The Raid*）、《梭
伦格言》（*As Rich as Croesus*），其中最后
一篇系误收自 James Baldwin 的 *Thirty
More Famous Stories Retold*（《泰西三十轶
事》）。这些短篇小说于 1915 年由商务
印书馆成书出版。）

81.《哀吹录》，陈家麟合译，1914
年 10 月至 12 月，《小说月报》第 5 卷，
La Comédie humaine，Honor de Balzac，
1799—1859，法国

（注：《哀吹录》为林纾和陈家麟转
译自巴尔扎克的《人间喜剧》的英文
本，仅译了 4 篇短篇小说，分别为《猎
者斐里朴》（*Farewell*）、《红楼冤狱》
（*The Red Inn*）、《耶稣显灵》（*Christ in
Flanders*）、《上将夫人》（*The Con-
script*）。）

82.《深谷美人》，陈器合译，1914
年，北京宣元阁，原作名称不详，倭尔
吞，生卒不详，英国

83.《石麟移月记》，陈家麟合译，
1915 年 1 月至 6 月，《大中华》月刊第 1
刊，原作名称不详，马格内，生卒不
详，英国

（注：1915 年 7 月由中华书局成书
出版。）

84.《云破月来缘》，胡朝梁合译，
1915 年 5 月至 9 月，《小说月报》第 6
卷，原作名称不详，鹊刚伟，生卒不
详，英国

（注：1916 年 11 月由商务印书馆
出版。）

85.《鱼雁抉微》，王庆骥合译，

1915 年 9 月至 1917 年 8 月，《东方杂志》第 12 至 14 卷，*Letters Persanes*，Charles-Louis de Secondat，baron de La Brède et de Montesquieu，1689—1755，法国

86.《鱼海泪波》，王庆通合译，1915 年，商务印书馆，*Pêcheur d'Islande*，Pierre Loti，1850—1923，法国

87.《蟹莲郡主传》，王庆通合译，1915 年，商务印书馆，*Une fille de regent*，Alexandre Dumas，pére，1802—1870，法国

88.《涧中花》，王庆通合译，1915 年，商务印书馆，*Le Coupable*，Francois Coppée，1842—1908，法国

89.《雷差得纪》，陈家麟合译，1916 年 1 月，《小说月报》第 7 卷，*Richard* II，William Shakespeare，1564—1616，英国

（注：樽本照雄考证认为《雷差得纪》、《亨利第四纪》（*Henry* IV）、《亨利第五纪》（*Henry* V）、《亨利第六遗事》（*Henry* VI）、《凯彻遗事》（*Julius Caesar*）转译自 Arthur Thomas Quiller-Couch 所改写的 *Historical Tales from Shakespeare*（《莎士比亚历史故事》）。）

90.《亨利第四纪》，陈家麟合译，1916 年 2 月至 4 月，《小说月报》第 7 卷，*Henry* IV，William Shakespeare，1564—1616，英国

91.《亨利第六遗事》，陈家麟合译，1916 年，商务印书馆，*Henry* VI，William Shakespeare，1564—1616，英国

92.《凯彻遗事》，陈家麟合译，1916 年 5 月至 7 月，《小说月报》第 7 卷，*Julius Caesar*，William Shakespeare，1564—1616，英国

93.《红箧记》，陈家麟合译，1916 年 3 月至 1917 年 1 月，《小说月报》第 7 卷和第 8 卷，原作名称不详，希登希路，生卒不详，英国

94.《血华鸳鸯枕》，王庆通合译，1916 年 8 月至 12 月，《小说月报》第 7 卷，*L' Affaire Clémenceau*，Alexandre Dumas，fils，1824—1895，法国

95.《鸡谈》，陈家麟合译，1916 年 12 月，《小说月报》第 7 卷，*The Nun's Priest's Tale：The Cock and the Fox*，Charles Cowden Clarke，1787—1877，英国

（注：《鸡谈》和下面的《三少年遇死神》、《格雷西达》、《林妖》、《公主遇难》、《死口能歌》、《魂灵附体》、《决斗得妻》、《加木林》都出自 Charles Cowden Clarke 的 *Tales from Chaucer in Prose*（《乔叟故事集》），《乔叟故事集》是对 *Canterbury Tales*（《坎特伯雷故事集》）中十个故事的改写。）

96.《三少年遇死神》，陈家麟合译，1916 年 12 月，《小说月报》第 7 卷，*The Pardoner's Tale：The Death-Slayers*，Charles Cowden Clarke，1787—1877，英国

97.《奇女格露枝小传》，陈家麟合译，1916 年，商务印书馆，*The Thane's Daughter*，Mary Cowden Clarke，1809—1898，英国

98.《鹰梯小豪杰》，陈家麟合译，1916 年，*The Dove in the Eagle's Nest*，Charlotte Mary Yonge，1823—1901，英国

99.《诗人解颐语》,陈家麟合译,1916 年,商务印书馆,*Chambers's Complete Tales for Infants*,W. & R. Chambers. Ltd,英国

100.《香钩情眼》,王庆通合译,1916 年,商务印书馆,*Antonine*,Alexandre Dumas, fils, 1824—1895,法国

101.《秋灯谭屑》,陈家麟合译,1916 年,商务印书馆,*Thirty More Famous Stories Retold*,James Baldwin,1841—1925,美国

(注:原作共有故事 30 篇,林纾和陈家麟所译的《秋灯谭屑》只收录《织锦拒婚》(*Penelope's Web*)、《木马灵蛇》(*The Fall of Troy*)、《科仑布设譬》(*Columbus and the Egg*)、《释鼠判》(*Webster and the Wood Chuck*)、《试验伪金》("*Eureka*!")等 15 篇故事。)

102.《橄榄仙》,陈家麟合译,1916 年,商务印书馆,原作名称不详,巴苏瑾,生卒不详,美国

103.《拿云手》,陈家麟合译,1917 年 1 月至 8 月,《小说海》月刊第 8 卷,原作名称不详,大威森,英国

104.《柔乡述险》,陈家麟合译,1917 年 1 月至 6 月,《小说月报》第 8 卷,*The Room in the Dragon Volant*,Joseph Sheridan Le Fanu, 1814—1873,英国

105.《格雷西达》,陈家麟合译,1917 年 2 月,《小说月报》第 8 卷,*The Clerk's Tale*:*Criselda*,Charles Cowden Clarke, 1787—1877,英国

106.《林妖》,陈家麟合译,1917 年 3 月,《小说月报》第 8 卷,*The Wife of Bath's Tale*:*The Court of Kin Arthur*,Charles Cowden Clarke, 1787—1877,英国

107.《死口能歌》,陈家麟合译,1917 年 6 月,《小说月报》第 8 卷,*The Prioress's Tale*:*The Murdered Child*,Charles Cowden Clarke, 1787—1877,英国

108.《公主遇难》,陈家麟合译,1917 年 6 月,《小说月报》第 8 卷,*The Man of Law's Tale*:*The Lady Constance*,Charles Cowden Clarke, 1787—1877,英国

109.《灵魂附体》,陈家麟合译,1917 年 7 月,《小说月报》第 8 卷,*The Squire's Tale*:*Cambuscan*,Charles Cowden Clarke, 1787—1877,英国

110.《决斗得妻》,陈家麟合译,1917 年 10 月,《小说月报》第 8 卷,*The Knight's Tale*:*Palamon and Arcite*,Charles Cowden Clarke, 1787—1877,英国

111.《路西恩》,陈家麟合译,1917 年 5 月,《小说月报》第 8 卷,*Люцери*,托尔斯泰,1828—1920,俄国

(注:《路西恩》为林纾和陈家麟据转译自英文本 *Lucerne*(今译名为《卢塞恩》)。)

112.《桃大王因果录》,陈家麟合译,1917 年 7 月至 1918 年 9 月,《东方杂志》第 14 卷和 15 卷,原作名称不详,参恩女士,生卒不详,英国

(注:1918 年 11 月由商务印书馆成书出版。)

113.《人鬼关头》,陈家麟合译,

1917 年，1917 年 7 月至 10 月，《小说月报》第 8 卷，*Смерть Ивана Ильича*，托尔斯泰，1828—1920，俄国

（注：《人鬼关头》为林枢和陈家麟转引自英文本 *The Death of Ivan Ilyich*（今译为《伊凡·里奇之死》）。）

114.《白夫人感旧录》，王庆通合译，1917 年 11 月至 12 月，《小说月报》第 8 卷，*Monsieur Destrémeaux*，Jean Richepin，1849—1926，法国

115.《社会声影录》，陈家麟合译，1917 年，商务印书馆，*Утро цомещика*，托尔斯泰，1828—1920，俄国

（注：《社会声影录》为林纾与陈家麟转译自英文本，共收录了两篇小说，《刁冰伯爵》（*Two Hussars*，今译《两个骠骑兵》）和《尼里多福亲王重务农》（*A Morning of a Landed Proprietor*，今译《一个地主的早晨》）。）

116.《天女离魂记》，陈家麟合译，1917 年，商务印书馆，*The Ghost Kings*，Henry Rider Haggard，1856—1925，英国

117.《烟火马》，陈家麟合译，1917 年，商务印书馆，*The Brethren*，Henry Rider Haggard，1856—1925，英国

118.《女师饮剑记》，陈家麟合译，1917 年，商务印书馆，*A Brighton Tragedy*，Guy Newell Boothby，1867—1905，英国

119.《牝贼情丝记》，陈家麟合译，1917 年，商务印书馆，原作名称不详，陈施利，生卒不详，英国

120.《悔过》，陈家麟合译，1917 年 4 月，《小说月报》第 8 卷，原作名称不详，原作者不详，生卒不详，国别不详

121.《恨缕情丝》，陈家麟合译，1918 年 1 月至 11 月，《小说月报》第 9 卷，*Семейное счастье*，托尔斯泰，1828—1920，俄国

（注：《恨缕情丝》为林纾和陈家麟转译自英文本，共收了小说两篇，《马莎自述生平》（*Family Happiness*）和《克莱尔采奏鸣曲》（*The Kreutzer Sonata*）。该书于 1919 年 4 月由商务印书馆成书出版。）

122.《现身说法》，陈家麟合译，1918 年，商务印书馆，*Детство*，*Отрочеств*，*Юность*，托尔斯泰，1828—1920，俄国

（注：《现身说法》为林纾和陈家麟转译自英文本 *Childhood Boyhood Youth*（《童年·少年·青年》）。）

123.《玫瑰花》前编、续编，陈家麟合译，1918 年，商务印书馆，*The Rosary*，Florence Louisa Barclay，1862—1921，英国

124.《鹦鹉缘》前编、续编、三编，王庆通合译，1918 年，商务印书馆，*Adventures de quatre femmes et d'un perroquet*，Alexandre Dumas，fils，1824—1895，法国

125.《痴郎幻影》，陈器合译，1918 年，商务印书馆，原作名称不详，赖其镗女士，生卒不详，英国

126.《金台春梦录》，王庆通合译，1918 年，商务印书馆，原作名称不详，丹米尔、华伊尔，生卒不详，法国

127.《孝友镜》，王庆通合译，1918 年，商务印书馆，*De arme adel-*

man, Hendrick Conscience, 1812—1883, 比利时

（注：也有学者认为《孝友镜》可能为林纾和王庆通据法文本 *Le gentil-homme pauvre* 转译。）

128.《九原可作》，王庆通合译，1919 年 1 月至 12 月，《妇女杂志》第 8 卷，*Le docteur servans*，Alexandre Dumas, fils, 1824—1895，法国

129.《焦头烂额》，陈家麟合译，1919 年 1 月至 10 月，《小说月报》第 10 卷，原作名称不详，Nicholas Carter，生卒不详，美国

（注：Nicholas Carter 是 G. C. Jenks, Eugene T. Sawyer, Frederick William Davis, Frederick Dey, John Russel Coryell 等作家的笔名。）

130.《赂史》，陈家麟合译，1919 年 1 月至 9 月，《东方杂志》第 16 卷，*The Phantom Torpedo-boats*，Allan Upward，1863—1926，英国

131.《鹊巢记》初编、续编，1919 年 1 月至 12 月，《学生杂志》第 6 卷，*Der Schweizerische Robinson*，Johann David Wyss，1743—1818，瑞士

132.《泰西古剧》，陈家麟合译，*Stories from the Opera*，Gladys Davidson，生卒不详，英国

（注：原作共计 54 篇歌剧故事，林纾与陈家麟译出 31 篇，其中的 15 篇于 1919 年 1 月至 12 月由《小说月报》第 10 卷发表，1920 年 5 月增补 16 篇由商务印书馆成书发表。）

133.《妄言妄听》，陈家麟合译，1919 年 8 月至 12 月，《小说月报》第 10

卷，原作名称不详，美森，生卒不详，英国

（注：1920 年 4 月由商务印书馆成书出版。）

134.《铁匣头颅》前编，陈家麟合译，1919 年 8 月，商务印书馆，*The Witch's Head*，Henry Rider Haggard，1856—1925，英国

135.《铁匣头颅》续编，陈家麟合译，1919 年 10 月，商务印书馆，*The Witch's Head*，Henry Rider Haggard，1856—1925，英国

136.《豪士述猎》，陈家麟合译，1919 年 11 月至 12 月，《小说月报》第 10 卷，*Maiwa's Revenge*，Henry Rider Haggard，1856—1925，英国

137.《西楼鬼语》，陈家麟合译，1919 年，商务印书馆，原作名称不详，约克魁迭斯，生卒不详，英国

138.《情天异彩》，陈家麟合译，1919 年，商务印书馆，原作名称不详，周鲁倭，生卒不详，法国

139.《莲心藕缕缘》，1919，陈家麟合译，*When Knigthood Was in Flower*，Edwin Caskoden，美国

（注：Edwin Caskoden 是美国作家 Charles Major，1856—1913 的笔名。）

140.《鬼窟藏娇》，陈家麟合译，1919 年，商务印书馆，原作名称不详，武英尼，生卒不详，英国

141.《十万元》，合译者不详，1919 年，上海侦探小说社，原作名称不详，原作者不详，生卒不详，国别不详

142.《伊罗埋心记》，王庆通合译，1920 年 1 月至 2 月，《小说月报》第 11

卷，*La boîte d'argent*，Alexandre Dumas, fils, 1824—1895, 法国

143.《球房纪事》，合译者不详，1920 年 3 月，《小说月报》第 11 卷，*Зациски маркера*，托尔斯泰，1828—1920, 俄国

（注：《球房纪事》为林纾和合译者转译自英文本 *A Billiard-Marker's Notes* 或 *Memoirs of a Marker*（今译《一个球台记分员的笔记》）。）

144.《乐师雅路白忒遗事》，陈家麟合译，1920 年 4 月，《小说月报》，*Альберт*，托尔斯泰，1828—1920, 俄国

（注：《乐师雅路白忒遗事》为林纾与陈家麟转译自英文本 *Albert*（今译为《阿尔贝特》）。）

145.《高加索之囚》，合译者不详，1920 年 5 月，《小说世界》周刊第 11 卷，*Кавказский пленник*，托尔斯泰，1828—1920, 俄国

146.《想夫怜》，毛文钟合译，1920 年 9 月至 12 月，《小说月报》第 11 卷，原作名称不详，Bertha Mary Clay, 1836—1884, 美国

（注：Bertha Mary Clay 为作者常用的笔名，真名为 Charlotte M. Brame。）

147.《金梭神女再生缘》，陈家麟合译，1920 年，商务印书馆，*The World's Desire*，Henry Rider Haggard（1856—1925）& Andrew Lang（1844—1912），英国

148.《欧战春闺梦》前编、续编，1920 年，商务印书馆，陈家麟合译，原作名称不详，高桑斯，生卒不详，英国

149.《戎马书生》，陈家麟合译，

1920 年，商务印书馆，*The Lances of Lynwood*，Charlotte Mary Yonge, 1823—1901, 英国

150.《膜外风光》，叶于沅合译，1920 年，北京陆徵祥家刻本，*Le voile du bonheur*，Georges Clémenceau, 1841—1929, 法国

151.《还珠艳史》，陈家麟合译，1920 年，商务印书馆，原作名称不详，堪伯路，生卒不详，美国

152.《炸鬼记》，陈家麟合译，1921 年，商务印书馆，*Queen Sheba's Ring*，Henry Rider Haggard, 1856—1925, 英国

153.《马妒》，毛文钟合译，1921 年，商务印书馆，原作名称不详，高尔忒，生卒不详，英国

154.《洞冥记》，陈家麟合译，1921 年，商务印书馆，*A Journey from This World to the Next*，Henry Fielding, 1707—1754, 英国

155.《鬼悟》，毛文钟合译，1921 年，商务印书馆，原作名称不详，Herbert George Wells, 1866—1946, 英国

156.《厉鬼犯跸记》，毛文钟合译，1921，商务印书馆，*Windsor Castle*，William Harrison Ainsworth, 1805—1882, 英国

157.《怪董》，陈家麟合译，1921 年，商务印书馆，*The Legends of Charlemagne*，Thomas Bulfinch, 1796—1867, 美国

158.《埃及异闻录》，毛文钟合译，1921 年，商务印书馆，原作名称不详，路易，英国

159.《沧波淹谍记》，毛文钟合译，1921 年，商务印书馆，原作名称不详，卡文，生卒不详，英国

160.《情海凝波》，林凯合译，1921 年，商务印书馆，原作名称不详，道因，生卒不详，英国

161.《沙利沙女王小记》，毛文钟合译，1921 年，商务印书馆，*The Island Mystery*，George A. Birmingham，1865—1950，英国

162.《双雄义死录》，毛文钟合译，1921 年，商务印书馆，*Quatre-vingt-treize*，Victor Hugo，1802—1885，法国

163.《梅孽》，毛文钟合译，1921 年，商务印书馆，*Gengangere*，Henrik Ibsen，1828—1906，挪威

164.《俄宫秘史》，陈家麟合译，1921 年，商务印书馆，*The Secret Life of the Ex-Tsaritza*，William le Queux，1864—1927，法国

165.《僵桃记》，毛文钟合译，1921 年，商务印书馆，原作名称不详，克雷夫人，生卒不详，美国

166.《魔侠传》，陈家麟合译，1922 年，商务印书馆，*Don Quixote de la Mancha*，Miguel de Cervantes Saavedra，1547—1616，西班牙（注：《魔侠传》为林纾和陈家麟转译自英文本，但英译本众多，有 1700 年 Pierre Antoine Motteux 的译本，1885 年 John Ormsby 的译本，1888 年 Henry Edward Watts 的译本等，很难判断林译本译自哪个译本。）

167.《曜目英雄》，毛文钟合译，1922 年，商务印书馆，原作名称不详，泊恩，生卒不详，英国

168.《情翳》，毛文钟合译，1922 年，商务印书馆，原作名称不详，鲁兰司，美国

169.《德大将兴登堡欧战成败鉴》，林骈合译，1922 年，商务印书馆，*Hindenburg*，Edmond Buat，1868—1923，法国

170.《以德报怨》，毛文钟合译，1922 年，商务印书馆，*The Bride of Llewellyn*，Emma D. E. Southworth，1819—1899，美国

171.《情天补恨录》，毛文钟合译，1923 年，商务印书馆，原作名称不详，克林登女士，生卒不详，美国

172.《妖髡缳首记》，毛文钟合译，1923 年 5 月 25 日至 9 月 31 日，《小说世界》周刊第 2 卷和第 8 卷，*Carnival of Florence*，Marjorie Bowen，1885—1952，美国

（注：Marjorie Bowen 为作者的笔名，作者的真名为 Mrs Gabrielle Margaret Vere Long née Campbell。）

173.《三种死法》，合译者不详，1924 年 1 月，《小说世界》周刊第 5 卷，*Три смери*，托尔斯泰，1828—1920，俄国

（注：《三种死法》为林纾与合译者转译自英文本 *Three Deaths*（今译为《三死》。）

174.《亨利第五纪》，陈家麟合译，1925 年 11 月 27 日至 12 月 4 日，《小说世界》周刊第 12 卷，*Henry* V，William Shakespeare，1564—1616，英国

175.《善良的骗子》，合译者不详，1925 年，*The Gentle Grafter*，O. Henry，

1862—1910，美国

（注：原作共有 14 篇短篇小说，林纾与合译者译出了 13 篇，发表在 1925 年 1 月 2 日至 3 月 27 日的《小说世界》周刊第 9 卷上，每期 1 篇，篇名分别为《信托公司》（*The Octopus Marooned*）、《杏核》（*Modern Rural Sports*）、《世界大学》（*The Chair of Philanthromathematics*）、《回生丸》（*Jeff Peters as a Personal Magnet*）、《检查长》（*The Hand That Riles the World*）、《美人局》（*The Exact Science of Martrimony*）、《伪币》（*Shearing the Wolf*）、《象牙荷花》（*Conscience in Art*）、《金矿股票》（*The Man Higher Up*）、《一豕三千》（*The Ethics of Pig*）、《破术》（*A Midsummer Masquerade*）、《绑票》（*Hostages to Momus*）、《伤员》（*A Tempered Wind*）。）

176.《孝女履霜记》，毛文钟合译，原作名称不详，Bertha Mary Clay，1836—1884，美国

（注：该书已佚。）

177.《黄金铸美录》，毛文钟合译，原作名称不详，Bertha Mary Clay，1836—1884，美国

（注：该书已佚。）

178.《金缕衣》，毛文钟合译，原作名称不详，Bertha Mary Clay，1836—1884，美国

179.《凤藻皇后小纪》，毛文钟合译，原作名称不详，Bertha Mary Clay，1836—1884，美国

（注：该书已佚。）

180.《雨血风毛录》，毛文钟合译，原作名称不详，汤沐林森，生卒不详，美国

181.《神窝》，毛文钟合译，原作名称不详，惠尔东夫人，生卒不详，美国

（注：该书已佚。）

182.《美术姻缘》，毛文钟合译，原作名称不详，惠尔东夫人，生卒不详，美国

183.《闷葫芦》，陈家麟合译，原作名称不详，堪伯路，生卒不详，美国

184.《盈盈一水》，陈家麟合译，原作名称不详，堪伯路，生卒不详，美国

185.《秋池剑》，毛文钟合译，原作名称不详，休来式，生卒不详，美国

186.《五丁开山记》，陈家麟合译，原作名称不详，文鲁倭，生卒不详，法国

（注：该书已佚。）

187.《奴星叙传》前编、续编，陈家麟合译，原作名称不详，洛沙子，生卒不详，法国

（注：该书已佚。）

188.《军前琐话》，毛文钟合译，原作名称不详，马路亚，生卒不详，法国

189.《学生风月鉴》，王庆通合译，原作名称不详，Alexandre Dumas, fils，1824—1895，法国

190.《XXXX》，王庆通合译，原作名称不详，老商倭尼，生卒不详，法国

（注：该书已佚。）

191.《夏马城炸鬼》，陈家麟合译，原作名称不详，Henry Rider Haggard，1856—1925，英国

（注：该书已佚。）

192.《XXXX》，陈家麟合译，原作名称不详，Henry Rider Haggard, 1856—1925, 英国

（注：该译本未定译名，且今已佚失。）

193.《洞冥续记》，陈家麟合译，*A Journey from This World to the Next*, Henry Fielding, 1707—1754, 英国

（注：该书已佚。）

194.《眇郎喋血记》，陈家麟合译，原作名称不详，Baroness Emma Orczy, 1865—1947, 英国

（注：该书已佚。）

195.《情桥恨水录》，陈家麟合译，原作名称不详，斐尔格女士，生卒不详，英国

196.《情幻记》，陈家麟合译，原作名称不详，托尔斯泰，1828—1920,

俄国

（注：该书已佚。）

197.《欧西通史》，蔡璐合译，原作名称不详，作者不详，生卒不详，国别不详

（注：《欧西通史》为社会科学类书籍，现已佚失。）

198.《保种英雄传》，魏瀚合译，原作名称不详，作者不详，生卒不详，国别不详

（注：该书已佚。）

199.《畅所欲言》，合译者不详，原作名称不详，作者不详，生卒不详，国别不详

（注：该书已佚。）

200.《小白菊》，合译者不详，原作名称不详，作者不详，生卒不详，国别不详

（注：该书已佚。）

参 考 文 献

Baker, Margaret John, *Translated Images of the Foreign in the Early Works of Lin Shu* (1852 – 1924) *and Pearl S. Buck* (1892 – 1973): *Accommodation and Appropriation*, University of Michigan, 1997.

Bartsch, Renate, *Norms of Language*, London: Longman, 1987.

Chesterman, Andrew, *Memes of Translation: The Spread of Ideas in Translation Theory*, Amsterdam and Philadelphia: Benjamins, 1997.

Chesterman, Andrew, From "Is" to "Ought": Translation Laws, Norms and Strategies, *Target*, 1999 (1).

Compton, R. W, *A Study of the Translations of Lin Shu 1852 – 1924*, Stanford University, 1971.

Dickens, Charles, *David Copperfield*, New York: Bantam Books, 1981.

Dumas fils, Alexandre, *La Dame aux Camélias*, Paris: Gistave Havard, éditeur, 1951.

Eliot, T. S, "Introduction" to *Selected Poems of Ezra Pound*, London: Faber& Faber, 1934.

Even – Zohar, I, The Position of Translated Literature Within the Literary Polysystem, Venuti, L. , *Translation Studies Reader*, London and New York: Routledge, 2000

Foucault, Michel, Sheridan Smith (trans.), *The Archeology of Knowledge*, New York: Pantheon Books, 1972.

Fairclough, Norman, *Discourse and Social Change*, Cambridge: University of Cambridge, 1992.

Gentzler, Edwin, *Contemporary Translation Theories*, London and New York: Routledge, 1993.

Haggard, H. R. , *Joan Haste*, London: Longmans, Green and Co. , 1897.

Hermans, Theo, *Translation in Systems*, Manchester: St. Jerome Publishing, 1999.

Hill, Michael, *Lin Shu, Inc. : Translation, Print Culture, and the Making of an Icon in Modern China*, Columbia University, 2008.

Hu, Ying, *Making a difference: Stories of the translator at the turn of the century*, Princeton University. 1993.

Hu, Ying, The Translator Transfigured: Lin Shu and the Cultural Logic of Writing in the late Qing, *Positions: East*

Asian Cultures Critique, 1995 (3).

Irving, Washington, *The Sketch Book of Geoffrey Crayon*, *Gent*, Philadelphia: Carey & Lea, 1835.

Lee, Leo Ou – fan, Lin Shu and His Translations: Western Fiction in Chinese Perspective, *Papers on China*, Vol. 19, 1965.

Lefevere André, *Translation/History/Culture: A Sourcebook*, New York and London: Routledge, 1992.

LÜ Li, *Translation and Nation: Negotiating China in the Translations of Lin Shu, Yan Fu and Liang Qichao*, University of Massachusetts, 2007.

Munday, J., *Introducing Translation Studies: Theories and Application*, London/New York: Routeledge, 2001.

Nida, E. A. & Taber, Charles, *The Theory and Practice of Translation*, Leiden: E. J. Brill, 1969.

Newmark, Peter, *About Translation*, Clevedon: Multilingual Matters Ltd., 1991.

Sara, Mills, *Discourse*, London and New York: Routledge, 1997.

Scott, Walter, *Ivanhoe*, Massachusetts: Airmont Publishing Company, Inc., 1964.

Stowe, Harriet Beecher, *Uncle Tom's Cabin*, London: Sampson Low, Son & Co., 1853. http://books.google.com.hk/books? id = p7wBAAAAQAAJ&printsec = frontcover&dq = uncle + tom's + cabin&hl = zh – CN#v = onepage&q&f = false

Toury, Gideon, *Descriptive Translation Studies and Beyond*, Amsterdam and Philadelphia: Benjamins, 1995.

Tymoczko, Maria, *Translation in a Postcolonial Context: Early Irish Literature in English Translation*, Manchester: St. Jerome, 1999.

Vermeer, Hans J., Skops and Commision in Translational Action, Venuti, Lawrence (ed.), *The Translation Studies Reader*, London and New York: Routledge, 2000.

Waley, Arthur, Notes on Translation, *The Atlantic Monthly*, the 100th anniversary issue, 1958.

Waley, Arthur, Arthur Waley on Lin Shu, *Renditions*, 1975 (5).

Zhang, Yu, *Chinese Translations of David Copperfield: Accuracy and Acculturation*, Southern Illinois University at Carbondale, 1991.

阿英:《关于〈巴黎茶花女遗事〉》,载《林纾的翻译》,商务印书馆 1981 年版。

阿英:《阿英说小说》,上海古籍出版社 2000 年版。

鲍晶:《刘半农研究资料》,天津人民出版社 1985 年版。

白烨:《小说文体研究概述》,载中国社会科学出版社文学编辑室编《小说文体研究》,中国社会科学出版社 1987 年版。

毕树棠:《林琴南》,《人间世》1935 年版,第 30 页。

包天笑：《钏影楼回忆录》，山西古籍出版社和山西教育出版社 1998 年版。

陈熙绩：《〈歇洛克奇案开场〉叙》，载薛绥之、张俊才《林纾研究资料》，福建人民出版社 1983 年版。

陈子展：《中国近代文学之变迁》，上海古籍出版社 2000 年版。

陈玉刚：《中国翻译文学史稿》，中国对外翻译出版公司 1989 年版。

陈敬之：《林纾》，载薛绥之、张俊才《林纾研究资料》，福建人民出版社 1983 年版。

陈平原：《中国小说叙事模式的转变》，北京大学出版社 2003 年版。

陈平原：《中国现代小说的起点——清末明初小说研究》，北京大学出版社 2005 年版。

陈独秀：《文学革命论》，载《陈独秀文选》，四川文艺出版社 2009 年版。

蔡元培：《答林君琴南函》，载薛绥之、张俊才《林纾研究资料》，福建人民出版社 1983 年版。

陈永国：《话语》，《外国文学》2002 年第 3 期。

陈福康：《中国译学理论史稿》，上海外语教育出版社 2000 年版。

杜石然：《中国科学技术史》，科学出版社 2003 年版。

丁伟志、陈崧：《中西体用之间：晚清中西文化观述论》，中国社会科学出版社 1995 年版。

董秋斯：《大卫·科波菲尔（上）》，吉林出版集团有限责任公司 2009 年版。

但明伦：《聊斋志异》序，载朱一玄《聊斋志异资料汇编》，中州古籍出

版社 1985 年版。

冯镇峦：《读聊斋杂说》，载朱一玄《聊斋志异资料汇编》，中州古籍出版社 1985 年版。

傅雷：《致林以亮论翻译书》，刘靖之《翻译论集》，三联书店 1985 年版。

龚自珍：《乙丙之际箸议第六》，载《龚自珍全集》，中华书局 1959 年版。

顾春：《拾遗记跋》，载丁锡根《中国历代小说序跋集》，人民文学出版社 1996 年版。

寒光：《林琴南》，中华书局 1935 年版。

郭立志：《桐城吴先生（汝纶）年谱》，文海出版社 1972 年版。

郭嵩焘：《伦敦与巴黎日记》，岳麓书社 1984 年版。

郭延礼：《中国近代翻译文学概论》，湖北教育出版社 2001 年版。

郭沫若：《少年时代》，人民文学出版社 1979 年版。

胡适：《五十年来中国之文学》，载《胡适文集（卷 4）》，人民文学出版社 1998 年版。

胡适：《建设的文学革命论》，载《胡适文集（卷 3）》，人民文学出版社 1998 年版。

胡应麟：《少室山房笔丛》，载程国斌《隋唐五代小说研究资料》，上海古籍出版社 2005 年版。

黄汉平：《文学翻译"删节"和"增补"原作现象的文化透视——兼论钱钟书〈林纾的翻译〉》，《中国翻译》2003 年 4 期。

黄遵宪：《日本国志》，载陈铮《黄

遵宪全集（下）》，中华书局2005年版。

黄遵宪：《日本杂事诗》自序，载陈铮《黄遵宪全集（上）》，中华书局2005年版。

韩洪举：《林译小说研究——兼论林纾自撰小说与传奇》，中国社会科学出版社2005年版。

韩嵩文：《启蒙读本：商务印书馆的〈伊索寓言〉译本与晚清出版业》，载王德威、季进《文学行旅与世界想象》，江苏教育出版社2007年版。

韩一宇：《林纾与王庆骥：被遗忘的法文合作者及其对林纾的意义》，《中华读书报》2004年第3期。

韩南：《中国近代小说的兴起》，上海教育出版社2004年版。

韩江洪、张柏然：《国外翻译规范研究述评》，《解放军外国语学院学报》2004年第2期。

韩江洪：《严复话语系统与近代中国文化转型》，译文出版社2006年版。

何彤文：《注聊斋志异序》，载陈文新《明清小说名著导读》，长江文艺出版社2004年版。

郝岚：《林译小说论稿》，天津社会科学院出版社2005年版。

洪诚选：《中国历代语言文字学文选》，江苏人民出版社1982年版。

何匡：《论翻译标准》，载罗新璋《翻译论集》，商务印书馆1984年版。

华蘅芳：《地学浅释》序言，载黎难秋《中国科学翻译史》，中国科学技术大学出版社2006年版。

姜秋霞：《文学翻译与社会文化的相互作用关系研究》，外语教学与研究出版社2009年版。

解弢：《小说话》，中华书局1919年版。

蒋英豪：《林纾与桐城派、改良派及新文学的关系》，《文史哲》1997年第1期。

蒋骁华：《意识形态对翻译的影响：阐发与新思考》，《中国翻译》2003年第6期。

［美］杰夫·特威切尔：《庞德的〈华夏集〉和意向派诗》，《外国文学评论》1992年第2期。

康有为：《日本书目志〈识语〉》，载陈平原、夏晓虹《20世纪中国小说理论资料（卷1）1897—1916》，北京大学出版社1989年版。

林纾：《告周仲辛先生文》，《畏庐文集》，商务印书馆1910年版。

刘半农：《我之文学改良观》，载北京大学等《文学运动史料选（第1册）》，上海教育出版社1979年版。

刘绶松：《中国新文学史初稿》，人民文学出版社1979年版。

刘大櫆、林纾等：《论文偶记·初月楼古文绪论·春觉斋论文》，人民出版社1962年版。

刘尊棋、章益：《艾凡赫》，人民文学出版社1997年版。

林纾、严培南、严璩：《伊索寓言》，商务印书馆1903年版。

林纾：《畏庐三集》，商务印书馆1924年版。

林纾、魏易：《吟边燕语》，商务印书馆1981年版。

林纾、魏易：《撒克逊劫后英雄

略》，商务印书馆 1981 年版。

林纾、魏易：《块肉余生述》，商务印书馆 1981 年版。

林纾、魏易：《迦茵小传》，商务印书馆 1981 年版。

林纾、魏易：《黑奴吁天录》，商务印书馆 1981 年版。

林纾、魏易：《拊掌录》，商务印书馆 1981 年版。

林纾、王寿昌：《巴黎茶花女遗事》，商务印书馆 1981 年版。

林纾：《先大母陈太孺人事略》，载薛绥之、张俊才《林纾研究资料》，福建人民出版社 1983 年版。

林纾：《赠马通伯先生序》，载薛绥之、张俊才《林纾研究资料》，福建人民出版社 1983 年版。

林纾：《七十自寿诗》，载林薇《林纾选集·文诗词卷》，四川人民出版社 1988 年版。

林纾：《译林·序》，载陈平原、夏晓虹《20 世纪中国小说理论资料（卷 1）1897—1916》，北京大学出版社 1989 年版。

林纾：《〈鲁滨逊漂流记〉译者识语》，载陈平原、夏晓虹《20 世纪中国小说理论资料（卷 1）1897—1916》，北京大学出版社 1989 年版。

林纾：《答徐敏书》，载曾宪辉《林纾诗文选》，华北师范大学出版社 1990 年版。

林纾：《致汪康年（一）》，载郑逸梅、陈左高《中国近代文学大系书信日记集1》，上海书店 1992 年版。

林纾：《尊疑译书图记》，载郑振铎

《中华传世文选·晚清文选》，吉林人民出版社 1998 年版。

林纾：《江亭饯别图记》，载林薇《畏庐小品》，北京出版社 1998 年版。

林纾：《苍霞精舍后轩记》，载许桂亭校注，铁笔金针《林纾文选》，百花文艺出版社 2002 年版。

林薇：《百年沉浮：林纾研究》，天津教育出版社 1990 年版。

李悦娥、范宏雅：《话语分析》，上海外语教育出版社 2002 年版。

梁启超：《论译书》，载罗新璋《翻译论集》，商务印书馆 1984 年版。

梁启超：《〈十五小豪杰〉译后语》，载罗新璋《翻译论集》，商务印书馆 1984 年版。

梁启超：《译印政治小说序》，载陈平原、夏晓虹《20 世纪中国小说理论资料（卷 1）1897—1916》，北京大学出版社 1989 年版。

梁启超：《翻译文学与佛典》，载《佛学研究十八篇》，天津古籍出版社 2005 年版。

梁启超：《新民说》，载易鑫鼎《梁启超选集（上卷）》，中国文联出版社 2006 年版。

梁启超：《过渡时代论》，载易鑫鼎《梁启超选集（下卷）》，中国文联出版社 2006 年版。

鲁迅：《中国小说史略》，人民文学出版社 1976 年版。

鲁迅：《题"未定草"（二）》，载《鲁迅全集（卷 6）》，人民文学出版社 1981 年版。

鲁迅：《南腔北调集·我怎么做起

小说来》，载《鲁迅全集（卷4）》，人民文学出版社1981年版。

鲁迅：《英译本〈短篇小说选集〉自序》，载《鲁迅全集（卷7）》，人民文学出版社1981年版。

鲁迅：《〈域外小说集〉新版序》，载严家炎《20世纪中国小说理论资料第2卷1917—1927》，北京大学出版社1997年版。

李寄：《鲁迅传统汉语翻译文体论》，上海译文出版社2008年版。

李佑丰：《先秦汉语实词》，北京广播学院出版社2003年版。

李自修、周冬华：《汤姆叔叔的小屋》，湖南人民出版社1996年版。

老棣：《文风之变迁与小说将来之位置》，《中外小说林年》1907年第6期。

蠡勺居士：《〈昕夕闲谈〉小叙》，载陈平原、夏晓虹《20世纪中国小说理论资料（第1卷）1897—1916》，北京大学出版社1989年版。

利玛窦：《译〈几何原本〉引》，载罗新璋《翻译论集》，商务印书馆1984年版。

陆绍明：《〈月月小说〉发刊词》，载陈平原、夏晓虹《20世纪中国小说理论资料（第1卷）1897—1916》，北京大学出版社1989年版。

马泰来：《林纾翻译作品全目》，载《林纾的翻译》，商务印书馆1981年版。

马晓冬：《〈茶花女〉汉译本的历时研究》，《外语教学与研究》1999年第3期。

马祖毅：《中国翻译简史》，中国对外翻译出版公司1998年版。

马祖毅：《中国翻译史（上）》，湖北教育出版社1999年版。

茅盾：《茅盾译文选集序》，载罗新璋《翻译论集》，商务印书馆1984年版。

[日]内田道夫：《林琴南的文学评论》，载薛绥之、张俊才《林纾研究资料》，福建人民出版社1983年版。

潘少瑜：《清末民初翻译言情小说研究——以林纾与周瘦鹃为中心》，台湾大学文学院2008年版。

钱钟书：《林纾的翻译》，载《林纾的翻译》，商务印书馆1981年版。

钱玄同：《寄陈独秀》，载北京大学等《文学运动史料选（第1册)》，上海教育出版社1979年版。

钱基博：《林纾的古文》，载薛绥之、张俊才《林纾研究资料》，福建人民出版社1983年版。

邱菽园：《客云庐小说话》，载阿英《晚清文学丛钞·小说戏曲研究卷》，中华书局1960年版。

邱炜蒮：《新小说品》，《新小说丛》1907年第1期。

邱炜蒮：《茶花女遗事》，载陈平原、夏晓虹《20世纪中国小说理论资料（第1卷）1897—1916》，北京大学出版社1989年版。

秦瘦鸥：《小说纵横谈》，上海书店2004年版。

松岑：《论写情小说于新社会之关系》，载陈平原、夏晓虹《20世纪中国小说理论资料（第1卷）1897—1916》，北京大学出版社1989年版。

苏建新：《"林学"研究喜结丰收果——百年林纾研究集大成之作问世》，《福建文史》2008 年第 3 期。

苏曼殊：《断鸿零雁记》，长江文艺出版社 2003 年版。

孙复：《答张洞书》，载郭绍虞《中国历代文论选（第 2 册）》，上海古籍出版社 2001 年版。

孙文光、王世芸：《龚自珍研究资料集》，黄山书社 1984 年版。

［英］桑普森·乔治：《简明剑桥英国文学史（19 世纪部分）》，刘玉麟译，上海外语教育出版社 1987 年版。

申丹：《叙述学与小说文体学研究》，北京大学出版社 2001 年版。

舒其鋑：《注聊斋志异跋》，载陈文新《明清小说名著导读》，长江文艺出版社 2004 年版。

施蛰存：《中国近代文学大系·翻译文学集 1》，上海书店 1990 年版。

余协斌：《法国小说翻译在中国》，《中国翻译》1996 年 1 期。

涛园居士：《〈埃司兰侠情传〉叙》，载阿英《晚清文学丛钞·小说戏曲研究卷》，中华书局 1960 年版。

童炳庆：《文体与文体的创造》，云南人民出版社 1994 年版。

田望生：《百年老汤：桐城文章品味》，华文出版社 2003 年版。

王佐良：Two Early Translators Reconsidered，《外语教学与研究》1981 年第 1 期。

王力：《汉语语法史》，商务印书馆 1989 年版。

王力：《汉语史稿》，中华书局 2004

年版。

王济民：《林纾与桐城派》，《华中师范大学学报》（人文社会科学版）2007 年第 5 期。

王运熙、顾易生：《中国文学批评史（下册）》，上海古籍出版社 1985 年版。

王宏志：《翻译与创作》，北京大学出版社 2000 年版。

王振孙：《茶花女》，上海译文出版社 1993 年版。

谈小兰：《晚清翻译小说的文体演变及其文化阐释》，《明清小说研究》2004 年第 3 期。

吴俊：《林琴南书话》，浙江人民出版社 1999 年版。

吴汝纶：《答严几道》，载施培毅、徐寿凯校《吴汝纶全集（第 3 册）（〈尺牍〉卷二）》，黄山书社 2002 年版。

吴文祺：《林纾翻译的小说该给以怎样的估价》，载郑振铎、傅东华《文学百题》，上海书店 1981 年版。

徐念慈：《余之小说观》，载陈平原、夏晓虹《20 世纪中国小说理论资料（第 1 卷）1897—1916》，北京大学出版社 1989 年版。

徐中玉：《中国近代文学大系·文学理论（卷 2）》，上海书店 1995 年版。

徐枕亚：《玉梨魂》，江西人民出版社 1986 年版。

薛卓：《林纾前期译书思想管窥》，《福建师大学报》（哲学社会科学版）1980 年第 1 期。

许钧：《风格与翻译——评〈追忆似水年华〉》，《中国翻译》1993 年第

3 期。

许钧：《翻译思考录》，湖北教育出版社 1998 年版。

许宝强、袁伟：《语言与翻译的政治》，中央编译局出版社 2001 年版。

谢谦：《中国文学·明清卷》，四川人民出版社 1999 年版。

熊月之：《西学东渐与晚清社会》，上海人民出版社 1995 年版。

夏晓虹：《发乎情，止乎礼仪——林纾的妇女观》，载陈平原、陈国球《文学史（第 3 辑）》，北京大学出版社 1993 年版。

俞明震：《觚庵漫笔》，载陈平原、夏晓虹《20 世纪中国小说理论资料（第 1 卷）1897—1916》，北京大学出版社 1989 年版。

杨义：《中国现代小说史（第 1 卷）》，人民文学出版社 1986 年版。

杨义：《20 世纪中国翻译文学史》，百花文艺出版社 2009 年版。

杨联芬：《晚清至五四：中国文学现代性的发生》，北京大学出版社 2003 年版。

严复：《原强》，载牛仰山《严复文选注释本》，百花文艺出版社 2006 年版。

严复、夏曾佑：《本馆附印说部缘起》，载牛仰山、孙洪霓《严复研究资料》，海峡文艺出版社 1990 年版。

严复：《甲辰出都呈同里诸公》，载周振甫《严复选集》，人民文学出版社 2004 年版。

姚莹：《与吴岳卿书》，载黄霖、蒋凡《新编中国历代文论选（晚清卷）》，上海教育出版社 2008 年版。

姚鼐：《与陈硕士》，载郑奠《古汉语修辞学资料汇编》，商务印书馆 1980 年版。

寅半生：《读〈迦因小传〉两译本后》，载陈平原、夏晓虹《20 世纪中国小说理论资料（第 1 卷）》，北京大学出版社 1989 年版。

邹振环：《影响近代中国社会的一百种译作》，中国对外翻译出版公司 1996 年版。

朱羲胄：《贞文先生学行记（第 2 卷）》，世界书局 1949 年版。

朱羲胄：《春觉斋著述记（第 1 卷）》，世界书局 1949 年版。

朱羲胄：《春觉斋著述记（第 3 卷）》，世界书局 1949 年版。

郑振铎：《林琴南先生》，载《林纾的翻译》，商务印书馆 1981 年版。

张元济：《张元济日记》，商务印书馆 1981 年版。

张俊才：《林纾年谱简编》，载薛绥之、张俊才《林纾研究资料》，福建人民出版社 1983 年版。

张俊才：《林纾评传》，中华书局 2007 年版。

张俊才：《林纾对新文化运动的贡献》，《中国现代文学研究丛刊》1983 年第 4 期。

张佩瑶：《从话语角度重读魏易与林纾合译的〈黑奴吁天录〉》，《中国翻译》2003 年第 2 期。

张佩瑶：《对中国译学理论建设的几点建议》，《中国翻译》2004 年第 5 期。

［日］樽本照雄：《林纾冤罪事件簿》，日本大津：清末小说研究会 2008 年版。

张载：《张子全书》，载金沛霖《四库全书·子部精要（上）》，天津古籍出版社 1998 年版。

张僖：《〈畏庐文集〉序》，载薛绥之、张俊才《林纾研究资料》，福建人民出版社 1983 年版。

张若谷：《异国情调》，世界书局 1929 年版。

张申府：《什么是新启蒙运动》，载丁守和《中国近代启蒙思潮（卷下）》，社会科学文献出版社 1999 年版。

张谷若：《大卫·考坡菲》，上海译文出版社 1980 年版。

张静庐：《中国小说史大纲》，泰东图书局 1920 年版。

［日］樽本照雄：《林纾研究论集》，日本大津：清末小说研究会 2009 年版。

周桂笙：《译书交通公会试办简章序》，《月月小说》1906 年第 1 期。

周作人：《随感录二十四》，《新青年》1918 年第 3 期。

周作人：《鲁迅与清末文坛》，载薛绥之、张俊才《林纾研究资料》，福建人民出版社 1983 年版。

周作人：《〈红星佚史〉序》，载陈平原、夏晓虹《20 世纪中国小说理论资料（第 1 卷）1897—1916》，北京大学出版社 1989 年版。

周作人：《文学改良与孔教：答张寿朋》，载陈子善、张铁荣《集外集（上）》，海南国际新闻出版中心 1993 年版。

周作人：《〈日本俗歌六十首〉译序》，载钟叔河《周作人文类编（卷 7）》，湖南文艺出版社 1998 年版。

周作人：《平民文学》，载吴平《周作人民俗学论集》，上海文艺出版社 1999 年版。

周作人：《林琴南与罗振玉》，载钟叔河《周作人散文全集（卷 3）》，广西师范大学出版社 2009 年版。

周作人：《我学国文的经验》，载钟叔河《周作人散文全集（卷 4）》，广西师范大学出版社 2009 年版。

周作人：《〈点滴〉序》，载钟叔河《周作人散文全集（卷 2）》，广西师范大学出版社 2009 年版。

赵毅衡：《小说叙述中的转述语》，《文艺研究》1987 年第 5 期。

紫英：《新庵谐译》，载陈平原、夏晓虹《20 世纪中国小说理论资料（第 1 卷）1897—1916》，北京大学出版社 1989 年版。

曾小逸：《走向世界文学》，湖南人民出版社 1985 年版。